JIANG YA LUN

江亚轮

习 斌 ◎ 著

沈阳出版发行集团

沈阳出版社

图书在版编目（CIP）数据

江亚轮 / 习斌著 . -- 沈阳：沈阳出版社，2023.12
ISBN 978-7-5716-3694-4

I. ①江… II. ①习… III. ①长篇小说－中国－当代
IV. ①I247.5

中国国家版本馆 CIP 数据核字（2023）第 224387 号

出版发行： 沈阳出版发行集团 | 沈阳出版社
（地址：沈阳市沈河区南翰林路 10 号　邮编：110011）
网　　　址： http://www.sycbs.com
印　　　刷： 辽宁泰阳广告彩色印刷有限公司
幅面尺寸： 165mm×235mm
印　　　张： 18
字　　　数： 260 千字
出版时间： 2024 年 3 月第 1 版
印刷时间： 2024 年 3 月第 1 次印刷
责任编辑： 沈晓辉
装帧设计： 杨　雪
责任校对： 鲁莎莎　郑　丽
责任监印： 杨　旭

书　　　号： ISBN 978-7-5716-3694-4
定　　　价： 59.00 元

联系电话： 024-24112447　024-62564922
E － mail： sy24112447@163.com

本书若有印装质量问题，影响阅读，请与出版社联系调换。

目
catalog
录

引　子　|　001

第一章　|　007

第二章　|　019

第三章　|　033

第四章　|　046

第五章　|　061

第六章　|　074

第七章　|　087

第八章　|　100

第九章 | 113

第十章 | 128

第十一章 | 142

第十二章 | 156

第十三章 | 169

第十四章 | 182

第十五章 | 199

尾　声 | 217

番　外 | 225

附录　江亚轮惨案专集 | 235

跋 | 281

再　跋 | 283

引 子

都说"秋尽江南草未凋",这次来到江南,算是实实在在体会到了前人诗句里的味道。高速列车在宁波平原上奔驰,透过车窗向外望去,碧翠的平原恰如绿毯,在遥不可及的视线里延绵到天际。间或几抹淡红粉紫从眼前晃过,心房似都被勾了出去。

在地理书里学过,这是一片冲积平原。更准确地说,应该是海积平原。遥远的过去,这里发生过无数次的大海进和大海退,宁波平原便在陆地与海洋之间一遍遍地轮回切换。终究,陆地是这片土地的宿命。海面虽给人迷幻之美,却总没有陆地来得踏实真切。

此时的北国,差不多要下雪了吧?临窗支颐而坐,神思不觉有些恍惚。这次从北国来到江南,为什么我的心会怦怦跳得这么厉害?莫非这就是游子拥抱故乡时的迷恋与热切?窗外的一景一物,曾经离我如此遥远,此时此刻,却是近在咫尺,盈手可握。如果不是那场空前的大劫难,这片广袤的平原,应当就是我的终老之地吧。

"反认他乡是故乡",原本该是一件多么荒唐可笑的事情。然而事情落在我的身上,却是既不荒唐,更不可笑。七十年的时光,足以改变曾经的容颜,却无法抹去岁月的屐痕。无论你知不知道,留不留意,光阴里掉落的每一粒尘埃,总会在不经意投射而来的一缕阳光的映射下,变得光鲜亮丽起来。

朱慕章,1948年12月3日——这是身份证上我的姓名和出生年月。直到古稀之年,我都没有怀疑过身份证上的这两行字。对每个公民来说，这是最可靠、最权威的个人信息，有什么理由无端起疑心呢？

"慕章，你的生日……我是说其实你的生日，并不是十二月三日……"当老母亲朱眉卿毫无征兆地讲出这句话时，我一下子怔在了那里。

怎么可能呢？这怎么可能呢？打小时候有记忆开始，不管日子过得多艰难，每年十二月三日都会收到母亲精心准备的生日礼物，一个发圈，一根皮筋，或者一枚孔雀胸花。十二月初的沈阳已是冰天雪地，银装素裹。一份别致的生日礼物，足以让我感受母爱，温暖整个冬天。

母亲是在我七十岁生日第二天的午后，坐在床边，向我道出这个秘密的。窗外雪花飘落，光秃秃的树丫上挂起了一串串冰凌。屋檐下的白鹃梅覆着一层白绒毯，小心翼翼地蜷缩着。再过几个月，才是属于白鹃梅的季节。

"慕章，你听说过江亚轮海难吗？"母亲用她那枯槁的双手，轻轻摩挲着我的手掌，混沌的眼神陡然明亮起来，"就是新中国成立前一年的那次大海难，听说过吗？"

按照往常的作息，午后该是母亲午休的时间。当然，我也会小憩片刻，然后起床，泡上一杯酽酽的红茶，读读闲书，或是追追热剧。这个午后，母亲似乎格外有兴致，说是要和我聊聊天。我特意沏了一壶金骏眉。窗外雪花飞舞，寒意袭人；室内茶香四溢，暖意融融。

母亲已是四世同堂，儿孙环膝。在邻居们眼里，是位有缘有福的老寿星。母亲毕生从事教育事业，桃李遍天下，在工人村的工人子弟里享有很高的声望。逢年过节，前来探望她的学生，几乎踏破了门槛。同样是当了一辈子教师，和母亲比起来，我实在是甘拜下风。

母亲所说的江亚轮海难，我隐隐约约听人提起过，可细细再想，却什么也想不起来。至少在我的印象里，母亲从来没有对我提及那次大海难。我更不明白，那次大海难和我的生日之间，原本是驴唇不对马嘴的两桩事，难道竟然有着什么关联？活到像我这把年纪，早已是心如止水。可此时，我的内心依然不免涌起一探究竟的冲动。

"那次大海难就发生在十二月三日……"母亲的目光有些迷离，修长的十指紧扣住我的双手，我甚至能听到她略显急促的呼吸声，仿佛下了很大的决心去做一个艰难的抉择。

我什么也没说，什么也没问。母亲饱经风霜的双手有点儿寒凉，这股凉意浸入肌肤，不禁让我打了个寒噤。直觉告诉我，那次大海难和我的身世之间肯定有着千丝万缕的联系。

"我的日子可能不多了，原本我想把这件事带到另一个世界去的……"母亲缓缓丢开握着的我的手，端起紫砂壶，续了一杯茶，小心翼翼地抿了一口。

"各位旅客，列车即将到达宁波站，请在宁波站下车的旅客带好行李准备下车——"车厢里传来的语音提示，猛然打断我的思绪。朝外望去，列车行驶的速度明显慢了下来，"宁波站"三个大字，蓦地进入我的视线。

秋天总会让人联想到肃杀一词。可江南的秋却和北国不同，自有另一番风韵。行走在宁波街头，空气里弥散着淡淡的桂花清香，几幢上了年纪的老建筑外墙上缠绕着爬山虎，绿得生机盎然。间或一两片金黄的落叶打着旋儿，一如翩然彩蝶，和池塘里寥落的残荷相映成趣，绘就一幅酣畅淋漓的水墨画。四明湖畔那火红火红的水杉林，相依烟波浩渺的湖面，定格成令人心动的梦幻图卷。

这生动而惬意的宁波秋景啊，你我擦肩而过便是整整七十年！

不顾家人的劝说，不远千里，执意一个人来到江南，除了打算帮助母亲完成她未了的心愿，同时也是想要找寻自己心中的那个游子之梦。孩子们觉得我年纪大了，不放心我一个人出远门，想要陪在身边。我近乎执拗地拒绝了他们的好意。孩子们平时工作繁忙，整天还要在家忙里忙外，想想自己腿脚尚健，实在不忍心麻烦他们。何况寻梦的滋味，我只想一个人静静地、静静地用心去感受。

在甬江旁的一家民宿办理入住手续后，放下行李，叫了辆出租车，我便直奔浙东海事民俗博物馆而去。那里是我寻梦的第一站。

这家名不见经传的博物馆位于宁波市江东北路。在出租车上，司机师傅操着浓重的宁波口音，热情地做起了向导。他说附近是甬江、奉化江和余姚江的三江汇流之地，被人们称为"宁波老外滩"，非常有名。

街市上熙来攘往的人流，川流不息的车流，鳞次栉比的老建筑，彰显着"宁波老外滩"的独特魅力。上海外滩举世闻名，以前从没听说宁波还有"老外滩"，这次算是长了见识。不知怎的，此时想到上海外滩，心头掠过几许凄然。

路过一家花店时，我请司机师傅停下车，去花店买来一束菊花，白白的大朵的那种。回到车上，司机师傅瞅了我一眼，问我买白菊花有啥用。我冲他笑了笑，没有回答。或者说，我压根不知道怎么回答才好。

不多久，出租车停在了江东北路上。前方不远，一座青砖黛瓦的院落煞是惹眼。大门两侧，蹲伏着两只威严的石狮；墙上挂着浙东海事民俗博物馆的牌匾。秋阳有些热烈，将婆娑的枝叶映射在斑驳的粉墙上，光影参差。没错，就是这儿了。

来之前查阅过资料，知道这处院落原本是安庆会馆，始建于清中叶道光年间，既是祭祀天后妈祖的殿宇，又是行业聚会的场所。汤显祖有句诗说得好，"一生痴绝处，无梦到徽州"。安庆和徽州一起，代表了煊赫一时的徽商文化。安庆会馆很好地体现了徽派建筑的典型风格，从照壁到宫门，从戏台到大殿，处处透着典雅与绮思。

许是正值午后，博物馆里游人很是稀疏。展厅里陈列着不少与中国航海文化有关的藏品，一件一件看过去，我的脚步最终停留在了一只舵盘的前面。

这是陈列在妈祖大殿正中的一只木质舵盘，一望可知用的是上等木料。盘身不再光滑，大片大片的油漆已然剥落，古拙中流动着岁月的味道。舵盘约有半人高，孤零零地摆放在那里，就像是一位落寞的英雄，血染沙场，马革裹尸，空余铁甲染银霜，无处话凄凉。

我不知道，这只舵盘当年是怎样带着江亚轮，一次次乘风破浪，往返于上海和宁波之间的东海海面上的。我不知道，这只舵盘在沉睡海底八年之后，被打捞出水时是怎样的容颜。我更无法知道，江亚轮巨大的船体已消失在天壤之间，为什么独有这只木质舵盘可以幸运地保存下来。

没有人告诉我答案。我想，答案或许早已被岁月尘封。将手中的那束白菊花默默地放下，斜倚在舵盘上，我只能以这样的方式，向江亚轮的最后遗存物致敬，向因为那场大海难而丧生的三千多名同胞致哀。那是一场人类史上的大灾难。不知道有多少人和我一样，因为那场海难，失去了最亲最亲的亲人，从此改变了一生的命运。

噙着泪，在舵盘前伫立了好久，心潮澎湃，难以平复。直到一个声音出现在耳边："奶奶，您是江亚轮上的幸存者，还是幸存者家属？"

我拭了拭眼角的泪花，抬起头，说话的是位二十多岁的小姑娘。小姑娘的目光很清澈，似乎洞悉了我的心事。

"那边有留言簿，您想写点什么吗？"小姑娘白皙的脸庞绽放出笑容，声音很是甜美。我轻轻点点头。也好，写下三言两语也好。

跟着小姑娘，来到留言簿前。掀开簿面，拿起水笔，刚想写点什么，我的目光被最上方的几行字吸引了过去，不禁惊呆在了那里。那是几行繁体字："天涯相隔，恍若一梦。至今想来，痛斷肝腸。"落款是"章若甫"三个字。

章若甫？最近几个月以来，这个名字不知道在我梦中出现过多少次。梦醒之后，我一次次告诉自己，章若甫久已不在人世。这么多年以来，母亲虽然始终抱着重逢的幻想，但我知道，其实她内心深处已然默默接受了章若甫罹难的事实。可是此时此地，这个熟悉而又陌生的名字怎么会出现在留言簿上？

第一次知道章若甫的名字，是通过母亲留下的小说稿本。那个飘雪的午后，母亲和我在一起聊了很久很久。几乎都是母亲在说，我一直认真聆听，很少提问，不忍打断她的思绪。

"我们的命运，都是因为那场大海难发生了改变。"母亲说着，起身走到屋角，从一只红漆檀木箱里摸索出一块折叠成长方形的绢布，绢布里似乎包裹着什么。母亲回到我身边，坐了下来。打开绢布，里面是一沓泛黄的稿纸，上面写着密密麻麻的小楷字。

"这是一本小说。有空的时候读读吧，读完之后，或许你就会明白一切了。"母亲将那沓稿纸用绢布重新包好，郑重地交到我手里。

那天晚上，坐在书桌旁，就着台灯柔和的光线，我迫不及待地翻开了那沓稿纸。小说的题目叫《江亚轮》，整部小说母亲是用第一人称写成的。逐页翻去，被岁月尘封多年的往事，一下子和我撞个满怀——

第一章

我和钱士铭焦急地站在码头上，几乎是伸长了脖子，在人群里不停地张望。

眼前的景象是壮观的，以至若干年后回想起来，我依然词穷到只能用"震撼"来形容。在我们身后，江亚轮好似庞然大物，停泊在十六铺码头上。船舷偌大的"江亚"二字，吸睛夺目。这艘当时设施最为精良的客轮，船身超过百米，左右舷宽约十五米，往码头上一泊，仿佛一幢摩天大厦，严严实实地遮住了天际线。顶端高耸的烟囱被淡淡烟雾缭绕着，桅杆笔直地插入云霄。挨挨挤挤的乘客，在这庞然大物面前，活脱脱像是一群蝼蚁。

我跟着持钟话剧社到美国演出时，乘坐过邮轮。和邮轮比起来，江亚轮并不能显出多少的特别。其实最让我震撼的是码头上密密匝匝的人流。人流从四面八方汇聚而来，就像波澜壮阔的钱塘江大潮，一浪接着一浪。放眼望去，到处都是攒动的人头。嘈杂声，叫骂声，调笑声，声声入耳，乱作一团。若是站立不定，好像随时会被人潮卷走似的。听说从江亚轮下午三点正式检票开始，十六铺码头就成了人山人海的模样。

十六铺码头地处上海外滩。大约从清代乾隆年间开始，随着海禁开放，这里便繁华热闹起来。十六铺码头外便是浊浪滚滚的黄浦江。作为长江汇入东海前的最后一条支流，黄浦江称得上是上海最著名的地标。十六铺码头又是黄浦江上最大的一座码头，或者毫不夸张地说，是整个远东地区最大的客运货运码头。上海、宁波间的航船，日复一日便停泊在十六铺码头上。每天下午，江亚轮、江静轮分别在两地对开。经过一个漫长的黑夜，第二天一大早便能驶达目的地。

"士铭，爹娘怎么还没到？若是赶不上这趟轮船，怎生是好？"我素来喜静，瞧着身边拎着大包小包、挤来挤去、大声喧哗的人流，不禁皱了皱眉头。

"没事，别急，还没到四点，我们再等会儿。"钱士铭瞧了瞧手表，一手挽着蓝布碎花裙裾，一手将我紧紧地搂在怀里，"当心一点儿，若是被人群冲散可就麻烦了。"

钱士铭的语气很温柔，给人以踏实安定之感。我感激地冲他微笑着点了点头。

我们站定的位置靠近检票口。如果隔着太远，就算爹娘赶到码头，我们也没办法看到。饶是如此，也有可能一个不留神注意不到。我们原本可以先上船，坐定在舱里消消停停地等爹娘他们。怪只怪爹娘半路返回时走得匆促，忘了拿船票。现在四张船票都在钱士铭裤兜里，无论如何我们是不能先行上船的。

这是一个万里无云的好天气，碧蓝碧蓝的天幕，仿似一块通透的琥珀，瞧得人满心欢喜。可是从中午准备出门到现在，似乎一切都不太顺遂。

吃完午饭，我便回了房，穿上那件火红的缎子旗袍。这是父亲朱士奇上个月特意托人从宁波同森泰裁缝店订制的。父亲是宁波鄞县人，二十多年前来到上海滩闯荡，起初也就给人家打打杂，后来靠投资亚象纺织厂发了家。钱士铭和我敲定回宁波订婚的日期后，父亲当即托人去宁波最著名的同森泰裁缝店订了件火红的缎子旗袍。宁波裁缝有慈帮、鄞帮、奉帮之别，同森泰裁缝店掌柜便是鄞帮，靠一把剪刀走遍天下。只有他家的手艺，父亲还算瞧得上眼。

火红的缎子旗袍穿上身，我对着镜子左照右照，十分合体，包裹得身材愈显婀娜。已是初冬时节，外面就穿一件旗袍未免寒凉，我便喊葛妈去前厅的小阁楼上，把那件水貂毛皮草外套取来。

坐在妆台前，我打算略略化些淡妆，然后等着葛妈来给我梳头。用哑光散粉上好底妆，我打开一盘大地色眼影，拿起眼影刷，从眼头到眼尾，浅浅地刷过去。这时只听得父亲在屋廊下大声叫嚷道："阿力呢？阿力到哪儿去啦？"

阿力是个孤儿，从小流浪在武康路一带街头。父亲见他可怜，便好心收留了他，让他在家中打打杂。前两年，父亲购置了一辆"庞蒂克"老牌轿车，特意让阿力去学习驾驶，以后便专门负责开车。阿力虽说性格有些粗莽，做事倒也尽心尽力，随时听候吩咐，没有出过什么差池。

听到父亲的叫嚷，管家丁叔急急忙忙地赶来，头上冒着冷汗，气喘吁吁地说道："奇了怪了，我前屋后房都找过，这个节骨眼上，也不知道阿力死到哪儿去了！"

葛妈拿着水貂毛皮草外套，正要踏进房门，听丁叔这么一说，便接口道："阿力昨儿晚上说是要去银行门口蹲守，准备一大早'轧金子'。也不知道怎么回事，到现在还没有回来！"

"老爷，我这就差人到外滩上的几家银行门口看看，把阿力这浑小子给找回来！"丁叔说着，便要转身去找人。

"哪次'轧金子'，银行门口不是'贴大饼'？你差人到哪儿找去？"父亲叫住丁叔，"依我看，还是赶紧叫上两辆黄包车，倒是靠得住些。"丁叔答应一声，风一般地跑了出去。

"好端端的，阿力为什么要晚上跑去'轧金子'，难道大白天就不能去吗？"化好妆，坐在妆台前，葛妈给我梳起头来，我不禁好奇地问道。

"我说大小姐，你还不知道现在的形势吗？共产党的军队眼看着就要打过来，上海最近简直乱了套。"葛妈一手拿着檀木梳子，一手绾住我如瀑的长发，细细地梳弄着，"前几天，丁叔去面馆吃了碗牛肉面，点餐的时候价格是一百五一碗，到结账的时候，老板说是涨到了二百五，简直没把丁叔气个半死。现在物价飞涨，钱不当钱，只有黄金是硬通货，但凡有点儿脑子的人，有谁不想到银行去兑换？偏偏政府又推出什么限购令，不早早排队去，哪里可能兑换到手呢！"

说话之间，葛妈已替我梳弄好头发。套上水貂毛皮草外套，我照了照镜子，齐眉刘海，两股麻花辫，辫梢束上两只橙黄色蝴蝶结，整个人显得格外俏丽水灵。

除了话剧社活动，我平时不大出门。葛妈说的事，虽说略知一二，可这些事离我的生活实在不搭边。不过，父亲这段日子委实有些焦躁，我却是能够感受到的。那晚在餐桌上，父亲吃到一半，不觉唉声叹气起来。母亲陈蕙兰轻声问道："闸北的那家厂真的要关了？"父亲放下筷子，重重地叹了口气，没有答话。

二娘马湘珍舀了一碗西湖牛肉羹，放到父亲面前，接口说道："关了也好。现在这世道，物价就像是芝麻开花节节高，那么多店铺关停，工人失业，真不知道还能撑多久！昨儿听剑卿说，共产党的军队正在攻打徐州，这场仗也不知道结果会怎样……"

"不说了，不说这些了。吃饭，吃饭。"父亲打断二娘的话头，将小汤勺放进碗里，来回搅拌西湖牛肉羹，若有所思。

"就是呢。最近时局不稳，好多人家都往宁波乡下逃难。咱们是不是也要提前准备准备？"朱剑卿从来都不懂眉高眼低，冷不丁冒出这么一句。朱剑卿是二娘所生，小我三岁，年方十六。或许因为是家里唯一的男丁，他从小被宠到大，养成了一副大少爷的脾气。

"不说了，不说了，快吃饭。"二娘瞅了父亲一眼，拉了拉朱剑卿的衣角。朱剑卿不以为意地吹了个响哨，低下头扒拉着饭菜，不再言语。

父亲有没有准备携家眷返回宁波乡下，这一点我不得而知。不过上海偌大的产业，说丢就丢下，搁在谁身上也是不现实的。最近这十多天来，家里的氛围有点儿闷。朱剑卿还是像一匹脱缰的野马，有事没事就要往外跑。父亲说什么也不让我出门，说是外面太乱，街上经常发生哄抢事件，出门万一有个闪失，怎生是好。

在家闲得无聊，我便常常拿本书，一个人坐在屋廊下，打发这慵懒的时光。院子里栽满白鹃梅，一丛丛，一簇簇。枝头繁花刚刚凋谢，茂密的枝叶在秋阳之下，依旧显出格外的生气。花谢花开，世事无常。人生的进退沉浮，岂非就像这落英缤纷的繁花？

"眉卿！眉卿！"屋外传来轻轻的叫唤声，不用猜，我便知道钱士铭来了。葛妈打开门，笑吟吟地将钱士铭迎进屋。钱士铭穿了一身笔挺的卡其布燕尾西服，里面衬一件格子马甲，戴一个绛红暗花绸缎领结，足蹬一双锃亮的大头皮鞋，整个人显得格外俊俏挺拔，神采奕奕。

"亲爱的，今天打扮得真是漂亮。"进了屋，钱士铭眼前一亮，显然被我的装扮惊艳到了，不觉啧啧夸赞起来。说话间，他像变魔法似的，从身后"变"出一束红玫瑰，明艳欲滴的花束散发着馨香。

"送给你的，喜不喜欢？"钱士铭将红玫瑰递到我手里。我抿嘴一笑，脸上掠过一抹绯红。留过洋的男生，眼界开阔，懂得浪漫，就是和持钟话剧社里的那帮穷学生不一样。葛妈接过红玫瑰，插进白瓷花瓶，关上房门，悄悄地退了出去。

距离出门还有一小会儿，钱士铭索性坐在床沿边，向我说起新闻来："幸亏一个礼拜前我就托人买好今天的船票。最近不是很太平，加之听说船票要涨价，成群成群的宁波人赶着返乡，要想弄到特等舱或是一等舱的船票，恐怕不大容易呢。这两天售票窗口就跟抢票似的，估摸着连统舱票都所剩无几了。"

钱士铭连珠炮似的说了一气，随即从裤兜里掏出四张船票，在我面前扬了扬，颇有些洋洋自得。钱士铭在中央银行工作，以他的人脉，想弄几张舱位好一点儿的船票，并不是件难事。现在听他这么一说，可见沪甬线的船票已到了一票难求的程度。想想也难怪，时近年关，宁波人素来有两大习俗：一是回乡祭祖，二是修缮族谱。再加上时局混乱的因素，大批宁波人携带金银细软，急着提前回乡过年。每天只有一趟的沪甬线，怎么可能不人满为患？

上海是公认的移民城市，自从开埠之后，便成了江南一带的经济重镇。宁波自古以来便是著名商埠，宁波商人的足迹遍及天下。宁波、上海两地相距不远，上海开埠之后，一批又一批宁波人涌入上海滩"掘金",有人将他们称为"宁波帮"。后来我从一本书里了解到,当时上海人口大约五百万,其中宁波人就占到五分之一。沪甬线船票如此紧俏,也就不难理解了。

既然船票这么难买,我可得好好见识一番。接过船票细看,只见这是轮船招商局的票据,也就普通的单幅洋片大小。每张票上都有编号,由上至下标注着"船名江亚轮","由上海到宁波","签票日期:民国三十七年十一月初三"。以公历来算,也就是一九四八年十二月三日。此时距离下午四点三十正式开船已不到三个小时。三个小时后,我和钱士铭就将踏上这艘海轮起锚远行,从此步入属于我们的甜蜜人生。

丁叔喊来的两辆黄包车已停在门外。看着时间差不多了,父亲便让葛妈来请我们早点出门。来到前厅,钱士铭拿起放在条案上的蓝布碎花褡裢,便和我一道出了门。我有点儿好奇,钱士铭穿着一身洋装,为什么不带只旅行箱,偏偏要挽着土里土气的褡裢,这画风实在有点儿违和。转念一想,他必然是嫌旅行箱太重,随身带着麻烦,毕竟褡裢要轻便许多。我也就没有多问。

二娘站在大门口,朱剑卿不知道又跑哪儿撒欢儿去了,丁叔和一名小伙计一人拎着一只大皮箱,正往一辆黄包车上放。父亲挽着母亲,已坐在车上。二娘仔细叮嘱了几句,无非是路上注意安全之类的话,然后便招呼我们上了另一辆黄包车。

母亲素来身体羸弱,这番旅途劳顿,对她是不小的挑战。父亲原本想让母亲留在家里,可她坚决不同意。女儿、女婿订婚,她觉得自己无论如何不能缺席。朱剑卿原本也想跟着去宁波,无奈钱士铭只搞到四张特等舱船票——整艘船上的特等舱船票只有二十八张,父亲便让他和二娘留在家里照管门户。

在二娘、丁叔、葛妈依依惜别的目光里,两名精壮的车夫拉着黄包车,离开朱寓。从武康路拐上淮海路,便可直达十六铺码头。若是坐上"庞蒂克",二十多分钟就可到达黄浦江边。可这段路程对黄包车来说,却实在有些夸张。所谓重赏之下必有勇夫,拉黄包车的两个小伙子仗着年轻体力好，车资又丰厚，在丁叔一连被几名车夫拒绝之后，一口应承下来。

两辆黄包车一前一后，在笔直宽敞的淮海路上行进着。道路两旁遮天蔽日的法国梧桐，有节奏地向后不断倒退。一阵倦意袭来。垂下车帘，依偎在钱士铭肩头，我不禁打起盹来。也不知道过了多久，迷迷糊糊间，感觉黄包车突然震动了一下。睁眼一瞧，黄包车竟停了下来。

"出什么事了吗？"钱士铭掀开车帘问道。透过车帘望去，只见前方不远已是雁荡路口。

"也不知道怎么回事，前面那辆黄包车突然停住了。"车夫生就一张国字脸，额头沁满细密的汗珠，回转身来应答道。

莫非出了什么事？钱士铭搀着我下了车，朝前面那辆黄包车走过去。果不其然，只见车帘已掀开，母亲面色苍白，正伏在父亲的双膝上，身子微微颤抖，努力克制着不发出痛苦的呻吟，大颗大颗的汗珠从脸颊滚落下来。

"你娘头疼病犯了，看样子一时半会儿无法好转。刚刚走得匆忙，药又忘记带上了。"父亲瞧见我们走过去，无可奈何地说道，"你和士铭先去码头，我带你娘回家拿药，到时候我们在码头会合。看时间，应该还来得及。"

偏头疼是母亲的老毛病了，近些年在中医名家的调理之下，发病次数少了许多。早不发病，晚不发病，偏偏这个时候突然发病，委实让人措手不及。看起来别无他法，也只能照父亲说的去做了。

父亲将愣在一边的车夫叫到身边，让他将车上的两只大皮箱搬到后面的那辆黄包车上去。皮箱看上去有些沉，长着国字脸的车夫见状，屁颠儿屁颠儿地跑过来帮忙。皮箱搬上车后，钱士铭扶着我钻进车厢，目送着爹娘乘坐的黄包车掉头而去。

"眉卿，你说皮箱这么沉，里面装的是不是伯父伯母为你准备的嫁妆？"钱士铭转过头，冲我笑着说道。

"这个我哪知道？到了宁波，你不就清楚了嘛。"我此时正牵肠挂肚，悬心母亲的病情，哪有闲心思和钱士铭东拉西扯。

我和钱士铭赶到十六铺码头时，距离江亚轮开始检票已过去半个多小时。江亚轮霸气十足地停在那里，码头上人山人海，嘈杂不堪。一拨又一拨乘客被人流挟裹着，通过狭长的检票口通道，登上舷梯，来到底层甲板。底层甲板高出江面足有六七米，悬空而立。若是将码头视作一座戏台，那么底层甲板绝对是看戏的绝佳位置。可惜百米长的底层甲板已差不多被挤得密不透风，就算有心俯身看戏，恐怕这时也被挤得没了心情。

被人群推来搡去，几乎是费了九牛二虎之力，我们好不容易看到前方木板上的三个大字："检票口"。直到在检票口旁的旮旯里找了个缝隙站定，我们这才稍稍缓了一口气。看看周边挨挨挤挤的人群，几乎每个人脸上都透着焦急万分的神色。我不禁生出一丝怜悯：时值兵荒马乱，人命恰似蝼蚁。

码头倒真像是戏台。不远处，一场好戏正鸣锣开演。一个穿皂袍的年轻男子和一个戴黑框眼镜的富家子弟不知为了何事，争闹起来，几至老拳相向。国人大抵喜欢凑个热闹，唯恐事态不被扩大。顿时好像磁场效应，一大拨人朝那边聚拢而去。好些个已打探着消息的，如长舌妇一般，津津有味地高谈快论起来。

我和钱士铭是无论如何也不会去凑这个热闹的。不过，通过身边人的七嘴八舌，还是大致了解到了事情的来龙去脉：皂袍男子手里拎着两大包行李，费力地往检票口挤去，不妨一脚踩住前面富家子弟的鞋跟。富家子弟猝不及防，一个趔趄，手里抱着的收音机划出一道优雅的弧线，摔落在地。及至捡起一瞧，收音机外壳已摔裂，任凭如何费力拍打，这家伙呆若木鸡，再无声响。要知道，当时收音机着实可是稀罕之物。那富家子弟不禁急了，一把扭住皂袍男子，便要他赔钱。那皂袍男子如何肯认账，两人不免争执起来。在围观者的煽动之下，富家子弟将收音机丢在地上，一把揪住皂袍男子的脖领，一记老拳实实在在挥了出去。皂袍男子岂肯善罢甘休，扔下行李，一拳回敬过去，将富家子弟的黑框眼镜打落在地。

码头上原本已是拥堵不堪，经这么一闹，秩序更是大乱。好在警察拿着警棍及时赶到，吆喝着分开聚拢着的人众，将那两名男子一同带去警局，一场大戏这才谢幕。

"看样子，他们不可能赶上这趟轮船了。弄不好，还会在牢房里蹲上个三五天。"钱士铭语气里带着嘲讽的意味，"船票这么难买，恐怕这阵子他们是无法回宁波了。"

我满心盼着爹娘快点赶过来，哪里顾得上谈论这桩风马牛不相及的闲事。检票口处的人流越聚越多，大家拿着船票，前推后拥地通过检票口。嘈嘈杂杂的人群里，哪有爹娘的身影？我忐忑不安起来，莫不是发生什么事了吧？

"铛——铛——"远处的钟楼发出巨大的声响，响彻外滩，码头上的喧嚣声似乎瞬间湮没在了这洪阔的钟声里。我不免更加慌张，已到下午四点，再过半个小时，江亚轮就要起航了。

"士铭，怎么办？怎么办？"我紧紧依偎在钱士铭怀里，仿佛只有这样，才能得到一丝安全感。

"没事，放心，再等等，伯父、伯母应该就快赶过来了。"钱士铭温柔的嗓音里透着一股魔力，让人听了便觉得安心。虽然我心里清楚，他说这番话，只不过是想安慰我。

检票口的人流依然没有消减的迹象。有几个没有船票的家伙想跟着人流蒙混过去，被检票员毫不留情地拦截住。没有船票若是想要上船，倒也不是什么难事。我就亲眼瞧见两个衣冠楚楚的男人通过检票口时，掏出一两枚银圆塞到检票员手里。检票员满脸堆笑，举手放行。这是什么世道！有钱能使鬼推磨。

有那么一刻，我觉得即将起锚出海的江亚轮像极了挪亚方舟。那些通过高高的舷梯登上江亚轮的乘客，仿佛刚刚经历一场世纪末日大逃亡，拼尽全力后安然抵达彼岸。这些乘客里，有帅气英武的国民党士官，有珠光宝气的官绅太太，有一掷千金的商界大佬，有老实巴交的乡下农民……他们的人生原本处于不同的平行线，如今却因为登上同一艘航船，而可能产生某些交集。人生况味便是如此令人捉摸不透。

"还有要检票的吗？动作麻利点，检票口马上就要关闭了！"只听检票员抬高嗓门，大声吆喝起来。好些正在与送行亲友难分难舍的乘客听见这么一嗓子，迅即涌向检票口。检票口顿时再一次涌起狂潮。

我的心快要跳到了嗓子眼，无暇再去胡思乱想，踮起脚尖，焦急地四下张望。这时，钱士铭突然松开搂着我的手，像发现新大陆似的朝不远处用力挥舞着："剑卿！剑卿！我们在这儿！"

顺着钱士铭挥手的方向看过去，只见人流之中，朱剑卿朝这边一路小跑过来，他的身后并没有爹娘的身影。朱剑卿头顶鸭舌帽，戴一副金边墨镜，上身套一件藏青色呢绒大衣，衣襟敞开着，领口缠绕着的沙色长围巾耷拉在胸前，内里的云纹碎花衬衫若隐若现，怀表表链熠熠发光，分明一副玩世不恭的纨绔子弟模样。

"姐姐，铭哥——"朱剑卿显然看到了我们。许是跑得有点儿急，他面颊微微泛红，呼出的热气，凝成了飘荡着的缕缕白烟。

"爹娘呢？怎么没来？"朱剑卿还没有站定，我便迎上前去，焦急地问道。

"时间不早了，赶紧——赶紧上船吧，大家到船上再说。"朱剑卿大口喘着粗气，亲昵地挽着我的胳膊，便往检票口走去。伴随着挪动的步伐，深黑色喇叭裤那肥大的裤口张扬地舞动着，尖头皮鞋油光闪亮。钱士铭挽着蓝布碎花褡裢，一手拎着一只皮箱，费力地跟了上来。

"快，去帮拎一只皮箱！"我丢开朱剑卿的手，大声说道。朱剑卿不情愿地回头瞧了一眼，从钱士铭手里接过一只皮箱。

三步并作两步，我们便赶到检票口。这时检票口人流已稍稍少了一些。就在钱士铭从裤兜里掏船票的当口，只见从四面围拢过来五六个彪形壮汉，个个脑满肠肥，赘肉横飞。我们不禁心中一颤。原来，那几个壮汉并非冲我们而来，只见他们像箍桶一般，将排在前面的一个庄稼汉夹在了中间。

"你们这是做什么？"那庄稼汉穿一袭灰布长衫，看上去有点儿蛮钝。见此情形，他不免抬高嗓门问道。

"跟我们走一趟，你就明白了。"不容分说，两个大汉一左一右，夹住那庄稼汉的腋部，像是老鹰捉小鸡，几乎将他悬空架了起来。

庄稼汉兀自仍在挣扎，却哪里能挣脱那两个大汉鹰隼般的魔掌？这时，庄稼汉一扭头，目光里似乎射出一道闪电，投向身后不远处站定的穿中山装的男子。双目对视，那穿中山装的男子不觉低下头来。

"原来是你！"庄稼汉脱口而出的这句话充满着愤懑。他不再挣扎，被两个大汉架着，从人群里穿行而去。另外几个大汉和那穿中山装的男子跟在后面，也走了出去。

这伙人来去也就短短几分钟，却让喧闹的检票口顿时安静了许多。人们像看西洋景一样，定睛观瞧，大气不敢喘，瞅着眼前这突如其来的一幕。待到不速之客全部走远，看客们瞬间活跃起来，议论纷纷，检票口处重新炸开了锅。

"那几个大汉不会是绑匪吧？"

"怎么可能是绑匪？瞧那土包子的模样，也不像是个有钱的主！"

"我看八成那人犯了事，被国民党特务盯上了！"

"说不定犯下大案，被苦主雇人给拿获住了！"

……

"这年头真是哪儿都不太平！"朱剑卿咕哝了一句。我们随着人流，又往检票口挤了过去。

"船上'黄鱼客'太多，早已超载，时间差不多了，快收梯子！"就在我们挤到检票口时，一个戴着大盖帽的中年男子走了过来，冲检票员说道。检票员闻言，便准备去关闭检票通道。

"我们有票！我们有票！我们买的是特等舱船票！"钱士铭急得将船票举得高高的，挥舞起来。

检票员闻言停下手里的动作，钱士铭把四张船票一起递到他面前。检票员看了船票一眼，又瞧了瞧我们，可能觉得我们穿搭得与众不同，满脸堆下笑来，连声说道："请这边走！请这边走！"

我们刚刚通过检票口，检票员便把两扇栅栏门关上，落了锁。还没挤进来的乘客不禁大声叫嚷道:"还有乘客,还有乘客!"尽管叫嚷声震天响,检票员根本不予理睬。他转过身跟在我们身后,朝着舷梯方向走去,几名警察手持警棍,站在栅栏外维持秩序。如若不然,恐怕大胆的乘客便会冲开栅栏,冲向舷梯。

"叔叔,求求你们放我进去,我爹娘都在船上呢!"我刚走出没几步,只听检票口处传来小男孩儿哀求的声音。回过头去,只见一个小男孩儿正眼泪汪汪地裹在混乱的人群里,站在栅栏门外,不断地向警察央求。

小男孩儿约莫五六岁年纪,穿着一身蓝色竖条纹西服,五官十分精致,斯斯文文的,看上去很有教养。这男孩儿该不会和大人走散了吧?

瞧着小男孩儿可怜兮兮的模样,我突然有点儿于心不忍。想到钱士铭兜里共有四张船票,那多出的一张,让给这个小男孩儿岂非正好?来不及和钱士铭商量,我便对身后的检票员说道:"先生,请把那个小男孩儿放进来,他和我们是一起的,我们买了四张船票!"

检票员朝检票口看了看,尽管有点儿愕然,还是走了过去。只见他和警察耳语了几句,随后打开栅栏门,拉着小男孩儿的手走了进来。身后的人群见状,便想一窝蜂往里挤。可是几名全副武装的警察正手持警棍守在那里,谁也不敢贸然上前。两扇栅栏门随即再次被关闭、落锁。

我们立定在原地,等着检票员带那小男孩儿走过来。"姐,你认识这个小男孩儿?"朱剑卿好奇地问道。我摇了摇头,没有搭腔。"你不该多管闲事的。"钱士铭眉头微蹙,小声嗔怪道。显然,他并不支持我的决定。

小男孩儿止住哭,眼角闪着泪花,眼神有些慌乱,默默地走在我们身边。检票员就在身后,我这时也不方便向小男孩儿问些什么。

通过趸船,沿着长长的舷梯,我们一步步走向马上就要起航的江亚轮。甲板上那些原来如蚁点般大小的人们,慢慢变得鲜活生动起来。向下望去,码头上的人流越来越模糊,直到所有的面孔都已无法分辨。

第二章

　　走完长长的舷梯，便登上了江亚轮底层甲板。身后船员迅即将舷梯收走。江亚轮顿时就像是座孤岛，耸立在天际。

　　"爹娘怎么没来？"迎着清冽的江风，我稍稍舒了口气，瞅了一眼朱剑卿。他正好奇地在甲板上四处张望。

　　"大娘吃药后，仍是没办法止住头疼，爹爹提出送大娘去医院。爹爹说，他会想办法再搞两张船票，争取两三天内赶到宁波。"朱剑卿心不在焉地应答着，一副事不关己的模样。

　　"你跑过来，爹娘知不知道？"我追问道。

　　"当然知道。我娘、丁叔跟着爹爹、大娘一道去了医院，临出门时，正巧碰上我回家。爹爹让我叫辆黄包车，到码头上来告诉你们一声，他们可能赶不上这趟船了；另外让我把那两只大皮箱先带回去，说是皮箱太沉，省得你们路上带着麻烦。"朱剑卿嬉皮笑脸地应答道。

　　"这么说，爹娘没让你跟着我们一道去宁波？"我焦急地问道。

　　"我可从来没说过他们让我去宁波。可是我有腿有脚的，为什么一定要他们同意呢？"朱剑卿满不在乎地说道。

　　发现心肝宝贝没有回家，家里不知道要乱成怎样哩！我着实被这小子气得够呛，沉着脸，不再理睬他。

　　一阵江风掠过，我的刘海被吹得有些凌乱。钱士铭放下皮箱，替我理了理头发，顺口打起圆场："伯父十有八九会猜到剑卿和我们一道去了宁波。我看这也不是什么大不了的事儿，伯父、伯母反正没两天就会赶来宁波，到时候不就和剑卿见着面了吗？"

我低头瞧了一眼那个穿蓝色竖条纹西服的小男孩儿。此时他正闪着一双乌黑的大眼睛，盯着人群来回打量，显然在寻找家人。从小男孩儿失望的眼神可以知道，家人没有出现在他的视线之中。

从船头到船尾，底层甲板上处处嘈杂不堪。想从右舷走向舱室，几乎挪不开步子。到处堆放着大包小包的麻袋、包裹、篓筐、行李箱。不少人穿着厚厚的棉袄，戴一顶瓜皮帽，或坐或倚在包裹行李上。瞧起来，像是一场大逃亡。

"借光，借光——"钱士铭左手提着皮箱，右手挎着我的胳膊，不停地打着招呼，小心翼翼地在人群和行李之间找寻立足之地。特等舱设在江亚轮最高层，通过舱梯，便可以来到三层甲板。那是一处"凌绝顶"的位置，等进了特等舱，便能落得个耳根清净。

江风有点儿大，吹得人寒意顿起。朱剑卿狠命地压了压鸭舌帽，生怕被风刮落江中。他干脆一手拎着皮箱，一手抱起小男孩儿，跟在我们身后，一步一顿地朝舱门处迈去。小男孩儿很乖巧，一声不吭，也不哭闹，目光依旧在人流里巡视。

我转过头瞧向小男孩儿，不想，一眼瞥见一个衣冠楚楚的年轻男子席地坐在围栏边，眼神飘忽不定地左顾右盼，神色有些慌张。只见这年轻男子一字眉，吊梢眼，鼻直口阔，肤色黧黑，唇边有颗黄豆般大小的黑痣。"吊梢眼"没有注意到我的目光，正快如闪电地将手伸向旁边一位老妪的驼色碎布包袱。老妪佝偻着背，将一个四五岁的小男孩儿搂在怀里，对此浑然不觉。

一瞥之间，我的目光和朱剑卿对视在一处，显然朱剑卿也注意到了"吊梢眼"的诡异举止。小偷！我差一点儿喊出声来。

"起来！都给我起来！"就在此时，五六名手持警棍的警察突然出现在船头。"吊梢眼"立马缩回手去，慌乱地站起身。

"马上就要开船了，甲板上不准待人！有票没票的，统统都给我下到统舱去！"为首的警察有点儿胖，而且嗓门很大，声音穿透江风，在甲板上回荡着。其他几名警察在甲板上来回走动，手持警棍在人群里指指点点，由不得你不起身。

　　眼瞅着情形不妙，席地而坐的人群如潮水一般纷纷站起身来，夹杂着哭爹骂娘的喧哗声，向舱门处涌去。钱士铭一把拉住我，整个身子紧紧地贴在外舱壁上，几分钟前恍若集市的甲板，转瞬间便已空空荡荡。

　　"我们——我们是有船票的，特等舱！"朱剑卿单手抱着小男孩儿，站在舱室外，目光和一米开外的胖警察对视起来。胖警察尚未开口，朱剑卿将小男孩儿放下地，用手向高空指了指，冲胖警察咧嘴笑着，模样很是滑稽。我不禁扑哧笑出声来。胖警察忍住笑，表情故作严肃地挥了挥手，示意我们赶紧进去。

　　眼前的这个小男孩儿怎么办？钱士铭跑过去向胖警察求助，告诉他小男孩儿和父母走散了，询问能不能通过船上的广播，帮小男孩儿找到父母。

　　胖警察摇了摇头，带给我们一个失望的消息：船上的广播系统出了故障，正在检修。不过胖警察又说，不出意外，一会儿应该能修好。他问了我们具体的舱号，说是马上会有人到舱里来取寻人信息，一旦广播修好，第一时间将信息播报出去。

　　"先生，能麻烦您先帮着照看一下小孩儿吗？"看得出来，钱士铭急于想甩掉这个包袱。

　　"这——"胖警察听了这话，盯着小男孩儿看了几眼，犹豫未决。

　　不知道是不是因为胖警察长得不太和善，小男孩儿一个劲儿地往我身后躲。我有些不忍心，便对着胖警察说道："先生，这个小男孩儿还是由我们先照管吧。如果通过广播找到他的父母，到时麻烦把我们的舱号告知他们一声。"

　　听了这话，胖警察如释重负。钱士铭也就不再言语。就在我们走向舱梯的时候，朱剑卿回过头来，对着胖警察郑重其事地说道："先生，这船上有小偷，刚才我们亲眼瞧见的。"

　　"放心，有我们警察在，小偷不敢为非作歹。"胖警察咧嘴冲我们笑了笑，露出满口黄牙。

通过舱梯，我们从从容容地登上三层甲板。后来才知道，在船员们口里，三层甲板有个术语，叫作"三台格"。江亚轮顶部竖着烟囱、桅杆，完全裸露在江风中的那一层被称作"四台格"，又叫露天甲板；而三台格下面的二层甲板，自然便是二台格了。如金字塔般，越往上单层面积越小。每一层通过右舷、左舷形成外廊，环绕着舱室。站在甲板上欣赏风景，委实是件赏心乐事。

身处三台格，极目远眺，视野果然大不相同。外滩上那一幢幢西洋建筑，像是一只只包装各异的洋火盒，拼搭出多姿多彩的积木图形。哥特式的尖屋顶，巴洛克式的廊柱，西班牙式的阳台……似乎半座上海城已尽收眼底。另一侧，黄浦江浩浩荡荡，一望无涯，气象万千。一群群水鸟时而俯冲，时而盘旋。几艘大船穿行在江面上，激起阵阵碧波。用李太白那句"黄河之水天上来，奔流到海不复回"描绘眼前的江景，倒极是恰如其分。

特等舱和头等舱同处一层，中间相隔着豪华餐厅。两三个客舱便有一名侍应生提供服务。侍应生清一色都是年纪十八九岁的小伙子，头顶礼帽，穿着礼服，戴着白手套，顿时便可衬出客人的尊贵。在江亚轮上，能有机会服务特等舱、头等舱的客人，绝对是件美差。除了环境舒适，只要将客人侍候得舒舒服服，还能经常赚到些小费。

不同于四人一间的头等舱，特等舱两人一间。站在八号特等舱门口的侍应生看起来有些腼腆。瞧见我们走过来，他欠了欠身，满脸堆笑，露出一口洁白的牙齿："先生、小姐，能否出示一下船票？"

钱士铭从裤兜里掏出船票，找出八号特等舱的两张，在侍应生面前扬了扬，随后将另外两张递到站在一旁的朱剑卿手里："你带着小孩儿就住九号舱吧。"

"让我带着他？"朱剑卿放下皮箱，接过船票，瞅了一眼身边的小男孩儿，表情很是惊愕。看起来，在他眼中小男孩儿同样是个累赘。

"不如这样，让我先带着他。一会儿我和他聊聊，说不定能帮他找到家人。"我走过去，轻轻地牵起小男孩儿的手。小男孩儿仰起头，扑闪扑闪的大眼睛里透着感激。

这时侍应生已从钱士铭手中接过皮箱，推开舱门，将皮箱放在角落里。钱士铭拎起地上的另一只皮箱，默然不语，走了进去。皮箱紧挨着放好后，他顺手将挽着的蓝布碎花褶裙丢在舱门边的长沙发上。我带着小男孩儿跟着走进舱。侍应生转身退了出去，关门之时，只见朱剑卿哼着小曲，一个人径自朝隔壁的九号舱方向而去。

进舱后，我做的第一件事便是工工整整地在桌上的便笺纸上写下寻人信息。隔了没几分钟，果然有人敲门将便笺纸取走了。

我一直以为，我们是最后一批登上江亚轮的乘客。直到后来邂逅章若甫，方才知道真是大错特错。从趸船通向江亚轮的舷梯被收走后，在船尾毫不起眼的角落还有可以上船的入口，那便是用于运货、卸货的货舱通道。只需走过搭在码头上的长吊桥，便能从这个入口进入货舱。随后转个弯，就是位于江亚轮底层的统舱。

从章若甫口中得知这个秘密，那是三个多钟头以后的事情。我和钱士铭站在三台格上欣赏黄浦江美景的时候，当然不会知道那个隐秘的货舱入口，更不会知道，此时的章若甫正在统舱，为了替妹妹章若瑾找一处落脚的地方而焦头烂额。

章若甫登上江亚轮的过程，我后来才略知一二。若是循着单线叙事的脉络，这段故事显然不应该在这里交代。可如此一来，这本小说岂非成了我的"独角戏"？讲至兴高采烈之时，传统说书艺人通常会将惊堂木一拍，来上一句"花开两朵，各表一枝"。我也不妨依葫芦画瓢，且将话头岔开一边。下面提到的事情，有些毕竟非我亲眼所见，其中免不得铺陈演绎，看官们倒也不必太过深究。

章若甫和妹妹章若瑾赶到轮船招商局售票窗口时，附近挤满了人，售票窗口已然关闭。没有买到票，众人的叫骂声如滔滔江水，绵绵不绝。章若甫浓眉深锁，恨恨地捏了捏拳头。章若瑾将包裹在褓褓里的小雯紧紧搂在怀中，生怕被江风吹冻着感染风寒。

章若甫告诉自己，无论如何不能错过这趟江亚轮，否则便很可能见不上老母亲最后一面，留下终身遗憾。

　　章若甫是宁波镇海人，在国民党空军第八大队服役，驾驶B-24轰炸机。空军第八大队戍守南京。一天前，章若甫突然接到镇海老家拍来的紧急电报："母病危，携妹速归。"短短几个字的电文，看得章若甫犹如晴天霹雳。他急忙向大队告假，打算买张沪宁线车票，连夜赶往上海。孰料到南京火车站售票窗口一问，开往上海的火车最早也要等到第二天清晨。章若甫只得在候车室蜷了一宿。次日清晨天刚麻麻亮，他咬咬牙买好票，坐上了豪华昂贵的"蓝钢快车"。

　　赶到潭子湾时，已过了正午时分。几户人家仍忙着生火做饭，袅袅青烟，呛得人嗓子辣辣的。潭子湾是上海著名的棚户区，随处可见用竹竿、木头横七竖八支撑起的简易棚屋，老上海俗称为"滚地龙"。那里满目疮痍，与纸醉金迷的上海外滩简直天壤之别。

　　问了几户人家，章若甫好不容易才问到胡阿牛落脚的地方。顺着热心人指点的方向，拐进一条逼仄的胡同，只见不远处章若瑾正立定在屋外晾晒尿布。

　　两个多月前，小雯降临人世。在宁波镇海老家坐完月子后，章若瑾便跟着胡阿牛来到上海讨生活。胡家和章家在镇海是紧挨着的邻居，胡阿牛为人踏实本分，章若瑾便冲着这一点，打定主意要嫁给他。

　　胡阿牛只是我在书里为章若甫的妹婿临时取的名字。至于他的真实姓名，我已无从知晓。三个多钟头后，在船头和章若甫聊天时，我没有想过要写这样一本小说，哪里有闲心情去打探他妹婿的姓名呢？当然，小雯的名字也是我随手写下来的。对每个人来说，姓名只不过一个代号而已。姓张姓李，哪怕叫阿猫阿狗，又有什么相干呢？

　　瞧见妹妹，章若甫急走几步，大声喊道："若瑾——若瑾——"

　　听见喊声，章若瑾回转身来，见是大哥，不禁喜出望外。她将一双湿手在围裙上擦了又擦，急忙迎了过来。

　　"快点收拾收拾，跟我回镇海，娘可能快不行了！"来不及寒暄，章若甫心急火燎地说道。他知道，如果要想赶上下午回宁波的航船，时间已经所剩无几。

闻听此言，章若瑾顿时乱了方寸："现在就跟你走吗？阿牛做工还没回来，要不要等等他，和他一起回去？"

章若甫一听便急了："若是现在就走，还有可能和娘见上最后一面。若是等到阿牛收工回家，今天无论如何也赶不上航船了……"说这话时，章若甫眼圈不禁红了。

章若瑾见状，更是没了主意，只得听从大哥的意见。进屋后，章若瑾脱掉围裙，在桌上给胡阿牛留下张纸条，便准备动身。小雯尚未断奶，况且将她一人留在屋内也着实放心不下，章若瑾便找来厚实的衣袄，将熟睡中的小雯严严实实裹起来，只露出一张红扑扑的小脸，随后用一块朱红色的巾帕包好，系上丝带，抱在怀里，便和章若甫锁门出屋。

待得章若甫兄妹乘坐有轨电车来到十六铺码头，已过了下午四时，售票窗口早已关闭。就在章若甫彷徨无措之时，有个穿灰布长袍的中年汉子凑了过来，低声问道："两张统舱票，要不要？"

章若甫知道，眼前这是票贩子。照目前的情形，不从票贩子手里买票，这趟江亚轮压根别想赶得上。虽说购买统舱票有点儿委屈了妹妹和外甥女，可此时归心似箭的他，哪里还能顾及那么多呢？和票贩子谈妥价格，付完钱，章若甫拿着两张统舱票，便和章若瑾急急忙忙地往检票口赶。

赶到检票口，章若甫傻了眼。江亚轮已结束检票，一大群人正围在栅栏门外大声叫嚷。

"快开门，快开门，我要回镇海给老娘送终——"章若甫拍打着铁栅栏，夹在人群里撕心裂肺地大喊着。周围嘈杂的声响吓坏了小雯，孩子哇哇大哭起来。章若瑾一边哄着孩子，一边跟着章若甫死命拍打着栅栏。

"就是放你们进去也没用，没看见舷梯已经收掉了吗？江亚轮马上就要开了。"有个警察实在不落忍，好心提醒道，"明天一早赶紧排队去买票，说不定还能排上。下午记得早点到码头来！"

都说"男儿有泪不轻弹，只因未到伤心处"。闻听此言，章若甫红了眼，两行热泪差不多涌了出来。他和妹妹自幼失父，靠着老母亲讨百家饭，好不容易将他们兄妹拉扯成人。如果不能见上老母亲最后一面，情何以堪？

"你且跟我来。"有个身材健硕的壮汉扯了扯章若甫的衣襟，低声说道。章若甫虽然不明所以，但还是揉了揉通红的眼睛，和章若瑾跟着走了过去。

原来，那壮汉是码头上的搬运工。他将章若甫兄妹带到江亚轮船尾的货舱入口处，对正在搬运行李的"络腮胡"耳语了几句。"络腮胡"挥挥手，示意章若甫兄妹赶紧上船。章若甫对着那壮汉和"络腮胡"千恩万谢，牵着章若瑾的手，疾步走上吊桥。

就在此时，从后面急匆匆跑过来一个后生。这后生头戴瓜皮帽，一身粗布衣服，肩头搭着一只褐色粗麻包裹，跟在章若甫兄妹身后，便往吊桥上大步走去。很显然，刚才那个搬运工为章若甫指点迷津的时候，被这后生瞧在了眼里。

"络腮胡"跨前几步，大手一挥，便截住了这后生的去路。这后生倒也并不慌乱，只见他从裤兜里掏出一沓金圆券，塞进"络腮胡"手里。见是金圆券，"络腮胡"略微迟疑了一下。毕竟时下通货膨胀厉害，国民政府发行的金圆券缩水严重，渐渐已是不值一文。最终，"络腮胡"还是将这后生放了进去。

走过吊桥，这后生跟着章若甫兄妹，从一扇敞开着的小门进入江亚轮。真是好悬啊！直到此时，章若甫一颗悬着的心终于放了下来。回头一瞧，货舱门正慢慢关闭。

货舱里堆满货物，几名工人正在那里卖力地搬运箱子。章若甫从一名工人身边走过时，只见那工人不小心失了手，一只沉沉的大货箱跌落在地，整个人随之重重地摔在舱板上。章若甫赶紧蹲身去扶，却不想那货箱已是跌破一角，几根灿灿的金条滚落出来。

那工人一骨碌从地上爬起身，眼里闪着光，朝章若甫瞧了一眼，随即蹲下身，将散落在地的金条捡起来，扔进货箱。章若甫见那工人没事，便和妹妹继续朝前走去。走到货舱口，章若甫回头瞧了一眼，只见那几名工人一齐聚在货箱面前，不知道七嘴八舌说些什么。那后生见状，急急地转身凑了过去。章若甫当然知道他们接下来会干些什么，倒也没有去理睬。

走出货舱，拐个弯，便进入了统舱。统舱是江亚轮最底层的舱位，处于底层甲板的下方，分前后两个大舱，中间隔着防水门。统舱里没有铺位，人少的时候可以席地而睡。可此时此刻，想要找个席地而坐的地方，也几乎成了奢望。

后来的一份数据显示，江亚轮满员核载人数是两千两百五十人，当天售出的船票的确只有两千两百多张，可是船上的实际载客量接近四千人。这也就意味着，偌大的江亚轮上涌入了大量没有买票的"黄鱼客"。其中不少是船员、茶房、侍应生的七大姑、八大姨，当然还有一部分是靠着银圆或是金圆券，买通检票员，混进船舱里来的。为了逃避查票，"黄鱼客"大多只能混迹在底层统舱。

与货舱相连的是后大舱。尚未走到后大舱门口，一股酸酸的污浊气味已是扑鼻而至。及至到了门口，章若甫的一双剑眉顿时拧成了疙瘩。原本容纳三四百人不在话下的舱室，此时已被挤成沙丁鱼罐头，哪里还有可供落脚的地方？乘客人数已是大大超过荷载，更何况席地而坐的乘客几乎都带着好几件粗笨的包裹，又占去不少地方。可供落脚的空间，委实少得可怜。

后大舱上方悬着两盏灯，因为四周没有窗户，舱室里多少显得有些昏暗。购买统舱票或是逃票上船的乘客，大多身处社会底层。只见他们三五成群，旁若无人地在那里高谈阔论，无非说些家长里短。有些人刚刚被警察从底层甲板上赶了下来，聚在那里嘟嘟囔囔，愤愤不平。人挨人，人挤人，磕着碰着在所难免。若是碰上得理不饶人的贩夫走卒、村妪老农，难免会气势汹汹地对骂一阵，直至惹来一肚子闲气方才作罢。这所有的声音交织在一起，让人感觉像是误闯进混堂，吵得人头皮发麻。

若是只有自己一个人，章若甫倒也觉得没什么，随便在舱壁前找处能插脚的空当，勉勉强强倚在舱壁上也就罢了。第二天一大早，江亚轮便能驶达宁波，不过短短十多个小时的光景。可是现在，身边还有妹妹和外甥女，怎么能让她们遭这份罪呢？

"让开！让开！"那后生不知何时跟了过来，显得有些不耐烦，一把推开章若甫，便往后大舱里挤去，肩头的包裹险些擦到小雯的脸蛋。章若瑾抱着孩子，慌乱地避让到一边。

那后生挤进后大舱，四下张望，只见左边角落处一名少妇席地而坐，右手搭在身旁的行李箱上。后生踩着人流间的缝隙，几乎是以蹦跳的姿势赶过去，冲那少妇吼道："快把行李箱拿开，给我挪个位置！"

少妇身穿素布衣裳，鬓边斜插一朵白花，瞧上去像是刚刚丧偶的孀妇。陡然有人冲过来，吼上这么一嗓子，少妇不免有些害怕，低着头嗫嚅道："我的同伴跑去上层甲板了，马上就会回来，她叮嘱我给她看管这个位置的……"

那后生不容分说，一把拎起行李箱，往少妇手上一搁，随即盘腿坐了下来。看起来行李箱分量着实不轻，那少妇不禁哎哟了一声。

说时迟那时快，只见一个穿着草绿色棉大衣的年轻男子猛然跳将过去，一把拎住后生的脖领，将他提了起来。那男子腕劲十足，后生奋力扭动身躯，竟然挣脱不得。这一切发生得太突然，周遭不少人立马住了嘴，目光齐刷刷投射过来。

这年轻男子正是章若甫。章若甫最是瞧不得男人欺负女人，见这后生如此放肆，不禁怒气填胸，上前打抱不平。后生见当众出了丑，一张黑黢黢的扁平脸涨得发紫，扭头瞧了一眼，明显被章若甫威严凛然的目光震慑住了，后生张大嘴巴，什么话也讲不出来。

"滚一边去！"章若甫冲那后生吼了一声，将他放下地来。后生灰头土脸地朝后大舱右部挪去，随后便耷拉着脑袋，斜倚在舱壁处堆放着的一大堆篷布上。那少妇将行李箱放回原处，向章若甫投来感激的目光。章若甫倒也没觉得有什么大不了的，朝着少妇点点头，趑身回到舱门处。

"走，我们到甲板上去瞧瞧。"章若甫拉着妹妹，登上一旁的舱梯。无论如何，这里是不能待下去的。不如碰碰运气，看看能不能躲过警察的巡逻，在甲板上找处栖身的地方。

章若甫和妹妹、外甥女去了哪层甲板，有没有到过三台格，我不得而知。三个多钟头后在船头对着一轮朗月聊天时，章若甫没有谈到这个细节。不过从时间上推算，他们来到甲板的时候，我应该正坐在八号特等舱的床边，询问那个名叫吴继超的小男孩儿几个问题。因为章若甫告诉我，他们来到甲板短短几分钟后，江亚轮鸣笛起航。甲板上的江风有点儿大，担心产后体虚的妹妹吃不消，章若甫便和妹妹、外甥女又下到了后大舱。

江亚轮鸣笛起航的时候，我和钱士铭正迎着江风，站在船头，旁边就是江亚轮的"心脏"——驾驶舱。我将吴继超交给了朱剑卿，让他带着吴继超在船上到处转转，看看有没有可能恰好碰上吴继超的家人。对于朱剑卿，我是再了解不过了，他哪里可能闲得住呢？在舱里待上不多一会儿，准会抄着手四处闲逛。果不其然，当我把这件差事交给他时，他爽快地一口应承下来。"餐厅五点半用餐，注意时间，到时我们在餐厅碰面。"走出九号特等舱时，钱士铭不忘叮嘱这么一句。

知道小男孩儿名叫吴继超，是在和他简单聊过几句之后。走进八号特等舱，写好寻人信息后，我坐在床沿边，吴继超搬张凳子坐在对面。相对而视片刻，我便开了口，无非是问问他姓名，家住哪里，到底是怎么和爹娘走散的。

吴继超的目光很少和我产生交集，大多数时候他垂着头，盯着蓝色竖条纹西服的下摆。吴继超说，他家住在上海静安寺附近，和爹娘走散前，娘亲右手搀着他，左手搀着妹妹，朝着检票口挤过去，远远地便看见江亚轮停泊在那里。这时，后面一阵人流如巨浪拥了过来，等到他随着人流往前挤了一小段，这才发现，牵住自己的是个陌生男人。左顾右盼，爹娘都已不见了踪影。

"你后来亲眼瞧见爹娘登上江亚轮了吗？"听了半天，我的心头盘旋起大大的问号。

"后来，后来我在检票口附近等了老半天，也没见到爹娘。我想，爹娘肯定随着人流上了江亚轮。要不然，他们为什么不来找我呢？"吴继超年龄虽小，分析得倒颇有几分道理。关键问题是，就算他的爹娘真的在江亚轮上，该到哪儿去找呢？

我们坐着闲聊时，茶房提着茶水铫走了进来。茶房个头儿不高，是个精干的中年人，只听舱门外的侍应生喊他康伯。当然，从两人的对话里，我知道那个腼腆的侍应生名叫黄得佳。

特等舱很是气派豪华。舱壁刷着白漆，地面铺着地板，舱顶吊着一盏水晶灯。特别是舱室右角的一丛绿植，长得郁郁葱葱，让人见了便觉赏心悦目。舱室另一角是盥洗池，此外还有风扇、壁灯、衣帽架等各类物件，一应设施俱全，处处弥散着温馨的气息。

见到茶房进来，坐在方桌边的钱士铭从桌上的托盘里拿起两只白瓷茶杯，将杯口翻置朝上。康伯走过来，倒上两杯热茶。"没想到，你们这么年轻，儿子都这么大了。"康伯走出舱门时，丢下这句唐突的话头。

闻听此言，我不觉双颊潮红。钱士铭端起桌上的茶杯，也不管烫不烫口，将一大杯茶一气饮尽。我能感觉到，自从吴继超走进舱门，钱士铭的不痛快便写在脸上。满心欢喜的二人世界里突然闯进"小不点儿"，他怎么痛快得起来呢？也就是这时，我想到去找朱剑卿，让朱剑卿带着吴继超在船上转转。如果他的家人真的上了船，希望老天保佑，能够碰上。

总算暂时解决"小不点儿"的问题，站在船头，钱士铭的脸上终于有了笑意。倚在栏杆旁，钱士铭搂着我的腰，轻轻地将我揽进怀中。钱士铭一米八几的高个头，在他面前，我显得有些娇小。男人原本就该是女人的靠山，我一边想着，一边顺势倚在钱士铭宽阔的胸膛上。他的胸膛有韵律地起伏着，我似乎能听到那颗火热之心的律动之音。

"想不到，连小孩子的醋也吃。"仰起头，瞧着钱士铭那张如雕刻般有棱有角的脸，我不禁打趣道。

"你这么喜欢小孩子，以后我们就多生几个，相信孩子们都会喜欢你这个好娘亲的。"钱士铭凝视着我的双眸，煞有介事地说道。

　　生孩子？那该是多么遥远的事情。或许，也并不遥远吧。这次到宁波订完婚，过不多久就会嫁进钱家，罩上红盖头，成为别人的新娘，接受着乡邻乡亲"早生贵子"的祝福……脑海里这么一闪念，我羞涩地低下了头。

　　就在这时，一名身穿高等船员制服的青年男子手拿一册账簿，朝着驾驶舱走来。后来我才知道，他叫郑守业，是同济大学的青年才俊，在江亚轮客船部担任业务主任。眼看已是下午四点半，江亚轮的起锚时间到了。

　　此时站在甲板上的我不可能清楚，郑守业给船长沈达才送来的是此次航班的票房报表。仅从这张票房报表来看，江亚轮的载客量并没有超过核载人数。航船当时的超载情况，沈达才船长是否知道，这一点我同样无法搞清楚。也有一种可能，这在一票难求的沪甬线上已是司空见惯，包括沈达才船长在内的所有船员，也便见怪不怪了。

　　沈达才的人生履历非常漂亮。民国初年，他毕业于航海专科院校，从轮船实习生、三副、二副干起，积累了丰富的航海经验。在一九四五年五月被轮船招商局委任为江亚轮船长之前，沈达才已在母佑轮、裕兴轮、大生轮等多艘轮船上担任过船长。任江亚轮船长短短三年间，在上海到宁波间的这条航线上究竟跑过多少趟，恐怕沈达才自己也说不上来。

　　江亚轮以前叫"兴亚丸"，日寇侵华期间由日本东亚海运株式会社制造。也就是在沈达才担任船长的那一年，随着日寇投降，"兴亚丸"由轮船招商局接收，更名为"江亚轮"，第二年起投入沪甬线运营。沈达才是江亚轮的第一任船长。

　　之所以对江亚轮的底细了解得如此清楚，并不是我在出行之前做足了功课。相反，对于这段历史，我此前一无所知。在我看来，这只是一次寻常的旅行，有什么必要事前去了解一艘航船的过往呢？后来的事实证明，这并不是一次寻常的旅行。几天以后，当"江亚轮"这三个字铺天盖地频频见诸报端时，除非你选择性逃避，否则对这段历史一定会刻骨铭心。

"呜——呜——"伴着长长的汽笛声，江亚轮正式起锚，缓缓驶离十六铺码头。船顶烟囱里升腾起乳白色的浓烟，像极了飘浮着的优雅的云朵。锋利尖削的船头刺破浑浊的黄浦江水，犹如河妖水怪劈波斩浪，朝着浩瀚的东海开出一条水路。在船尾螺旋桨强大推力的作用下，江面翻起层层白浪，留下一条波光粼粼的水带。

许多年之后，那声响亮的汽笛依然回荡在我的脑际。我甚至在猜想当时的情形：驾驶舱内，沈达才船长将票房报表搁在桌上，瞧了瞧挂在舱壁上的时钟，对着大副朱津昌斩钉截铁地命令道："开船！"底舱锅炉房的船工们忙不迭地往锅炉里添加燃煤，热蒸汽迅即推动蒸汽轮机高速旋转起来……

一定是这样的。我想，当时的情形一定是这样的。很长一段时间，只要闭上眼睛，这样的画面便会毫无缘由地浮现在脑海中。

"我们回家啰——我们回家啰——"底层甲板上，不知道是谁扯着大嗓门，吼了这么一嗓子。声音仿佛刺破云层，在黄浦江江面上回响着。从统舱到四等舱，从头等舱到特等舱，一阵阵欢呼雀跃声汇聚交织在一起，好似为劈浪远航的江亚轮助威壮行。

十六铺码头上，一群又一群送别亲友的人们拼命地挥舞着双手，目送着江亚轮消失在视线之中。

第三章

当天清晨，设在上海外滩沙逊大厦的交通部上海广播电台播报了这样一条气象信息："上海今天晴到少云，气温3℃—7℃；风力2—3级。"这条气象信息，沈达才船长绝对不会错过。这是非常适宜航行的好天气。我甚至能够想象，听到这条气象信息后，沈达才船长略显沧桑的脸上浮现出的满意笑容。船员们常年奔波于江海之上，面庞很容易烙上岁月的深深印痕。

这条气象信息，是章若甫三个多小时后在船头告诉我的。能在南京火车站候车大厅收听到交通部上海广播电台的讯息，委实有些出人意料。因为正要赶往上海，章若甫便格外凝神听了听，暗自庆幸这是适合远行的好天气。

听章若甫说完这些，我突然想起十六铺码头上穿皂袍的年轻男子与戴黑框眼镜的富家子弟间的那场争闹。清晨时分，那只后来被摔坏的收音机里，可曾播放过这条气象信息？朗月高悬的深夜，错过这趟江亚轮的他们可曾想到，这场老拳相向、大打出手的争闹，值得他们庆幸一辈子？也许余生他们会感恩命运，成为彼此间很好很好的朋友。

思绪万千之际，我不免懊悔不已。如果当时有一点儿不祥的预感，哪怕只是一丝一毫，我又怎么会将吴继超带进检票口？可是世间的事，哪有那么多如果呢？

江亚轮驶离十六铺码头后，船速明显加快，江面陡然变得开阔起来。钱士铭牵着我的手，走向船尾甲板。瞧着眼前的景色，我突然想到古诗里的那句"两岸青山相对出，孤帆一片日边来"。纵目四望，浩荡无涯的黄浦江上偶尔可见一两座孤零零的小岛，绝没有在诗句里出现的耸峙的青山。小轮机帆船倒是时而能见到几艘，不过却被往来穿梭的一艘艘大船淹没了身影。唯一应景的只有那轮红日。可惜时近日落，万丈霞光掩映中的红日，释放的已是最后的余晖。

"亲爱的，在想什么呢？"钱士铭轻轻地唤了一声。我收回视线，侧过脸来。钱士铭含情脉脉的双眸，正一眨不眨地盯着我，像是一泓碧青碧青的潭水，深邃而澄静。这样的眼神是令人迷醉的。当我第一次与这深邃而澄静的眼神对视时，便深深地沉溺在了那泓潭水之中。

"干吗这样盯着我？"我觉得脸颊滚烫起来，突然有点儿不好意思。

"落日余晖是人世间绝美的风景。可是再美的风景，若是少了你，又哪能让我心动呢？"钱士铭凝视着我，深情款款地说道。

这句话实在有点儿肉麻。若是从别的男生嘴里说出来，我肯定浑身会起鸡皮疙瘩：这明摆着是油腔滑调，故意讨女孩子欢心。可现在听了钱士铭的这句话，我却是无比受用。若不是想保持住淑女形象，我差一点儿便要张开双臂，扑进钱士铭怀里去了，然后就这样在落日余晖下互相依偎着，直到天长地久。

不知道是不是心有灵犀，钱士铭突然张开双臂，迎着江风，大半个身子几乎探出栏杆，冲着船尾一道道波光粼粼的水浪，大声喊道："朱眉卿，我爱你！今生今世，我们永不分离！"

幸亏因为江风大，甲板上原本为数不多的几名特等舱、头等舱客人，纷纷回了船舱。若是被他们撞见，我非得在甲板上找条缝一头钻进去不可。一贯以翩翩绅士风度示人的钱士铭，原来疯狂起来就是个邻家大男孩儿，热情、奔放，又带着那么一点儿任性、嫉妒。

热烈的江风，就像是大功率电吹风，将钱士铭抹了发油的漂亮的鬌松大背头，硬生生吹烫成了爆炸头。卡其布燕尾西服的后摆被江风使劲地吹鼓起来，像极了一面飘扬着的旗帜，在风中猎猎作响。落日余晖下，钱士铭犹如那尊古希腊雕塑家米隆刻刀下的美男子雕像，完美无瑕地矗立在高高的三台格上。

可惜，我不是画家。若是我能绘上几笔，必定坐一艘小船，远远地和江亚轮齐头并进，只要远远地就好。我会拿出五彩画笔，将眼前的这一幕绘入图卷。没有画笔，铅笔也行，那就不妨绘一张素描，同样会是绝佳的作品。

我固执地以为，这绝对是天使视角。虽然从这个角度看过去，那尊距离江面有十多米高、矗立在三台格尾部栏杆旁的美男子雕像，与乘风破浪、一往无前的江亚轮比起来，实在像是一出大戏里的龙套演员，可这又有什么要紧呢？哪怕只是夕阳里的一粒尘埃，也会美丽成画师笔下的风景。此时此刻的江亚轮上，还有什么风景比这更迷人呢？

宁波是著名的江南水乡，可自小生活在宁波乡下的我却不识水性，甚至有点儿怕水。哪怕我满心想学着钱士铭的样子，从栏杆边探出身子，对着万顷碧波，小声地吼上那么一嗓子，可内心的恐惧却让我无论如何也做不到。我只能在心里默默地念道："山无陵，天地合，乃敢与君绝。"

我一直以为，能在茫茫人海之中碰上钱士铭，绝对是我这辈子最幸运的事。沐浴着江风，我的思绪不禁飘忽到三年前的那个秋天。

在那个落叶飘零的金秋十月，我第一次乘坐邮轮，从东海之滨穿越苏伊士运河，经过地中海、大西洋，来到遥远的美利坚合众国。在陆续辗转好几座城市之后，我们下榻在哥伦布市的希尔顿酒店。

我是跟着持钟话剧社出访美国的。那时我进入私立持志学院读书的时间还不长。持钟话剧社是持志学院附属中学的学生社团，成立于左翼戏剧运动热浪滚滚之时，在上海滩常常参加公演，小有名气。一天，偶然间在持志学院的公告栏里看到持钟话剧社招募新学员的宣传单，跃跃欲试的我在同学的鼓动之下，便去报了名。

也许是多少有点儿舞台表演天赋，在试演《梅雨》《父归》等几出剧后，我被持钟话剧社留了下来。我从小便爱看电影，仰慕胡蝶、周璇、阮玲玉等大牌影星的风采。在持钟话剧社，虽然只是扮演一些小角色，我已深感开心和满足，毕竟圆了儿时的舞台梦。得知话剧社秋天将接受中国留美学生社团邀请，赴美国多座城市公演，我更是激动得一连几天翻来覆去没有睡好觉。

父亲原本并不支持我加入话剧社。在他眼里，这是一帮穷学生整天以救国运动的名义，公然和政府唱对台戏，弄不好会惹上大麻烦。我软磨硬泡非要参加，并向父亲保证，只会演些家庭戏，绝不沾惹时事戏。父亲实在拗不过我，最终只得点头同意。

我随着持钟话剧社前脚下榻希尔顿酒店，后脚堂姐朱曼卿就敲响了酒店的房门。朱曼卿大我两岁，是俄亥俄州立大学的一名留学生。俄亥俄州立大学位于哥伦布市中心北面，是美国最为顶尖的公立大学之一。事先得知会去哥伦布市公演，我便早早地给朱曼卿寄去封信，告知赴美行程。

这次能在异乡姐妹欢聚，我俩自是格外兴奋。当晚，朱曼卿没有回学校，和我挤在一张床上，在酒店住了一宿。剧社公演安排在一天之后。躺在绵柔的大床上，朱曼卿和我商量，利用公演前的空档期，到什么地方转转才好。可是思来想去，也没想到什么好地方。

"不如到你读书的大学转转吧，让我提前感受感受留学生的生活。爹爹说过几年也要送我留洋读书呢！"我还从来没有见识过国外的大学校园到底是啥模样，便央着朱曼卿带我去转转。朱曼卿觉得这安排倒也不错，便一口答应了下来。

俄亥俄州立大学不愧是老牌名校，校园里处处散发着厚重的文化气息。无论地质博物馆、建筑展览馆，还是高尔夫球场、表演艺术中心，无不使我增闻广见。不过，我最感兴趣的还是汤普森图书馆。这是俄亥俄州最大的图书馆，整体建筑采用的是意大利文艺复兴时期的设计风格，很是美轮美奂。

走进图书馆，便步入了书的海洋。那一排排高大的书架上摆满了图书，看得人眼花缭乱。我的英文水平只能算是三脚猫，便在书架上抽了本迪士尼公司推出不久的漫画书《米老鼠之书》，然后找个临窗的位置，坐了下来。朱曼卿点了两杯咖啡，随手从书架上抽了本小说，然后坐在我的邻座上。

整座图书馆很安静。和煦的秋阳从落地玻璃窗外扫射进来，照得人懒洋洋的。我们一边读着书，一边喝着咖啡，真是惬意至极。在图书馆里待了四五十分钟，我们将书归还原处，挽着手走了出去。

钱士铭后来对我说，他第一次见到我，便是在汤普森图书馆里。那天上午，为了写一篇关于金融危机的论文，他来到图书馆查找资料。当他手里拿着几本金融学专著走向座位时，一眼就看到了临窗而坐的我。依照钱士铭的形容，那一刻，灿灿的秋阳洒进玻璃窗，正巧照在我如瀑的长发上，光影迷离。有那么一小会儿，钱士铭捧着书，痴痴地站在那里。

这次在图书馆里的偶遇，肯定给钱士铭留下了深刻的印象。甚至他还记得，那天上午我穿着一身质地轻薄的海派旗袍，淡青色的乔其纱上淡淡地绣着四君子的图案。这能算是一次偶遇吗？坐在长条桌前的我，正沉浸在米老鼠的世界里，并没有察觉到那道投射而来的火辣辣的目光。

我第一次注意到钱士铭，是在那天下午的一场游泳比赛上。朱曼卿告诉我，俄亥俄州立大学体育场是美国第一座马蹄形双层甲板体育场，非常值得去逛逛。我们来到体育场时，正巧游泳馆里在举办一场比赛。我们便走了进去，找了两个中间的位置坐定。

比赛尚未开始，一个金发碧眼的年轻男子朝朱曼卿走了过来。两人叽里呱啦，不知道说的是什么。那男子离开后，朱曼卿略带歉意地对我说，刚才那个男同学和她同班，上午她没去上公开课，导师不知道有什么急事，找了她一上午，她现在得赶紧去导师那儿一趟。我点了点头。朱曼卿让我不要离开游泳馆，她抓紧时间就回来。

身为旱鸭子，我对游泳丝毫不感兴趣。加之朱曼卿离开后，只剩下我一个人，更是百无聊赖。不过，既来之，则安之，还是耐下性子坐在原地，等着朱曼卿回来吧。

过了不多一会儿，泳池边热闹起来，运动员陆续上场了，几乎清一色都是身材健硕的美国小伙。只见他们穿着五颜六色的紧身短裤，露出发达的胸肌和修长的毛茸茸的双腿，正站在泳池边热身。我立时羞得满脸通红。虽说我一直接受的是新式教育，可毕竟男女有别，何曾见过男人几乎一丝不挂的身体？早就听说东西方文化大相径庭，这回总算是领教了。

比赛进行两三轮后，我更觉无情无绪。除了美国小伙们爆棚的荷尔蒙还算有点儿吸引力，赛事进程实在无趣至极。就在这时，我在一溜边的美国小伙中看到了一张东方面孔。当然，那时我并不知道这张面孔的主人名叫钱士铭，只是觉得这张面孔英气逼人，站在一群美国小伙里，显得很特别。

我至今依然还能记住当时的场景。钱士铭穿着一条蓝色短裤，高大修长的身材非常挺拔，六块腹肌微微隆起，体格健壮却不粗犷，深邃如电的目光注视着一池碧波，棱角分明的面庞充满自信，似乎他就是这泳池的主宰。

至于钱士铭最后拿到什么名次，我已是记不真切。反正不是第一名，或许是第三名，又好像是第五名。钱士铭后来将在图书馆里的那次偶遇告诉了我，可这次在游泳池边的偶遇，我却一直没有和他提过。婚期尚未定，待字闺中的大姑娘意外看到未婚夫近乎赤裸的身体，无论怎么说，都是件有伤风化的事，让我怎么说得出口呢？

在图书馆里，他看到了我，我没有看到他；在游泳池边，我看到了他，他没有看到我。他将看到我的故事告诉了我，我却没有把看到他的故事告诉他……细细想来，我们的相识过程是多么的生动有趣。

朱曼卿是什么时候回到游泳馆的，我同样记不真切了。我只记得她回来得很迟，那时比赛已全部结束，空荡荡的游泳馆里只剩下我一个人。朱曼卿不停地和我打着招呼。她说，第二天剧社在哥伦布市歌剧院的公演，哪怕有再多的事她也一定会推掉，绝不迟到一分钟。

公演那晚，朱曼卿有没有迟到，我压根不可能知道。当舞台上的大幕缓缓开启后，台下黑压压一片，一张面孔也分辨不出。到场的几乎都是留学哥伦布的中国学生。那一晚，他们不停地疯狂鼓掌，将现场气氛一次次推向高潮。

那晚我们演了好几部独幕剧。后来我能记得的有田汉的《获虎之夜》，丁西林的《压迫》，有的已经丢到爪哇国去了。我印象最深的是压轴大戏《子见南子》，那是林语堂先生创作的独幕悲喜剧。

之所以对这部压轴大戏印象深刻，完全因为这是我第一次在剧中饰演女主角。我在剧里的角色原本只是"歌女甲"，在与女主角南子合舞时，和其他几名歌女有几句共同的唱词。虽说在剧社排练时，我临时客串过南子，与饰演孔子的何潇有过几场对手戏，可却从来不曾料到，有朝一日我能被"扶正"，在这部剧里挑起女主角的重担。

前一部剧即将落幕，十几分钟后《子见南子》便要开演。导演这时在后台找到我，让我赶紧去化妆师那儿改妆，准备在剧里演南子。导演看起来有些无奈，不像是在开玩笑。不过我还是追问了一句"为什么"，导演告诉我，饰演南子的顾小苓不知道晚餐吃了什么，突然腹泻不止，看样子是无法上场了。歌女多一个少一个无所谓，女主角却必须有人顶上啊！

化妆师很快便替我改好妆容。临上场前，我很是忐忑，掌心冷汗直冒。虽说我对南子的几大段台词早已烂熟于胸，可毕竟没有正式饰演过这个角色，更何况又是在这么重要的场合！何潇在一边不停地安慰我，说到时候如果发生意外情况，他会随机应变，保证没问题。

有何潇在身边，我感到踏实了许多。谢幕之时，满场如雷鸣般的掌声告诉我，演出非常成功。钱士铭后来对我说，当我热烈地说出南子的那句关于"饮食男女"的台词时，他在台下被深深感染了。那句台词我至今依然能流利地背诵出来："我想饮食男女，就是人生的真义，就是生命之河的活源。得着这河源滚滚不绝的灌溉，然后人生能畅茂向荣。"我想在那一刻，钱士铭肯定动了情。

要说真正认识钱士铭，还是在那晚演出之后。我正在后台卸妆，朱曼卿探头探脑地跑了进来，身后跟着一位西装革履、风度翩翩的男生，手里捧着一大束典雅高贵的百合。在对我的表演一番恭维之后，朱曼卿将那男生介绍给了我："这是我的学长，钱士铭。"

我忙不迭地站起身，只觉得眼前这男生好面熟。正在思忖之际，钱士铭已伸出手来："幸会，朱小姐。"我有些慌张地伸出手去："幸会，幸会。"正是在握手的那一刻，我慌乱的目光和钱士铭如水的眼神对视在一起，那泓碧青碧青的潭水似乎有着强大的吸力，将我猛地吸了进去。

就在眼神对视的那个瞬间，我猛然想起在游泳馆里注意到的那张东方面孔。现在这张英俊的面孔突然活生生地出现在我面前，一切恍如梦幻。我眼前不禁浮现出钱士铭穿着蓝色短裤的画面，一时间双颊犹如火烧，简直羞得无地自容。

"朱小姐，不知道肯不肯赏脸，待会儿一起吃个夜宵？"钱士铭将手里捧着的那一大束百合递给我，向我发出邀请。接过百合，我刚想说声谢谢，告诉他晚上剧团有聚餐安排，没想到尚未开口，朱曼卿倒先替我应承了下来："眉卿，我们在外面等你。卸了妆，我们一起去吃夜宵。"说着，朱曼卿便将钱士铭拉了出去。

原本和剧组成员说好，大家一起去吃庆功宴的，如此一来，我有些骑虎难下。好在向导演说明情况后，导演倒也表示理解，认为堂姐妹是该好好聚聚，吃顿饭。钱士铭向我发出邀请时，何潇就站在不远处，这到底是怎么一回事，他心知肚明。在我离开歌剧院，祝大家晚上吃得开心时，何潇冷峻的目光一直盯着插在花瓶里的那束百合。第二天顾小苓告诉我，庆功宴上，酒量不大的何潇喝了很多，没有人能劝得住，一直喝到酩酊大醉。说这话时，顾小苓的语气酸酸的。

钱士铭带我去吃夜宵的地方，位于哥伦布市的美食广场。那是一家中餐厅，主打杭帮菜。东坡肉、八宝豆腐、干炸响铃、蟹汁鳜鱼……这家中餐厅的杭帮菜很是正宗，桌上的菜肴堆得像座小山似的。

我想，能找到这家中餐厅，钱士铭肯定花了一番心思。谁知我竟想错了。一年半后在一封越洋信件里，朱曼卿对我和盘托出当晚整件事的来龙去脉，并问我她这个"红娘"称不称职。她若是"红娘"，我岂非成了"莺莺"？

那时我和钱士铭的感情正逐渐升温。朱曼卿在信里说，那天我和她挽着手离开汤普森图书馆的那一幕，恰巧被钱士铭瞧进眼里。第二天上午，钱士铭在校园里找到她，打探我的消息。听说我是她堂妹，当晚在歌剧院有演出，钱士铭不禁喜出望外，死缠烂打着一定要她引荐引荐。她是何等聪明，钱士铭的念头，一猜便猜着八九不离十，于是便和钱士铭一起，策划好安排我们见面的桥段。至于吃夜宵的那家中餐厅，也是她特意推荐的。她知道除了杭帮菜，其他菜系，包括西餐，我不大吃得惯。

原来，这一切都早有预谋。不过那晚共进夜宵，钱士铭给我留下的印象异乎寻常的好。如果要用两个词来形容，首先跳进我脑际的便是"彬彬有礼"和"善解人意"。钱士铭的嗓音很有磁性，加之妙语连珠，诙谐幽默，和他聊天，浑身有种说不出的舒坦，顿时生出几分相见恨晚之感。

那一晚，大家兴致都很高，我甚至平生第一次端起红酒杯。直到凌晨两点多，整座餐厅只剩下我们一桌，服务生开始打扫店铺，钱士铭才租了辆的士，和朱曼卿一起将我送回希尔顿酒店。

钱士铭的父亲钱朝鼎是宁波当地有名的富商，经营着好几家当铺。在去往酒店的路上，钱士铭告诉我，父亲希望他毕业后能回宁波，帮着家里打理当铺，可他更愿意待在上海滩，毕竟那里是国际大都市，对年轻人来说机会更多。我不禁暗暗钦佩钱士铭志存高远。

"这么说起来，你们两家倒也算得上是'门当户对'了！"朱曼卿秀气的面庞上露出狡黠的笑容，明显在故意调侃我和钱士铭。朱曼卿拉着我的手，并排坐在后排座椅上。我侧过脸望向窗外，假装没有听见。

在择婿这件事上，父亲历来主张"门当户对"。家境清贫的，他瞧不上，怕我嫁过去受罪；政要权贵，他又不想攀，怕我将来在夫家没地位。父亲最希望能和富商之家结亲，甚至几年前就替我物色好了中意人选——董老板的二少爷董杰。我接受的是新式教育，主张自由恋爱。当父亲道出他的想法后，我的头摇得像拨浪鼓，死活不同意。父亲一直视我如掌上明珠，也就从此不提此事。

虽说正值豆蔻年华，可毕竟不谙风月之事，结束公演回国之后，我便将钱士铭丢在一边。没想到钱士铭从朱曼卿那儿问着地址，一个礼拜后越洋给我寄来书信。此后每隔两三个礼拜，我都会收到一封信。钱士铭在信中嘘寒问暖，谈天说地，不免让我开始少女怀春起来，每周竟盼着那封信的到来。

待得一年后学成归国，钱士铭果然留在上海，应聘到中央银行，未满两年便升任高级职员。所谓近水楼台先得月，钱士铭频频向我发起凌厉攻势，很快我俩双双坠入爱河。

钱士铭第一次登门拜访，就把全家人给俘获了。不仅父亲、母亲、二娘认为他是谦谦君子，对他赞不绝口，就连素来目中无人的朱剑卿也承认，有这样一个姐夫，在外人面前都感觉光彩几分。有一次，我准备出门，刚走到门口，听见丁叔和葛妈在屋廊下聊天，夸我们是天造地设的一对，夸得我不觉心花怒放起来。

"呜——呜——"江亚轮再次鸣起汽笛，将我的思绪瞬间拉回现实。原来，前方不远便是地处江海交汇处的吴淞口，两艘小型渔船正在这片水域捕鱼，阻挡了行船线路。听到鸣笛声，两艘渔船赶紧避让到一边。江亚轮开足马力，朝着吴淞口高歌猛进。

绚烂的晚霞犹如燃烧的火焰，将水天相接之处涂抹得金光灿灿。行驶中的江亚轮激起的巨大水浪，一波又一波荡漾开去，将倒映在江水中的残阳搅碎，幻化出满目的波光闪闪，晃得人几乎睁不开眼。一群又一群叫不出名字的水鸟，追逐着江亚轮掀起的碧波，在空中翻飞出各种优雅的姿势。时而可见两三只江豚跃出水面，追逐嬉戏，像是这大江里的鬼怪精灵。

"士铭，你真的太完美了，完美到有时让我感觉不真实。"我脱口而出的这句话，听上去莫名其妙，却实实在在是我的肺腑之言。

"《子见南子》这部剧曾经惹过一场官司，你知道吗？"钱士铭侧着脸瞧向我，顾左右而言他。

"还有这事？"我摇了摇头，真是闻所未闻。

"孔子的后人觉得这部剧胡编滥造，污辱丑化了他们的老祖宗，结果就告到教育部去了。"钱士铭的目光依旧深邃得如一泓潭水，"其实林语堂先生哪有这个想法呢？食色，性也。先生在这部剧里，不过是塑造了一个有血有肉的孔子罢了。孔子也是人，生而为人，怎么可能完美无缺呢？"

演过好几次《子见南子》，却从没听到过这番议论，令我顿感振聋发聩。我不禁又想起剧中南子的那段关于"饮食男女"的台词。是啊，天地之大，古今之变，你我皆凡人。又有谁能不食人间烟火？世间又何来真正的圣人？

江风并没有减弱，三台格上的乘客却逐渐多了起来。憋在舱里闷久了，大家纷纷跑出来呼吸新鲜空气，更何况谁愿意错过这绝佳的江景呢？这是白天和黑夜的临界时点，日与月拥吻缠绵，将激情与渴望喷薄在宝蓝的天幕上，绘就无比波澜壮阔的缤纷图卷。

从船头俯身看下去，只见二台格和底层甲板上已站满了乘客。有的拖儿携女，在甲板上来回踱步；有的孑然而立，对着满天彩霞，极目远眺；也有一两对情侣，迎风絮语，深情相拥……

这时，耳边突然传来一阵悠扬的箫声。这箫声婉转清越，悦耳动心。循着箫声看过去，只见二台格上一位身着长衫的老先生倚在围栏旁，手持一管洞箫，专心致志地吹奏着。老先生身材修长，慈眉善目，须髯皆白。一位老妇人依偎在他的身边，闭着眼，脸上浮现出安详的笑容，正沉浸在这美妙的箫声之中。

我们此时若是置身二台格，从背后瞧过去，必定以为这是一对正处于热恋中的情侣。谁能想到，他们竟已是半生鸳侣，携手走过那么多年的风风雨雨。对真正的灵魂伴侣来说，爱情的保鲜期应该直到地老天荒。

清丽的箫声时高时低，忽轻忽重，如泣如诉。这对老夫妇的身边，一时间人头攒动起来。老先生旁若无人，依旧沉浸在属于他和依偎在身边的老妇人的音乐世界里。

"士铭，等到我们白发苍苍的时候，是不是还会像他们这般恩爱?"我仰起脸,笑着问道。

"那是当然,相信我们一定会比他们更加恩爱。"钱士铭以不容置疑的口吻应答道。

年年岁岁花相似,岁岁年年人不同。纵使正值青春盛年的我们,终将会有老去的一天。我不敢想象,老去的我们将会是什么模样?是否也能像眼前的这对老人一样,保持着对爱情的执着与憧憬?

甲板上的人流越聚越多。我突然又一次想到吴继超。不知道眼前密密匝匝的人群里有没有他的家人,也不知道朱剑卿有没有替他找到家人。若是最终没能找到他的家人,这"小不点儿"又该怎么办呢?难不成将他带去宁波?我突然觉得心烦意乱起来。也许钱士铭是对的,将吴继超带上江亚轮,原本就是个错误。

钱士铭背倚在栏杆上,理了理被江风吹得凌乱不堪的大背头,朝着我露出迷人的微笑。我紧紧依偎在钱士铭的怀里,不愿再去多想什么,姑且消受这难得的静谧时光吧。时光似乎凝固在了这一刻,红彤彤的夕阳成了我们绝佳的背景。我想,若是能有摄影师利用光影技术,将这动人的瞬间摄入镜头,那必定会是一幅震撼人心的剪影。

江风逐渐猛烈起来,夜幕眼看就要降临。江亚轮距离吴淞口越来越近,吴淞口灯塔闪烁的灯火,已是隐隐可见。驶出吴淞口,前方便是浩瀚无边的茫茫夜海。

"买统舱票的,都快点回到统舱去!没有买票的,赶紧去补票!船马上出吴淞口,就要开始查票了!"底层甲板上突然传来很大的叫嚷声,人群再次出现骚动。俯身一看,又是那个胖警察拿着警棍,正在人群里指指点点。这实在是西湖边上搭草棚——大煞风景,我不禁轻轻摇了摇头。

"风太烈了,况且站了这么久,别累着,我们先回舱去吧。"钱士铭说着便拉住我的手,往八号特等舱走去。

还有不到半小时便是晚餐时间。我们走过豪华餐厅时,里面隐隐约约飘来饭菜的香味。为了赶这趟江亚轮,午饭吃得忒早,我不觉有些饥肠辘辘起来。

就在这时，只见有个身披黑色丝绒风衣、剪一头齐肩短发的女子，从豪华餐厅外一晃而过。我不禁一怔，瞧那身形，像极了以前我在上海启明女子中学读书时的同学唐铮。在学校里，唐铮和我是闺蜜。虽说我俩已有两年多没见面，但她的身形我倒还不至于辨认不出。

我疾步走过去，只见豪华餐厅外空无一人，哪里有唐铮的影子？或许真的站得太久，累着了，一时看花了眼。钱士铭不明所以，紧紧地跟了上来。

第四章

室外薄暮冥冥。走进舱室，舱顶的水晶灯已亮了起来，将装潢考究的舱室照得更显豪华。

侍应生黄得佳端着一只搪瓷脸盆走了进来，盆里盛着温水，冒着腾腾热气。黄得佳将脸盆放在方桌上，笑着说道："二位请洗把脸吧！"说着，将肩头搭着的一条干净毛巾递了过来。

钱士铭接过毛巾，放进温水里浸湿后拧一拧，递到我手中。洗过一把脸，感觉整个人神清气爽许多。钱士铭也洗了把脸，将毛巾丢进搪瓷脸盆，随后从衣兜里摸出几张金圆券，塞到黄得佳手里。

"谢谢先生。"黄得佳接过小费，端起桌上的脸盆，退了出去。走到门口，他住了脚，回过头来说道："一会儿晚餐时间到了，我会过来提醒二位。"

特等舱里设有书报架，横七竖八地摆放着十来份报刊。其中最多的是报纸，一眼扫过去，什么《申报》《新闻报》《大公报》，足有七八种之多。报纸上几乎铺天盖地都是关于国共战争的新闻，很多男人在茶余饭后引为谈资。钱士铭抽了份《新闻报》，坐在舱门边的长沙发上，信手翻阅起来。

这些报纸丝毫提不起我的兴趣。我从书报架上随手拿了本《文艺春秋》，和衣躺在松软的单人床上，头垫着枕头，津津有味地读起来。这是一份文艺刊物，还是读文学作品更加轻松有趣一些。

"哎呀，国民党的军队已放弃徐州，向江南撤退，共产党的军队正分路包抄，国民党的军队伤亡惨重！"钱士铭突然抓起报纸，大声读了出来。

"不会吧？这怎么可能呢？"我轻轻地将《文艺春秋》放在胸前，仰起脸来。对于这则新闻，实在有点儿不可置信。

"我也认为不可能，可是你看，这报纸上白纸黑字登着，还会有假吗？"钱士铭说着站起身，走到床边，将报纸在手中扬了扬。

十多天前，在饭桌上才听二娘说共产党的军队正在攻打徐州。这才短短几天，国民党的军队就这么不堪一击？难怪在话剧社排演话剧时，何潇曾愤慨地说，国民党的军队内部腐化，军纪涣散，毫无战斗力，迟早玩完。当时我还觉得何潇太过偏激，现在看来，他说的真是一点儿没错。

想到何潇，我不禁有些闪神。在我的印象里，何潇永远都穿着那件灰不溜秋的长袍马褂，胸前围着半旧不新的长围巾，一副穷酸学生模样。在话剧社很多成员眼里，何潇和顾小苓是天生的一对，不少剧都由他们担纲男女主角。有人拿这个话头开玩笑时，顾小苓表现得大大方方，毫不避讳，相形之下，何潇则显得有些躲躲闪闪。他总是连忙摆手，说这是从来没有的事，让大家不要乱说。

女人的第六感告诉我，何潇对我有那么一点儿意思。一次排练，正巧顾小苓请假没来。排练结束，我刚走出阶梯教室，何潇从后面赶了过来，问我家住哪里，如果顺路的话就送我回家。我笑着指了指校园铁栅栏外的那辆"庞蒂克"，说那是我家的车。在何潇惊愕的目光里，阿力拉开后车门。我钻进车厢，坐在后座上。"庞蒂克"一骑绝尘，扬长而去。

父亲说的一点儿没错，自由恋爱，门当户对同样很重要。自打我从启明女子中学毕业，进入私立持志学院读书后，父亲就不停地反复强调这件事，说什么"男怕入错行，女怕嫁错郎"，听得我耳朵里都快生出老茧来了。就何潇那萧然的家境，离门当户对实在差着十万八千里，和我之间说什么也是不可能的。

这时，舱外传来轻轻的敲门声。钱士铭丢下报纸，打开门一看，康伯正提着茶水铫站在舱外。钱士铭忙将康伯让进舱来。

"江亚轮现在已经开到吴淞口了。看，外面那一闪一闪的就是吴淞口的灯塔。"康伯一边替我们添些茶水，一边随口说道，"出了吴淞口，风浪逐渐变大，船有时会颠簸得厉害，二位还请多加注意。"

说话间，康伯已走了出去。我不禁转头向外瞧去。隔着舷窗玻璃，只见残阳已散尽余晖，夜色已然低垂。吴淞口灯塔高高耸立着，塔尖的信号灯不停地变幻闪烁，犹如高悬天际的一颗启明星。时而有一两艘巨轮驶过，船上星星点点的灯火，仿佛是这暗夜里眨动着的一双双眼睛。

"口渴了吧？"钱士铭说着走到桌边，端起桌上的一只白瓷茶杯，走过来递到我面前。我舔了舔嘴唇，的确有点儿口渴，忙半坐起身，伸手去接。就在这时，江亚轮剧烈地左右颠簸了两下。钱士铭一个没站牢，身体随之晃动起来，白瓷茶杯里的小半杯水泼洒到外面。看来，康伯说的一点儿没错，出了吴淞口，风浪开始变大了。

待到整个人站定，钱士铭低头一瞧，茶杯里的水不偏不倚，正好洒落在枕头上，将整只枕头几乎淋得湿透。"这可怎么办呢？"钱士铭不免焦急起来。

"不要紧，离睡觉还有几个钟头，说不定一会儿就能干。"我小心地将枕头提起来，起身走到角落里的盥洗池边，将湿湿的枕头里的水拧进池盆中。

"看来一时半会儿干不了。不如这样，把我床上的枕头给你垫着吧。"钱士铭说着，便去邻床将那只簇新的枕头拿过来，放到我的床上。

"那你晚上睡觉怎么办？总不能没有枕头吧！"钱士铭总是如此温柔贴心，可我哪能这么自私呢，不禁关切地问道。

就在这时，钱士铭的目光扫射到了长沙发旁边的舱壁上挂着的救生衣上。救生衣共有两件，橙黄色的，显然是每间特等舱里的标配。钱士铭走过去，从舱壁上摘下一件救生衣，笑嘻嘻地放在邻床上："区区一个枕头哪能逼死英雄汉，用救生衣当枕头不就行了？"

这个主意着实不错。我把淋湿的枕头搭在方椅上，朝床边走过去："反正在船上也用不着救生衣，这倒算是废物利用呢。"

坐在床沿边，我刚翻了几页《文艺春秋》，只听舱外又一次传来敲门声，紧接着便是黄得佳的声音："先生、小姐，晚餐时间快到了，请到豪华餐厅用餐。"钱士铭看了看手表，距离五点半还差五分钟。

锁上舱门，在黄得佳的引导下，我和钱士铭来到豪华餐厅。时间尚早，偌大的餐厅里食客不多。餐厅装修得富丽堂皇，典型的中西合璧风格，既有雕刻着泼墨山水的巨幅照壁，也有塔司干式的罗马柱。餐厅正前方有张舞台，一位水灵的姑娘弹奏着钢琴。如果没记错，那优美的旋律正是《致爱丽丝》。

餐厅里有可供双人对坐的方桌，也有供四人或是六人用餐的长条桌，另外还有两张大圆桌，可以为一大家子提供用餐服务。我和钱士铭在临窗的角落边找了张长条桌坐下来。

"先生，小姐，请问就你们二位吗？现在点餐吗？"一名长得白白净净的服务生拿着菜谱，站在桌边问道。

"还有两个人，一会儿到。你不如把菜谱放下，我们先瞧瞧有哪些菜，待会儿点餐。"钱士铭朝服务生说道。服务生将菜谱放在桌上，转身离开。

我们把菜谱来来回回翻看好几遍，餐厅里的食客也逐渐多了起来，可还是没见到朱剑卿带着吴继超过来用餐。莫非朱剑卿搞错了时间？还是出了什么状况？这小子真是不让人省心，我不免有些焦躁起来。

"不如这样，我现在过去看看，剑卿说不定正待在九号舱，一觉还没睡醒呢。"钱士铭觉得这样干等下去不是办法，不如出去找找看。

过了不到十分钟，钱士铭牵着吴继超的手回到餐厅，两人身后没有朱剑卿的影子。

"剑卿呢？"我脱口问道。

"别提了，你问问他吧！"钱士铭一脸的不豫之色，一屁股在我对面坐了下来。我将身边的凳子往外拉了拉，示意吴继超这边坐。吴继超在我身边坐下，依旧一副可怜兮兮的模样。

我早已饿得不行，便让钱士铭赶紧先点几道菜。凭我对朱剑卿的了解，这小子肯定又干了什么荒唐事。到底发生了什么事，三言两语也说不清，大家不如边吃边聊。

在钱士铭将服务生叫到身边点餐的间隙，我转过头去，轻声问吴继超："那个带着你去找家人的大哥哥呢，他去哪儿了？"

吴继超尚未开口，只听餐厅里的钢琴声戛然而止，广播系统开始播报那则寻人启事："各位旅客，各位旅客，大家注意了——"谢天谢地，广播系统终于修好了！我似乎看到了帮吴继超找到父母的希望。

"那个大哥哥，他带着我在船上转了几圈，也没找到爹娘，后来走到下面的一间客舱门口——"吴继超讲到一半，突然住了口，目光朝餐厅门口直直地看过去。只见一个身穿蜜色唐装的男子走了进来，瞧模样最多三十出头。

"爹爹——爹爹——"瞧见那男子，吴继超叫嚷起来，声音微微有些颤抖。没有丝毫耽搁，他像弹簧一般跳下凳子，朝着那男子疾跑过去。

"超儿！超儿！"那男子不敢相信自己的眼睛，立定在那儿呆怔了几秒，然后几乎是以百米冲刺的速度，朝着吴继超狂奔过来。跑到面前，那男子一把抱住吴继超，在他的脸颊上亲了又亲，几滴清泪从眼眶里滚落下来。被那男子抱在怀中，吴继超嘴里不住地叫唤着："爹爹！爹爹！"

我知道，"小不点儿"的故事在我生命里，至此总算有了一个完美的结局。看着眼前这别后重逢的一幕，我的双眼不禁也濡湿起来。钱士铭从衣兜里掏出一块巾帕，递到我手里。接过巾帕，我拭了拭眼角的泪花。赠人玫瑰，手有余香，这话实在一点儿不错。

广播里仍然在循环播放着寻人启事。我将服务员叫了过来。他听明白是怎么回事后，说马上就去通知广播站。很快，舒缓的钢琴声再次响起。寻人启事播放也就个把分钟，吴继超的父亲就出现在餐厅里，实在不可思议！

"超儿，你怎么会在船上，真是把你娘急疯了！"那男子抱着吴继超左看右瞧，就像面对一件失而复得的宝贝，小心翼翼地呵护着，生怕得而复失。

"是大姐姐带我上船的。"吴继超脸上终于露出笑容，转过头来，用小手朝着角落的方向指了指。

那男子抱着吴继超，向我们这边走了过来。将孩子放下地后，那男子对着我深深鞠上一躬，说着什么"大恩大德，没齿难忘"。我一时手足无措，慌忙站起身，表示只是举手之劳，只要孩子找到家人就行。

"娘和妹妹呢？"吴继超仰起脸问道。

"你娘和妹妹正待在船舱里呢。"那男子朝吴继超说完这句，抬起头对着我继续感激地说道，"发现超儿没了，他娘一直抹眼泪，到现在不吃也不喝的。没办法，我只好一个人到餐厅，想着带些饭菜回去，没想到能在餐厅见到超儿！真是菩萨保佑，超儿碰到了你们这对大善人！"

后来我才知道，吴继超的父亲是上海煤炭行的吴老板。吴老板踏进餐厅的那一刻，并没有听到广播里的播报信息。世间的事，真的就是如此奇巧，冥冥之中似乎有只无形之手在主宰着这一切。

吴老板牵着吴继超的手，和我们再次道谢，说是要先回舱，把这个大喜讯告诉他娘，也不知道他娘听没听到广播。虽说我很想知道朱剑卿究竟去了哪儿，想拉着吴继超让他把讲了半截的话说完，可毕竟人家正处在大悲过后的大喜之中，我的这个想法怎么说得出口呢？

吴继超跟随吴老板离开之后，我便只能从钱士铭那儿寻求答案了。这时，服务生开始陆续上菜，餐桌上渐渐热气腾腾起来。

"我不知道他去了哪里，我只知道他把九号特等舱的票卖给了别人。"钱士铭的语气透着不满，说出来的话让我着实摸不着头脑。在钱士铭离开豪华餐厅短短十分钟不到的时间里，究竟发生了什么？我不免更加好奇起来。

钱士铭说，他去敲九号特等舱的门，敲了几下，只见康伯打开舱门。他觉得很奇怪，康伯怎么会在里面呢？转念一想，肯定是康伯正巧进舱添加茶水。没想到向内一张望，只见两张床上各躺着一个陌生男人。他以为自己敲错了门，正想打声招呼退出来，却又一眼瞥见吴继超一个人坐在窗前的小方凳上，呆呆地望着窗外。他不禁蒙在了那里，进又不是，退又不是。

"你这是——"康伯见钱士铭愣在门口，同样丈二和尚摸不着头脑。

"这间客舱里的那位小少爷上哪儿去了？"钱士铭缓了缓神，明白过来自己并没有走错房间。

"那个戴鸭舌帽的小少爷？"康伯这才恍然大悟，忙不迭地解释道，"他把这间客舱转让了。"

康伯说，一个多钟头前，他提着茶水铫来到三台格上给客人倒茶水，这时在甲板上碰到小少爷带着这个小孩儿走过来。小少爷叫住他，说是自己在下面碰到了朋友，马上要搬到朋友那里去，想把这间特等舱转让给别人，问他有没有门路。他正好有两个远房亲戚在船上，因为都没票，只能暂时安置在和统舱同一层的船员工作室。船员工作室就有限的几间，哪个船员没有个三姑六婆混上船的，那么点空间怎么住得下？有的只能在地上挨挨挤挤打地铺，来迟了的就唯有另想他法了。

那两个远房亲戚到得不算太晚，康伯顺顺当当地给他们找了块空地，让他们在地上铺块毯子，将就一晚。可是腌臢的环境，让他们一分钟也不想多待下去。其中一个便跑去茶水间找到康伯，央求他一定给自己换个地方，哪怕出点钱也好。康伯不过是船上的茶房，哪里有这个能耐呢？可他又不想示弱，便敷衍地说自己试着想想办法。

康伯手提茶水铫来到三台格，便碰上朱剑卿打算出让客舱。康伯不禁喜出望外，一口应承下来，谈好价格八百元。当时每张特等舱船票的价格将近一千元，这简直等于白菜价。不过，朱剑卿提出一个条件，让这孩子先住在客舱里，到时候肯定会有人来找他。康伯跟那两个远方亲戚一提这事儿，他们欣然愿意，于是赶着将行李铺盖搬了上来。

"也不知道剑卿跑哪儿去了，你说他荒唐不荒唐？"讲述完事情的全过程，钱士铭轻轻地摇摇头，叹了口气。

"你说剑卿为啥把客舱让给别人？他到底跑哪儿去了，怎么不来吃晚餐？"我停下筷子，有点儿焦急起来。要是没把宝贝弟弟照管好，爹、娘、二娘不晓得要有多心疼呢。

"剑卿也这么大个人了，就算再荒唐，做事总得有个分寸吧。"钱士铭夹了两块红烧肉放进我碗里，"多吃点，吃完了待会儿才有精神去找剑卿。"

这时，偌大的餐厅里逐渐热闹起来，连那两张大圆桌也有了客人。食客们大声喧哗，舒缓的钢琴音乐声竟都淹没在了这喧哗声中。

"你是眉卿，朱老板的女儿吧？"一位头戴绅士帽、拄着文明杖、气宇轩昂的中年男人，不知道什么时候笑着站在长条桌边。我抬头一瞧，眼前这张慈祥的面孔好像在哪儿见过。可到底在哪里见过，一时间却怎么也想不起来。

"您是——"我赶紧起身，绝不能失了礼数。钱士铭也跟着站了起来。

"我是你董伯伯啊！小时候你经常到我家玩，我还抱过你呢！"这中年男人对着我上下打量一番，又瞧了瞧钱士铭，"也难怪，一晃多少年过去了，当年的小女孩儿现在成了大姑娘，都有男朋友了！"

听了这话，我立刻明白过来，眼前的这个中年男人是父亲的好朋友、上海粮油店的董老板。父亲当年还曾动过念头，想把我嫁给董老板的二少爷董杰呢，结果被我以不容商量的口吻给拒绝了。

"士铭，这是董伯伯，我爹的好朋友。"我大大方方地将钱士铭介绍给董老板。

"伯父好。"钱士铭礼貌地向董老板打了声招呼，脸上露出那抹似乎已被打上绅士标签的微笑。

"眉卿，看来你的眼光不错嘛！"董老板冲钱士铭点了点头，笑着对我说道，"还记得董熙、董杰、董燕他们吗？小时候你们常在一起玩的。这次回宁波祭祖，我把他们都带上了。要不要过去见个面？"

　　董老板既如此说，我即便不想过去见面，也实在不好意思推托。小时候的事情，我只是依稀有那么一丁点儿印象，至于董家三兄妹的模样，实在是不大想得起来了。

　　跟着董老板走到那张大圆桌前，只见桌边坐了六个人，其中三个年轻人自然便是董家三兄妹了，另外三个涂脂抹粉、珠光宝气的贵妇人，我猜十有八九是董老板的夫人和两房姨太太。

　　一个脑后绾着高高的发髻、插着一朵大花的贵妇人手里抱着小猫，正坐在那边对镜理妆。小猫眼睛碧蓝碧蓝的，一身纯白的皮毛煞是浓密，可爱至极。后来我才知道，这是从西洋买来的波斯猫，市面上极是少见。董老板将在座众人一一介绍给我，果然和我猜想得一模一样。其中抱着波斯猫的是董老板的三姨太。

　　"眉卿，没想到能在这船上碰到你，真是太巧了！"董熙站起身，热情地和我打着招呼。

　　"好久不见！能在这里遇到，真是太巧了。"我冲着董熙微笑着说道。

　　董熙长我五岁，在我们几个人里面年龄最大，我对他的印象自然格外要深一些。记得小时候在宁波乡下，董熙经常带着我们做游戏，什么捉迷藏、老鹰捉小鸡、跳格子，那是一段多么无忧无虑的时光。后来两家陆续搬来上海滩，大家也就再也没有见过面。一晃过去好多年，昔日的小伙伴如今都到了风华正茂的年纪，此番意外重逢，彼此间倒显得生分许多。

　　"要不要添双筷子，坐下来一起聚聚？"董杰坐在那里，含笑招呼着我。

　　董杰尚未开口，我已是偷瞧了他几眼。只见他肤色白皙，眉清目秀，高挺的鼻梁上架一副金边眼镜，穿着大翻驳领双排扣西式大衣，围着一条绿白格长围巾。父亲提出想和董家结亲时，我曾思考过这样一个问题：小时候董杰到底长什么样？可是想破脑袋，也没能想起来。眼前的董杰风流倜傥，风度翩翩，我想，围在他身边的女孩子应该不少吧。

古人有句诗"心似双丝网，中有千千结"，用来形容此时我的心情，颇是契合。听到董杰邀请落座，我更加浑身不自在起来，赶忙说道："未婚夫还在那边等我，这次我打算和他一起回宁波订婚的。下次有机会再聚，我先过去了。"我也不知道这番话是否是故意说给董杰听的，反正和众人打过招呼后，我像落荒而逃似的，坐回钱士铭身边。

"这个董老板和你爹很熟？"钱士铭摇晃着杯中的香槟，瞧向董老板那边，若有所思。

"是挺熟的，董老板也是鄞县人，小时候我们两家住得近，我经常到他家玩。不过，那是很久很久以前的事了。所以乍一见面，我一时没能认出来。"我同样在杯中倒了小半杯香槟，学着钱士铭的样子，摇晃了几下。

"那个戴副金边眼镜，和你说话的是董家二少爷吧？"钱士铭冲我微笑着，挂在嘴角的那抹笑怎么看怎么不对劲，也不知道是不是在故意开玩笑。

我没搭腔，端起酒杯，轻轻抿了一口香槟，一股浓浓的果香味沁人心脾。

"下面，让我们以热烈的掌声，邀请董燕小姐给大家演唱一曲《秋水伊人》，由董杰先生钢琴伴奏。"舞台上突然传来报幕声。嘈杂的餐厅里顿时安静了许多，循声望去，只见董燕笑容满面地站定在舞台中央，董杰优雅地坐在那架乳白色三角钢琴旁。

后来董杰告诉我，当时是他提议兄妹合作表演这个节目的。至于为什么会想到这么做，他也不能完全讲得清。他说，看到我和钱士铭面对面坐着聊天，心里的确很不舒服，可能是想在我面前露上一手，也可能只是想发泄一下情绪。当然，董杰和我说这番话时，事情已过去整整十年，一切早已风轻云淡。

"望穿秋水，不见伊人的倩影。更残漏尽，孤燕两三声。往日的温情，只换得眼前的凄清。梦魂无所依，空有泪满襟……"董燕的歌声非常甜美，至今依然时时在我脑海中盘旋。钢琴的伴奏声，如行云流水般从董杰的指间倾泻而出，与曼妙的歌声正相吻合，配合得天衣无缝。

我正陶醉在这歌声之中，只见吴老板夫妇带着两个孩子走进了餐厅。原来，吴老板带着吴继超回舱之时，吴夫人尚呆坐在床上不停地抹眼泪。舱里的广播不知何时已被关掉，她压根没听到那则寻人启事。见到吴老板父子走进来，吴夫人简直不敢相信自己的眼睛，跳下床，抱着儿子放声大哭。痛快淋漓地哭完，转悲为喜的吴夫人说什么也要到餐厅来，说是要当面向大善人致以谢意。

吴夫人一看就是个温润且很有涵养的女人。她对着我千恩万谢时，几乎跪了下来。我惊得慌忙将她扶住。吴夫人将吴继超拉到面前，无论如何要他给我叩上三个响头。实在没办法，我只能接受下来。

闲聊中，得知吴老板一家是宁波镇海人，在上海经营煤炭行已有好多年。最近一阵子市面萧条，生意不景气，而且局势也不太平，吴老板决定关掉上海的几家煤炭行，将产业转移到宁波去。

当时十六铺码头人山人海，检票口的乘客几乎是被后面的人流推搡着往前行进。在那股呼啸的人流涌过来的时候，吴夫人忙着照管女儿，分身无术，急得大喊着让吴老板看好儿子。可被人流挟裹着，吴老板压根没听见这声叫喊。吴老板夫妇被人流挤散后，各自持票登上江亚轮。吴老板以为吴继超和他娘在一起，吴夫人则认为孩子肯定和他爹在一起。直至江亚轮开航几分钟后，吴老板夫妇在头等舱里碰上面，才发现儿子没了，可上哪儿找去呢？

听了吴老板的这番讲述，我突然发现自己真是有点儿傻，难怪检票员当时会用愕然的眼神瞅向我。这么小的孩子乘船根本不需要买票。我完全可以充当他的家长，将他带上船去。我们通过检票口的时候，还有那么多人没能上船。如果可能，我是说如果有可能，将这第四张船票用在另外一个人身上，是不是会发生更加曲折离奇的故事呢？这是一个无解的问题，永远不会找寻到答案。

吴老板夫妇带着两个孩子，在不远处找了张餐桌坐了下来。经历大悲大喜，一家人好不容易团圆，的确该调动味蕾，美滋滋地大吃一顿。

"下面有请吴继超、吴继慧小朋友登台，他们为我们带来的是一首宁波童谣，让我们给他们掌声鼓励。"舞台上的报幕声再次引起食客的兴趣。只见吴继超挽着妹妹的手，一步一摇地走上舞台。

"囡囡宝，你要啥人抱？"

"我要阿爸抱！"

"阿爸出门赚元宝。"

"囡囡宝，你要啥人抱？"

"我要阿姆抱！"

"阿姆纺花织布做袄袄。"

……

吴继超兄妹奶声奶气的表演，引得满堂喝彩。吴老板夫妇静静地坐在桌边，眼角绽放着幸福的泪花。

"这个夜晚多么美好！"凝视着钱士铭澄澈的双眸，我不由得感慨万千。吴继超兄妹表演结束，掌声过后，钢琴声再次如痴如醉地响起。大快朵颐的食客们又纷纷大声喧哗起来。此时的我怎么也不可能想到，对餐厅里的很多人来说，这竟是他们在这人世间的最后一顿晚餐！

"我觉得该把那小家伙叫过来，或许只有他知道剑卿的下落。"钱士铭看起来很冷静，微笑着提醒我。我这才想起，差点儿把朱剑卿的这茬事给忘了。可是现在，我实在不忍去破坏吴老板一家的这顿温馨而特别的晚餐，还是稍等片刻再说吧。

毕竟只是小孩子，吴继超兄妹吃了不多一会儿，便跳下椅子，围着餐桌转圈欢跑起来。我和钱士铭起身走过去，向吴老板夫妇说明情况。吴老板一听，二话不说，便把吴继超叫到身边，问他那个大哥哥在哪里。

吴继超说，当时大哥哥带着他，说是要帮他在船上找家人。后来走到下面一层，屋内有一群军官模样的人，不知道在玩什么游戏，大哥哥好像很感兴趣，便走进去和那群人说了些什么。后来，大哥哥又把他带回上面一层，结果遇到那个老伯伯。大哥哥将他交给老伯伯以后，就不知道哪儿去了。

"那群人玩游戏的那个房间，你能找得到吗？"我焦急地问道。朱剑卿很可能就在那里，我希望吴继超能带着我们去找，省得我们像没头苍蝇一般到处乱窜。

"差不多应该能找到，放心，这事儿就包在我身上。"吴继超拍了拍胸脯，像个小大人儿似的。吴继慧也想跟着哥哥一起去瞧热闹，被吴夫人给拦了下来。吴夫人温柔地将吴继慧抱进怀里。

走出餐厅，眼前是一片茫茫夜海。海面之上，远近错落地闪烁着星星灯火。江亚轮正在高速行进着，巨浪拍击着船身，发出轰鸣的声响，伴着江亚轮有节奏的引擎声，犹如琴瑟相和。借着舱廊惨淡的灯光，我和钱士铭带着吴继超，通过舱梯，下到二台格。

"好像就是那一间。"走过一溜边十多间客舱，吴继超指着前面不远处的一间说道。甲板上看不到几个人，四周很安静，只听见那间客舱里隐隐约约传来一片吵闹声，其中似乎夹杂着吆喝声、叫骂声、大笑声。

我们朝前走去。走到距离那间客舱大约还有四五米的地方，影影绰绰间有个黑影正蹲在窗外。看见有人过来，黑影迅速闪避到暗处，消失在这夜幕中。虽然衣服、样貌没法分辨，可从身形来看，和唐铮确有六七分相似。这次看得格外真切，绝不会是晃了眼。这个女人到底是谁？在这船上如此鬼鬼祟祟的，难道有着什么不可告人的目的？

这是一间二等舱。走至近处，舱室内传出的吵闹声听得越发真切。"看来少爷我今天手气不好，这块怀表暂且押下，咱们接着再来！"这声音不是朱剑卿的，却又是谁的？

我和钱士铭对望了一眼，心头怒火难以遏制。从小到大，爹娘一直教导我们要踏踏实实做事，清清白白做人，大烟、赌具这些东西从来不允许带进家门。没想到朱剑卿这小子竟然跑到船上来赌博！

我顿时什么都想明白了。必定是朱剑卿带着吴继超来到二台格时，恰巧遇上这伙人在赌博。朱剑卿一时手痒，可手头又没有赌资。回到船头时他恰巧碰上康伯，于是托康伯将那间特等舱转让掉，换点赌资，然后一直赌到现在，连晚饭也想不起来吃。

我们快步走过去，来到窗前。透过玻璃窗，只见舱室内灯火通明，一群人正围聚在方桌边。一名军官模样的中年人穿着短袖衣服，手拿一只黑色布袋，正从布袋里抓出一把铜钱放在桌上，然后用蓝色海碗盖上。只见这人尖嘴猴腮，右眼上罩着黑色眼罩，竟是"独眼龙"，面目煞是可憎。

"单，单，单！""双！双！双！"十来个身穿军装的年轻人围在"独眼龙"旁边，近乎狂热地大喊大叫着。朱剑卿戴着鸭舌帽，身穿呢绒大衣，夹杂在一片草绿色里，实在有点儿刺眼。

钱士铭愤怒地敲打着舱门，屋内的吵闹声顿时停了下来。"谁啊？""独眼龙"怒气冲冲地打开门。见到门外站着的我们，也许是从装束上判断觉得有点儿来头，他顿时气焰短了几分："请问你们找谁？"我们站在门口，没有搭腔，眼里的怒火直直地投射在朱剑卿身上。

"姐，铭哥，你们……"朱剑卿没想到我们会找到这里来，显然不想在人前出丑，忙笑着和众人打招呼，"你们继续玩，我和我姐先走了！"说着，朱剑卿便想拿起放在桌上的怀表。

"且慢，你输了那许多钱，还想把怀表拿走吗？"一个身材矮小的军人将朱剑卿拿着怀表的手紧紧按在桌上。这军人肥嘟嘟的脸上的那只酒糟鼻，看得人倒胃至极。

朱剑卿转过头，无助的眼神瞧向钱士铭。他知道，这块怀表要是不见了，迟早得被爹骂死。

"他输了多少钱？"钱士铭走上前去，将"酒糟鼻"的那只手拿开，"他输的钱，我替他还上。"朱剑卿一伸手把怀表抓起来，立即揣进衣兜里。

钱士铭替朱剑卿还清赌债后，我们便离开了那间客舱。我牵着吴继超的小手，黑着脸走在舱廊上，根本不想去搭理那个浑小子。朱剑卿丝毫没有愧意，在一边兀自喋喋不休。他说这种赌博方式叫"百子摊"，通过猜碗中铜钱单双的方式决定输赢，在军队里很是流行。为了防止庄家穿着带机关的衣服抽老千，不论夏天还是冬天，庄家都必须穿短袖，以示清白。

朱剑卿说得神采飞扬，洋洋自得。我却着实有些吃惊，从来不知道他竟然对赌博这么在行！难不成平时跑到外面去撒欢，交识了不少鸡鸣狗盗之徒？

"你这小子，下次能不能让你姐省心一点儿！"钱士铭实在听不下去，狠狠地瞪了朱剑卿一眼，打断他的话头。

"这些军人不想着怎么在前线为部队出力，却在这里聚众赌博，实在可恶至极！"我原本并不是个忧国忧民的人，可想想刚才瞧见的画面，不由得义愤填膺起来。

"姐，我本来和他们说好，赌个通宵的。现在可好，局被你们搅散了，客舱又转让给了别人，晚上让我睡哪里呢？"朱剑卿嘟囔着，似乎受了多大委屈似的。

"这个我不管，你自己去想办法。"我一边赌气说道，一边加快了脚步。

"还是先让剑卿去餐厅填饱肚子，其他事待会儿再说吧。"每次惹来不愉快，总是钱士铭出面当和事佬。

拐个弯，走到舱梯口，一个身披黑色丝绒风衣、剪一头齐肩短发的女子迎面而来。不是唐铮却又是谁？

"唐铮，真的是你！"我不觉惊叫起来。

"朱眉卿！"唐铮见到我，同样深感意外，"你怎么在这船上？"

我们两年多没见，见了面依旧如学生时代那般亲切。唐铮上前拉住我的手，左看右看，一个劲儿地说："要是你不喊我，我还真认不出来了呢！瞧你这身穿戴，真是太漂亮了！"

我让钱士铭陪着朱剑卿先到餐厅用餐，顺便将吴继超交到吴老板手里，我和唐铮聊几句就过去。

第五章

"不错，你刚才说的那个神秘人就是我。"唐铮还是和在启明女子中学读书时一样快人快语，承认我在船上两度发现的那个神秘女子，的确就是她。

"你干什么这般神神秘秘的，在船上到处跑来跑去？"立定在舱梯口，我不禁好奇地追问道。

"我在找我丈夫。"唐铮不假思索说出的这句话，实在大大出乎我的意料。唐铮说，丈夫赵凯伦通过关系，也只是买到两张江亚轮的统舱票。一大早赵凯伦有事出门，两人约好，午后各自持票登船。担心船上人太多，到时候找不到对方，赵凯伦提议，等船起航之后，他们约在底层甲板船头见面。

谁知唐铮登上江亚轮才发现，底层甲板上人山人海，连个落脚的地方都没有，到哪里接头见面？原本她还想待在甲板上再等一会儿，结果又被几个警察赶下统舱。后来趁着警察不注意，她重新跑回底层甲板，可等来等去，哪里有赵凯伦的影子？实在没办法，她便只能在船上四处转转，碰碰运气。

"这么说，你和丈夫失散了？有没有请船上的广播台播放寻人启事？"我好心提醒道。

"播放了也没有用，我怀疑他肯定是被什么事耽误了，根本没有上船。要不然，我在船上到处转了这么久，我们不可能没碰上面的。"唐铮似乎不愿再提这个话头，突然拉住我的手问道，"你猜我下到统舱之后碰上了谁?"

"谁?"我有点儿好奇。

"高筱筠,就是以前那个梳着马尾辫、不太喜欢说话的女生,还记得吗?"唐铮问道。

"当然记得,当年在女中的时候,我们还到她家去玩过呢。"听说高筱筠在船上,我有点儿喜出望外,拉着唐铮的手便往三台格上走,"我去和弟弟他们打声招呼,一会儿随你到统舱去瞧瞧筱筠。"

"刚才那个高大帅气的男生,是你男朋友吧?"唐铮侧过脸,笑着问道。

"嗯,我这次回宁波,就是准备和他订婚的。"我大大方方地承认道。

"也没过去几年,我们一转眼都到了为人妻、为人母的年龄。时光真是如流水啊。"唐铮不禁慨叹起来。

到豪华餐厅一看,食客大半已是散去。董老板一大家子、吴老板一家四口想必是回舱去了。舞台上的那架乳白色三角钢琴也已合上琴盖。餐厅西北角,只有朱剑卿一个人坐在方桌边狼吞虎咽,鸭舌帽搁在桌上。这时已过了饭点,看来他被饿得不轻。

"你铭哥呢?"我让唐铮在餐厅门口稍等片刻,径自走过去问道。

"铭哥说是过去帮我把九号特等舱的客人请走。"朱剑卿搁下手里的筷子,抬头瞅了我一眼,脸上露出孩子般的怪笑,故意一字一顿地说道,"还是铭哥对我最好,比你这个亲姐姐要好。"

朱剑卿当时的神情,刻骨铭心到我这一辈子都无法忘记。无数个夜晚,只要想到那张如孩子般怪笑的脸庞,心头总会隐隐作痛。缘分如晨曦里的露珠一般脆弱。缘聚缘散,万事皆不由人。只可惜当时,我对这怪笑着实有些反感。

朱剑卿拿起筷子,继续大嚼大咽起来。我根本不想再去理会这个浑小子,转头便走。只听朱剑卿在身后毫无来由地说道:"其实姐对我最好了。如果有来生,我们还做姐弟。"我放慢脚步,心头不禁一热。

走出餐厅,我打算和唐铮一起去九号舱找钱士铭。没走几步,只见钱士铭迎面走了过来。见到我，他笑着说道："那两个客人已被我请走，晚上剑卿不愁没地方睡觉了！"

一问才知道，开始那两个客人说什么也不肯搬出客舱，后来钱士铭找到康伯，愿意花双倍的钱，把这间客舱"赎"回来。康伯将赎金交到那两个远房亲戚手里，好说歹说，他们才很不情愿地将行李搬走。至于康伯将他们安置到了什么地方，钱士铭就不得而知了。

朱剑卿这浑小子瞎胡闹，最后遭殃的还是白花花的银子，我不禁有些心疼。可不管怎么说，现在总算是把客舱给"赎"了回来，朱剑卿晚上不至于没有落脚之处。我感激地看了一眼钱士铭，然后将唐铮介绍给了他，并告诉他另一位女同学正在统舱，自己想和唐铮过去一趟。

"那里是你能去的地方吗？"听说我要去统舱，钱士铭眼睛瞪得大大的，一副不可思议的模样，"那地方脏极了，实在是污秽不堪，像你这样的富家小姐，怎么能去那种地方呢？"

这句话从钱士铭嘴里说出来，我实在诧异至极。我尚未开口，唐铮在一边驳斥道："真想不到像你这样的青年才俊，胸中却揣着如此的迂腐之见。众生皆由造物主所造，贫也好，富也罢，纵使那些为官为宰的，又岂能不知'人人生而平等'的道理？多少热血青年为建设一个自由、民主、文明的共和国度而苦苦求索，这些封建残余思想正是一点儿也要不得的！"

在启明女子中学读书时，我素来就佩服唐铮的口才。两年多没见，她的口才竟又精进了许多。听她一口气说完这许多道理，若不是碍着钱士铭的面子，我差不多便要在一边热烈地鼓起掌来。

"眉卿，既然如此，你就留在这里，我现在回统舱去了。"唐铮说着，转身便准备离开。

"唐铮，别急，我肯定是要跟你去的。"我上前拽住唐铮的胳膊，朝钱士铭努努嘴，使了个眼色。钱士铭纵然一万个不情愿，还是过来和唐铮打了声招呼，解释说自己不是这个意思，只是担心眉卿这身簇新的缎子旗袍去那里之后会被弄脏，到宁波见到未来的公婆未免失礼。

"放心，我会注意的。"我赶紧借着这个话题，打破刚才的尴尬局

面，并向钱士铭发出邀请，"士铭，你要是不放心，不如跟我们一起
过去？"

迟疑两三秒，钱士铭点点头说道："好吧，我随你们一起去。你
们等我一下，我先去将九号特等舱客人被请走的事告诉剑卿，这样用
完餐，他就可以先回舱休息了。"钱士铭心细如发，考虑问题果然周
到得多。

若是能够未卜先知，知道后面发生的事，无论如何我一定会随着
钱士铭到餐厅去的，一定会对着朱剑卿千叮咛万嘱咐，让他用完餐务
必回舱，哪儿也不要乱跑。又或者，我绝不会随着唐铮去统舱，一定
要亲眼看着朱剑卿回舱睡觉，进入甜美梦乡。如果真的这样，后面的
那些故事，那些人生的无数悲欢离合，是不是都会不一样了呢？可惜
我没有未卜先知的法术，无力改变每个人的命运。

从舱梯往下走，舱底温度明显比上面要略高一些。唐铮一旁解释
道，一来舱底没有窗户，比较聚气；二来锅炉房就在前大舱旁边，烧
锅炉时产生的热蒸汽弥散开，难免会带来热效应。

钱士铭说的一点儿没错，还没走到统舱口，便能闻见里面传来的
夹杂着汗味、体臭味、腥味的说不清道不明的混合气味，加上嘈杂的
争闹声、放肆的说笑声、如雷的打鼾声，更是惹得人心烦意乱。钱士
铭的眉头立时皱了起来。

站在舱门口，我着实吓了一大跳。说实在话，我还从来没有见过
如此不堪的场景。依照我的想法，统舱不过是人多一点儿，挤一点儿
吵一点儿而已。可眼前的场景完全颠覆了我的认知，一个个乘客挤挤
挨挨地坐着，像是过年时家中大灶上的那口大锅里翻腾着的一只只饺
子似的。若是和统舱比起来，位于江亚轮顶层的特等舱，那真是要算
得上天堂了。

我绝不能在唐铮面前流露出嫌厌的神色，一丝一毫也不可以。我面
无表情地跟在唐铮身后，向舱内走去。钱士铭默不作声，紧跟着我们。

"筱筠！筱筠！"我一眼便瞧见席地而坐的高筱筠。听见喊声，高
筱筠抬起头来，见到唐铮和我，先是微微一愣，继而激动得大声喊

道："眉卿！是你？"

高筱筠抬起头时，我蓦地发现她鬓边斜插着的那朵白色小花，再看她穿着一身素色衣裳，心头不禁微微一沉。唐铮拉着我的手，小心翼翼地在人群里蜻蜓点水，朝着高筱筠那边走过去。钱士铭迈出两步，微皱着眉又退了回去，立定在舱门口，一言不发地冷眼瞧着我们。

"眉卿，就坐在这行李箱上吧！"高筱筠把右手从身边的行李箱上挪开，热情地招呼着我，"自从毕业后，我们还没见过面，你一切都好吧？"

"我挺好的，这次坐船，准备和未婚夫一起去宁波订婚。你呢？一切还好吧？"我拉住高筱筠的手，和唐铮挨挨挤挤，一起坐在行李箱上。

"我？"高筱筠垂下头去，两眼几乎滴下泪来，"你没看见我鬓边的白花吗？"

瞧着高筱筠的神情，我很是心疼。我很想知道究竟发生了什么事，可又不忍心问出口。高筱筠的两只手冷冰冰的，我握紧她的双手，用温热的掌心慢慢地摩挲着。高筱筠眼中的泪珠，一颗一颗滚落下来。

"如今的这个社会简直腐败透顶！筱筠的先生便为这万恶的社会而殉葬了！"唐铮的声音很是高昂，具有极强的穿透力，听在我耳朵里，实在可以用"惊心动魄"来形容。

这究竟是怎么一回事？我当时并没有搞明白。当着高筱筠的面，唐铮自是无法深说下去，我也不可能刨根究底。直到几天之后，我才知道事情的真相，当然还是从唐铮嘴里说出来的。

真相是这样的。和钱士铭一样，高筱筠的先生伍伯衡也是中央银行的高级职员。出事前几日，高筱筠发现伍伯衡回到家后，看上去总是满腹心事，忧心忡忡，问他发生了什么事，他却闭口不说。

出事前一晚，躺在床上，平时极少抽烟的伍伯衡竟点燃一支烟，吞云吐雾起来。狠命地在烟缸里掐灭烟头后，伍伯衡握住高筱筠的手，凝视着她焦虑不定的眼神，缓缓地说道："筱筠，今天我做了一件惊天动地的事情。这是我深思熟虑许久才作出的决定。"

听了这话，高筱筠不免更加心惊肉跳，忙问他到底做了什么事。伍伯衡说，他给中央银行高层写了封检举信，举报银行内部有职工监守自盗。

原来，伍伯衡几天前无意中发现，银行有职员和军队官兵勾结，从国库里盗走黄金十几万两。这批黄金其实是国民政府从民间搜刮来的。就在几个月前，为抑制通货膨胀，国民政府推行币制改革，通过发行金圆券，代替市面流通的法币，同时颁布法令，禁止民间收藏黄金、白银，百姓必须将手头的黄金、白银兑换成金圆券。这些从民间搜刮来的黄金、白银，大部分集中在中央银行，价值达一亿多美元。随后，这批黄金、白银被陆续装箱，由部队官兵运往台湾。由于数量巨大，在装箱过程中，竟有银行职员浑水摸鱼，中饱私囊。更有甚者，他们与部队官兵相勾结，将成箱成箱的黄金偷运出去。

"我知道，写这封检举信是冒着极大风险的，也许这一切的背后有着庞大的利益链，我也不知道银行究竟有多少人被拴在这条利益链上。"伍伯衡轻声叹了口气，"若是人人只求自保，不敢与恶势力作斗争，整个民族还有什么希望？生而为人，活着的意义又在哪里？"

当时的高筱筠无法知晓这件事的利害关系，也不能明白伍伯衡这几天所受到的心灵煎熬。第二天上午，在伍伯衡离家上班一个多钟头后，高筱筠便在家中接到噩耗：伍伯衡在中央银行办公室里开枪自杀，子弹穿过太阳穴！那一刻，高筱筠只觉得天旋地转，当场昏倒……

直到现在，高筱筠都认为伍伯衡绝不会是自杀。她对唐铮说，伍伯衡之死肯定和那封检举信有关，背后必然有着莫大的隐情。可是身为一介女流，她又有什么办法来为伍伯衡洗冤雪耻呢？将伍伯衡草草埋葬后，高筱筠决定离开这伤心之地，回宁波乡下去了此残生。

唐铮说，她永远不会忘记高筱筠在江亚轮底舱向她讲述这件事时的情景。在讲述过程中，高筱筠数度中断，啜泣不已，不停地自责。她说得最多的一句话就是："当天早晨伯衡出门的时候，我的右眼皮跳个不停，感觉可能要发生什么事。我为什么没有把伯衡拦住呢？如果那天他不去上班，也许一切都不会发生。"

该来的终归是要来，这又怎么能怪高筱筠呢？我想，在决意成为一个斗士的时候，伍伯衡必是已将生死置之度外。这样的人生纵使短暂，却绚烂而芬芳。比起那些蝇营狗苟的人生，不知有意义多少倍！

唐铮在统舱里的那句议论，不禁又回响在我的耳际。细细想来，这句议论实在是精辟之至。如果身边充满着腐败与丑恶，你即便想要独善其身，出淤泥而不染，亦是不能；何况是要打算和这丑恶势力作斗争，为这万恶的社会而呐喊呢！

可是，当唐铮说出这句议论时，旁边立即有人站出来予以反驳："这位姑娘的高论，虽说倒也有几分见地，可是却有以一叶而障目之嫌，不免着实让人心寒！"

我和唐铮几乎同时转头看去，只见在统舱口右侧，一名身穿草绿色军大衣的年轻男子正席地而坐，目光炯炯地朝向这边。瞧这男子的年纪也就二十出头，肤色黝黑，剑眉星目，鼻梁高挺，英气勃然。这名男子正是章若甫。这是我和章若甫在目光上的第一次交集，只不过当时我还不知道他的名字，也不知道他有没有注意到我。

这里不妨再插叙一段江亚轮起锚后，章若甫和妹妹、外甥女从甲板上回到后大舱以后的故事。当然，这段故事同样是后来在露天甲板上对着一轮朗月聊天时，章若甫告诉我的。

顺着舱梯，下到底舱，章若甫便想着不如就在舱梯旁席地而坐，总比在后大舱找不到位置要强上一些。他刚想护着妹妹坐在舱梯边，便见有人从舱梯上走下来，他只得拉着妹妹起身让行。去茶房打水的，去甲板透气的，去厕所方便的……舱梯上人来人往，坐在这边哪里能够安生？

世间的事情，有时候真是奇巧之至。就在这时，只见几名船员走进后大舱，去搬动舱门边堆放着的一大堆篷布。那些篷布是用来遮盖货物的，还是另有他用，章若甫不得而知。可他清清楚楚地知道，这堆篷布被搬走之后，那块地方正好可供容身。

　　章若甫拉着妹妹赶紧挤过去。果不其然，几分钟后那堆篷布被搬走，露出一块小小的地方。章若甫、章若瑾以及舱壁处站着的好几个人赶紧席地而坐，顿时便将这块地方填得满满当当。坐定后，章若甫一抬头，发现那个与孀妇争抢座位的后生恰巧坐在章若瑾旁边。那后生瞧了章若甫一眼，吓得赶紧侧过身子，垂下头去。

　　后大舱没有窗户。挤在后大舱里的这几百人，自是无缘消受落日斜晖下的无限美景。漫长的时光慵懒而无聊，一阵喧哗过后不多久，不少人干脆打起盹来。

　　洋葱的香味，韭菜的辛辣味，羊肉的膻味……晚餐时分，一股夹杂着各种独特气味的饭菜香弥漫在舱室里。不少乘客拿出随身带上的干粮、饭菜，就地简单地对付起来。第二天的早餐可以等江亚轮到岸后在宁波码头上享用，这顿晚餐却是无论如何要在船上解决的。

　　章若甫兄妹走得匆忙，哪有时间准备饭菜？这时小雯许是饿了，在襁褓里哇哇大哭起来。章若瑾抱着孩子起身，跑出后大舱，躲进女厕所喂奶。待到章若瑾回到后大舱，小雯已在襁褓里熟熟地睡去。瞧着小雯红扑扑的脸蛋，章若瑾双眸里闪动着母爱的温柔。

　　"若瑾，你先坐在这边，我去餐厅打点饭菜回来。"章若甫叮嘱妹妹几句，便爬起身，去了底舱的简易餐厅。这里的饭菜自然和顶层的豪华餐厅无法相比。章若甫打了一份西红柿炒蛋，一份肉末茄子，买了两份米饭，用租来的两个搪瓷食盆盛着，回到舱里。

　　胡乱地吃着饭时，章若甫瞅见旁边的那个后生咂巴着嘴坐在那里，不停地吞咽口水。沉吟片刻，章若甫还是忍不住问道："怎么还不去餐厅吃饭？难道不饿吗？"

　　"我——我——"那后生支支吾吾的，似乎有点儿害怕。

　　"别我我我的，大家出门在外，都不容易。说老实话，是不是没钱吃饭？"章若甫尽量压低嗓门，使声音听上去温柔一些。

　　"不……不是的，我有钱。"那后生吞吞吐吐地说道，"我……我就一个人，担心去餐厅吃饭，回来这位置又被别人占去了。"

　　听这后生如此一说，章若甫倒觉得他憨直得有点儿意思。这后生刚才去抢占孀妇旁边的位置，讨了好一场没趣；现在宁愿忍着饿，也不想好不容易等到的位置被别人给占去，想法倒是可以理解。可就这么饿上一宿，终究不是事儿。

"你去吧，我替你看着位置。放心，没人能抢走。"章若甫冲那后生说道，语气很真诚。

"真的？"那后生露出一副不可置信的神情。章若甫朝他点了点头。那后生扶了扶瓜皮帽，一骨碌爬起身，将褐色粗麻包裹依旧搭在肩头，开心地咧嘴笑起来。

那后生刚准备朝舱外走去，只听章若瑾叫住他："这位兄弟，不如稍等几分钟，待我们吃完，帮个忙把搪瓷食盆送回餐厅行吗？"

那后生闻言立定在原地，爽快地应道："行，没问题，租金我会记得讨回来的。"

章若甫兄妹吃完晚餐后，道声"谢谢"，将搪瓷食盆交给那后生。那后生去后不多一会儿，便嘴边油光光地回到后大舱，将租金塞进章若甫手里。那个位置果然空着，没人占据。那后生盘起腿，席地坐了下来。

晚餐过后，江亚轮已驶离吴淞口，除了闪烁着的点点星火，海面上漆黑一片。后大舱顶部的两盏白炽灯依旧白惨惨地亮着，一如江亚轮刚刚起锚时的光景。白天和黑夜，对挤在统舱里的乘客来说仿佛没有任何差别。

吃完饭，有了些气力，后大舱里重新热闹起来。众人谈的大多是些陈芝麻烂谷子的事，偶尔也有人聊到混乱的时局，表现出愤愤不平。好一阵子叽叽喳喳之后，不少人倦意顿生，昏昏欲睡，有的已进入甜美梦乡，发出此起彼伏的鼾声。就在这时，我和钱士铭、唐铮出现在后大舱。

章若甫紧接着唐铮的话头说出那番高论时，肯定并不知道高筱筠经历了什么。或许他以为唐铮只是针对混乱的时局发出的感慨而已。若是了解到伍伯衡的故事，我不知道章若甫是否还会那么说。

"这位先生，您说的这番话听起来竟是大有深意，愿闻其详。"唐铮站起身来，朝着章若甫那边迈出一小步。章若甫的这番话，显然激起了唐铮的辩论欲。

"这位先生是好人呢，刚才有人欺负我，是他替我解的围。"高筱筠低声对我说道。

"不打紧，先听听他们说些什么。"我的双手一直紧握着高筱筠那双微凉的手，没有丢开。

"姑娘，你听说过陈怀民的故事吗？"章若甫站起身，立定在原地，神采飞扬地说道，"在抗日战场上，身为飞行员的陈怀民在身受重伤、油箱着火的情况下，没有选择跳伞，而是驾机撞向从后面扑来的敌机，与敌人同归于尽。当我们的家园饱受磨难的时候，你知道有多少像陈怀民一样的壮士愿意抛头颅、洒热血！他们才是中华的脊梁，才是时代的精英！"

"陈怀民的故事，你知道吗？"高筱筠低声问道。我轻轻地摇了摇头。虽说陈怀民的故事是第一次听说，可章若甫的这番话讲得掷地有声，极富感染力，让我不禁热血沸腾起来。我这时并不知道章若甫是空军飞行员，更不知道陈怀民一直是他心中的偶像。我抬眼瞧了瞧唐铮，她站在那里听得格外凝神，眼眸里闪动着光芒。

"现在物价飞涨，民不聊生，官场的腐败已是深入骨髓。可是，若是人人只是作壁上观，空发议论，于事何益？"如发表演讲一般，章若甫继续说道，"只有人人皆如当年的陈怀民一般，怀着一颗救国救民之心，我们的国家才有希望！我们的民族才有希望！"

"说得好！说得好！"出乎我的意料，唐铮听了这番言论，非但没有辩驳，反而带头鼓起掌来。旁边几个懵里懵懂的乘客跟着噼噼啪啪地鼓掌，我和高筱筠也加入了他们的队伍，一时间掌声四起，经久不息。

"空谈误国，实干兴邦。如果像你们这样空谈下去，就算讲到大白天，又有什么用呢？"钱士铭站在舱门口，斜倚在门框上，等得着实有些不耐烦。这句话脱口而出后，钱士铭打了个大大的哈欠。可他没有想到，此言一出，刚刚那些热烈鼓掌的乘客，一大半的目光竟都聚集到了他的身上。

"你去宁波，就是和这位先生订婚的吗？"高筱筠低声问道。我委实有些羞赧，轻轻点了点头。

钱士铭搓了搓手，脸上露出一丝窘态。他刚想说些什么，行驶中的江亚轮突然剧烈颠簸起来。钱士铭幸亏右手握牢门框，这才好不容易稳稳地站定。唐铮险些跌倒，我一把拉住她的衣襟，将她拉着坐回行李箱上。这时只听章若甫那边传来一声女人的"唉呀"尖叫声，紧接着便是孩子的哇哇大哭声。

"阿力！"我瞧向那边，不禁惊叫出声。只见阿力正半蹲在那里，慌慌张张地不知道在地上摸索什么，嘴里不停地念叨着："对不起，对不起，孩子没事吧？我不是故意的。"旁边一名少妇抱着孩子席地而坐。襁褓里的孩子可能受到惊吓，正在大声哭闹，少妇有点儿手足无措。那少妇正是章若瑾，只是当时我还不知道她的姓名。

"大——大小姐！"阿力听见叫声，抬起头来。显然完全没有料到我会出现在统舱里，抬头的瞬间，阿力不禁呆愣在了那里。

"阿力，你怎么会在船上？刚刚你吓着这孩子了吗？"颠簸几下后，江亚轮便又恢复了平稳。我站起身，一步一顿地朝着阿力那边走过去。葛妈说阿力半夜去银行门口排队"轧金子"，现在为什么会莫名其妙地出现在船上呢？

"刚刚我正在睡梦中，不知怎的，感觉船像要翻掉似的，突然身子晃动起来，人便醒了。谁知这时包裹的一角散开，里面的东西滑落出来，可能打在这孩子身上了。"阿力说着忙不迭地低下头，在地上摸索起来，随后拾起几根黄灿灿的东西，看上去像是金条，一把塞进褐色粗麻包裹里，然后将包裹口牢牢地扎紧。

我突然发觉有道如剑的目光投射在我身上。偷眼瞧去，章若甫正紧盯着我这边。四目对视，我不禁有些不好意思起来，心脏扑腾腾跳得厉害。

章若甫收回目光，蹲下身，轻轻拍了拍阿力的肩膀，从地上捡起瓜皮帽，替他戴在头上，笑着说道："小兄弟，没事。出门在外，谁还没有个无心之失呢！"

我同样迅速移开视线，朝着坐在旁边的章若瑾关切地问道："孩子没……没事吧？"

不管怎么说，阿力毕竟是我们朱家的下人，现在惊吓到孩子，作为朱家大小姐，我理应表示一下问候。至于阿力为什么会出现在船上，一时半会儿我也无暇问及。

"没事，没事，孩子没事。"章若瑾抬头瞧了我一眼，眼神里充满疑惑。显然她不知道我和眼前这个冒冒失失的后生到底是什么关系。

章若瑾轻轻柔柔地拍打着褥袄，孩子很快安静下来，甜甜地睡着了。这是一个赤红色的褥袄，上面绣着鸳鸯交颈图案，针脚极是细密。那两只戏水的鸳鸯交颈而游，饰以荷花、水草等图纹，色泽明艳，生动传神。

在家闲来无事，我也常做些针黹。现在见了这褥袄上绣的鸳鸯，我不禁眼前一亮，朝向章若瑾问道："这鸳鸯是你亲手绣的吗？"

章若瑾摇了摇头，慢慢悠悠地说道："这是我娘一针一线绣出来的。我娘的刺绣水平，在乡下远近闻名。前两天家里传来消息，我娘病危，可能快不行了。我和大哥这才带着孩子赶回去，也不知道能不能和老娘见上最后一面。"说着，章若瑾轻轻叹了口气，瞧了旁边的章若甫一眼。我这才知道，原来他们是兄妹俩。

"大家都给我听着！快点把船票拿出来，马上开始查票了！"舱门处突然传来这么一声喝叫。我扭头望去，只见那个胖警察拿着警棍，正气势汹汹地站在舱门口。紧接着，梯舱那边传来"哐哐"的锁门声。那扇栅栏门被大铁锁锁上后，没有船票的乘客便没办法从统舱里躲出去了。

"快点，我们该回舱去了！"等了这许久时间，钱士铭显然已是耐着十万分的性子。现在看到舱梯边的那扇栅栏门正在落锁，他不免焦躁起来，大声催促道。

"钱少爷！"阿力这时才注意到站在统舱门口的钱士铭，憨笑着打声招呼。钱士铭瞧了一眼阿力，冷着脸没有理睬，瞧上去情绪很是不佳。

我犹豫再三，还是转头向唐铮和高筱筠发出邀请："走，我们一起到上面的特等舱去，今晚不如就住上面吧！"

唐铮和高筱筠闻言，微微一愣。高筱筠问道："客舱只有一间，我们若是跟你上去，睡在哪里？"

我心里早已拿定主意，笑着说道："我弟弟也在这船上，另外还有一间客舱。他和我未婚夫睡一间，我们仨挤一间，不过将就一晚，明天一大早不就到宁波了嘛。"

说话间，我朝钱士铭走过去，问道："你说我这样的安排，好是不好？"

我已将话说出了口，钱士铭即便觉得不好，也是难以启齿。他点了点头，面无表情地冷冷说道："我觉得这样也好，大家赶紧走吧，不然一旦栅栏门被锁上，一时半会儿便都出不去了。"

唐铮、高筱筠见钱士铭没有反对，便爬起来，拎着行李箱，跟在我身后，朝舱口处走去。统舱的环境实在太过糟糕，能够换一处安逸的地方睡上一觉，想来她们是无比乐意的。

"阿力，现在我先回舱，有时间再细细问你。"走到统舱门口，我回转身，冲呆坐在那里的阿力说道。阿力朝我挥了挥手，憨憨地笑着。

舱梯处的那扇栅栏门已落了锁。栅栏门外，一名船员跟在胖警察身后，正准备离开。钱士铭赶紧大声叫住他，从兜里掏出两张特等舱船票，在手中扬了扬。那船员走过来打开栅栏门，诧异地问道："你们四个人都要上去？"

"她们两个是我表妹，只买到统舱票，麻烦通融通融。"钱士铭说着，从衣兜里摸索出两枚银圆，塞到那船员手里。船员让在一边，我和唐铮、高筱筠紧跟在钱士铭身后，通过栅栏门，走上舱梯。

我们走出没几步，只听身后传来哐的一声重响，那扇栅栏门重新落了锁。顺着狭长的舱梯往上走，走到拐角处，我扭头瞧去，只见隔着栅栏门，统舱一片幽暗。那扇锈迹斑斑的栅栏门，像极了通往地狱的大门。

的确，短短二十多分钟后，这就是一扇地狱之门！

第六章

阿力为什么会出现在江亚轮上？待到我解开疑窦，已是几个月之后。这个包袱与其放在后面再去抖开，倒不如先在这里交代几笔。

随着金圆券的不断贬值，黄金成为人们眼里的硬通货，民众要求兑换黄金的呼声一浪高过一浪。迫于压力，一周前，国民政府出台规定，拥有身份证的成年人每三个月可兑换一次黄金，每次可认购一两。在上海滩，这便被称为"轧金子"。严苛的兑换办法，让不少人望而兴叹。

提供兑换黄金业务的银行，全部集中在上海外滩。每到兑换之日，外滩上人山人海，水泄不通。那排起的长龙，如"贴大饼"一般蜿蜒曲折，一眼望不到尽头。僧多粥少，银行怎么来得及兑换？很多人排上一天的队，最终只能失望地空手而归。为了早一点儿将黄金兑换到手，不少人干脆提前一晚来排队，死死地守住银行大门。等到第二天上午银行开业之时，排在队伍前面的自然便能顺顺当当地兑换到黄金。

那晚，阿力背着褐色粗麻包裹赶到外滩的时候，中央银行、中国银行、交通银行等各家银行门口已是排起长龙。褐色粗麻包裹里装着好几捆金圆券。要知道，这是阿力用两年多积攒下来的一点儿积蓄换到手的。谁会想到转眼之间通货膨胀，金圆券渐成废纸，阿力怎能不心焦如焚？

虽说银行门口已排起长龙，阿力还是毫不犹豫地排在队伍的最后面。若是不在银行门外站上一个漫漫冬夜,第二天怎么可能兑换到黄金呢?

当时社会上有传闻,国库里的黄金即将全部撤离上海。事实上,国民政府往台湾偷运黄金的事,一直甚嚣尘上。担心手中的金圆券沦为废纸,人们兑换黄金的欲望更是强烈。时任上海市市长的吴国桢这样描述当时的情形:"当通货不稳定时,人民总会试图抓住一些价值稳定的东西,所以在那些日子里,人们都争先去弄外汇和金条。"

在银行外面待了一宿,阿力渐渐地感到双腿发麻,浑身绵软无力。这时东方泛起鱼肚白,天色已是微亮。阿力抬眼望去,外滩上到处都是密密麻麻的人流,瞧上去如蚁阵一般。饶是如此,仍有一拨又一拨的市民蜂拥而来。

银行尚未开门,外滩交通已陷入瘫痪。大批警察闻警而动,试图驱散集聚在外滩上的人群。可是面对数万群众,有限的一点儿警力又能有什么办法呢?外滩附近的南京路、四川北路、四马路等几处路段随即实施临时戒严,可是毫不奏效,依然不断有大批市民向外滩涌来。

阿力说,当时人们的疯狂程度让他感到恐慌。特别是银行大门打开后,大家不顾警察的拦阻,拼命地朝银行大厅冲去。栏杆被推倒了,门窗被砸破了,银行大厅里一片狼藉……夹杂在这股疯狂的人流里,阿力差一点儿被推倒。

阿力清楚地知道,一旦跌倒,瞬间便会被如潮的人流踩踏在地,根本不可能有机会爬起来。他仗着年轻力气大,双手拼命地左右挥舞着,也不管抓住的是别人的胳膊还是衣裳,借助这股外力,这才好不容易站定。周围的一片哀号声,几乎将警察的警告声淹没。

眼见局面失控,警局赶紧出动"飞行堡垒",也就是骑警部队赶来弹压,这才好不容易疏散部分人流。救护车赶到现场之时,已有多人遭踩踏身亡,数十人重伤,酿成惨剧。"飞行堡垒"离去之后,一些散开的群众重新聚拢而来。特别是像阿力一样排了一整晚长队的人,黄金没有兑换到手,岂能甘心?可是一座座银行大门紧闭,任凭一拨又一拨群众重重捶门,里面再无动静。

中午时分，阿力不觉饥肠辘辘起来。他从怀里掏出两个烧饼，胡乱将就着充充饥。前一晚从朱寓离开时，葛妈特意烙了四个烧饼，让他带上。深夜和早晨，阿力各吃了一个。将最后两个烧饼啃掉，阿力不觉口干舌燥起来。他干脆跑到黄浦江边，踩着几块碎石乱砖，弯下身子，掬起一捧江水润润嗓子。

就在这时，阿力猛然想起，家中老爷还在等着用车。前一天下午，丁叔一再叮嘱阿力第二天中午千万不要乱跑，切莫耽误老爷出行。阿力当时答应得非常干脆，结果跑到外滩来"轧金子"，就把这事抛到九霄云外去了。现在要想赶回去，靠两条腿走要走到什么时候？可不靠两条腿走，又能有什么法子呢，难不成去坐黄包车吗？就算舍得花钱雇车，恐怕赶回去，也早误了时辰。阿力不禁急得在原地转起圈来。

"小兄弟，借一步说话。"正在彷徨无措之时，阿力听见有人唤他。转身一瞧，只见身后站着一位慈眉善目的先生。这先生看年纪四十上下，头戴一顶旧毡帽，留着几绺山羊胡，身披鹤氅，身后背着一只大竹篓，右手举着虎撑，上面写着"问卜算卦"四个大字。瞧模样，是个算命先生。

"小兄弟，我可找到你了。"阿力尚未开口，算命先生的这句话，倒说得他晕乎起来。这先生分明从来没见过，为什么竟会讲出这句话来？

"先生，您认识我？"阿力疑惑地问道。

"昨晚我做了一个梦，梦中有神人对我说，今天会碰到一个身背粗麻包裹的小兄弟，让我务必要给他指点迷津。"算命先生说着，放下身后背着的大竹篓，从里面取出一张小方桌，一张小方凳，然后将虎撑插进方桌旁的插孔，在方凳上坐了下来。

"昨晚在梦中，那神人将你的情况全部告知于我，我一一记在了纸条上。"算命先生从桌肚里取出纸笔，递到阿力面前，"你若不信，且将你的姓名写下来，看看和我纸条上记的是不是一般无二？"

算命先生说得神乎其神，阿力不免将信将疑起来。在朱寓待了这么多年，大字倒也认得几个，阿力拿起笔，在纸上写下"朱阿力"这三个字。只见那算命先生从桌肚里掏出一只纸包，打开一瞧，上面龙飞凤舞写着的三个字果然是"朱阿力"！阿力顿时惊得目瞪口呆。

"小兄弟，我还知道你的好些情况呢。"算命先生说着，从签筒里抽出几支竹签，只见上面分别写着"父母在否""兄弟几人""有妻无妻""子女几人"等字样。算命先生随便从筒里取出一支竹签，阿力对应签文，老老实实地答出问题。阿力每答完一题，算命先生便会从桌肚里摸索出一只纸包，里面的文字果然和阿力说的情形一模一样。如此一来，阿力对算命先生此前说的那一番话，已是深信不疑。

"小兄弟，你我乃是有缘之人。既然神人托梦于我，那我就不妨发发善心，为你指点一二。"算命先生压低嗓音，故作神秘地对阿力说道，"我看你印堂发暗，双目无光，最近必是遇到什么凶险之事，过两日恐怕会有血光之灾呢。"

刚刚"轧金子"，险些被如潮的人流踩踏，阿力兀自心神未定。闻听此言，阿力不觉对眼前的这位先生敬若天人，急吼吼地问道："请问先生，可有方法破解这血光之灾？"

"禳解之法倒是有的，只是恐怕要破费些钱钞。"算命先生斜眼瞧着阿力，故意将语速放得很慢。

阿力从肩头取下褐色粗麻包裹，放在方桌上。打开包裹，阿力从里面抽出好几沓金圆券，推到算命先生面前："还请先生教我一个方法。"

这算命先生将金圆券收进桌肚里，然后拿起桌上的另一只签筒，摇了三摇，让阿力从签筒里抽取一支竹签。阿力先是握紧拳头，然后摊开在掌心吹口气，将竹签抽出来一瞧，只见上面写着一个"离"字。

"'离'为南面之位。你若是想逃脱这血光之灾，必须一直向南走，而且走得越早越好，越远越好。"那先生顿了一顿，继续说道，"要是能够跑到像宁波那么远的地方去，这血光之灾便算是彻底解了。"

告别算命先生后，阿力便沿着黄浦江，一直朝南走。走到十六铺码头附近时，瞧见不少人正神色匆忙地往码头上赶。众人七嘴八舌，阿力听进耳朵里去，得知他们竟是在赶开往宁波的江亚轮。想起算命先生的话，他也就凑了过去。

远远地离着检票口，阿力便听见有人议论，说是没有船票也无妨，只要塞给检票员一两枚银圆或是一沓金圆券，便能顺顺利利地上船。他也想依样学样，混到船上去。谁知等他挤到面前，检票口已经关闭。就在这时，他碰到章若甫兄妹，于是跟在他们身后，从货舱入口混进江亚轮。

阿力给我讲完这段故事后，气得牙根痒痒的。他说如果有朝一日再碰上那个江湖郎中，非得给他一顿老拳，把他的山羊胡子一把薅掉不可。若不是倒了八辈子血霉，遇见这江湖郎中，他是无论如何不可能登上江亚轮的。那么后来的那些惊心动魄的事情，也就全都不会发生了。

不过，有一点阿力却是一直想不明白。这江湖郎中明明就是骗子，为什么他从桌肚里摸索出的好几只纸包里，竟会明明白白地写着他的个人信息呢？若非如此，他又怎么会轻易上当呢？

阿力哪里知道，这些江湖郎中虽是骗子，却也需要苦修内功。他们早就练成独门秘诀——"盲写术"，伸手从桌肚里摸索纸条的瞬间，便能抓起笔在纸条上写下文字。正是靠这一独门秘诀，不知骗过多少人去。

视线还是回到正在茫茫夜海中行驶的江亚轮上来。走出后大舱，我和唐铮、高筱筠跟在钱士铭后面，顺着舱梯，来到三台格。天空一轮朗月高悬，皎洁的月光照在甲板上，如水波般静静地漾开。甲板上静悄悄的，依稀有几名乘客正兴致盎然地观赏着朗月之下的海景。江亚轮行驶中发出的有节奏的引擎声，与海水拍打船身的鸣响一起，打破万籁俱寂，在海面上远远地播散开去。

"我就不过去了。你把剑卿叫来，让他和我住这间吧。"走到八号舱门口，钱士铭立住脚，轻声对我说道。我答应一声，便和唐铮、高筱筠朝着隔壁的九号舱走去。

敲了敲舱门，里面无人应答。窗帘低垂着，舱内依稀透着光亮。莫非朱剑卿睡死过去了？黄得佳听见动静，从不远处走了过来，掏出钥匙，替我们打开舱门。舱顶的水晶灯点亮在那里，鸭舌帽搁在方桌上，旁边白瓷茶杯里剩下半杯茶水，右边的单人床上胡乱地放着几本画报。整间舱室，哪里有朱剑卿的影子？

这浑小子跑哪儿去了？现在这个时点，不可能还在餐厅用餐。莫非又和那帮军人赌博鬼混去了？我的一颗心不由得猛然一沉，像是跌进了冰窖。

走进舱室，放下行李，唐铮、高筱筠不住地向我道谢，说若不是碰上我，她们就得在统舱里挤上一晚，那滋味实在不好受。我忙拉住她们的手，表示能在船上碰见她们实在太开心了，这只不过是举手之劳，不必挂怀于心。

将唐铮、高筱筠安置好，我便回去叫上钱士铭，硬是拖着他一道去找朱剑卿。听说朱剑卿没了踪影，钱士铭发了好一通牢骚，说这小子实在太不省事，大晚上的到处瞎跑什么，害得人牵肠挂肚的，找到了非得好好教训他一顿不可。

从舱梯下到二台格，走近那间二等舱，只听里面传来喝酒划拳的声音。走到舷窗前，透过玻璃向内瞧去，只见那十来个国民党官兵正横七竖八地坐在方桌前胡吃海喝，瞧模样个个已是酒气熏天。有的酒兴正酣，一手啃着鸡腿，一手端着酒杯，在那里纵谈时局；有的东倒西歪，仍然拿着酒杯不肯丢手；旁边三四个人正在那里划拳，个个争得面红耳赤……在这群人里面，哪里有朱剑卿的影子？

"钧座，这回兄弟们可跟着您发大财了。"舱室内，"酒糟鼻"龇牙咧嘴地冲着"独眼龙"谄媚地笑着，眼睛几乎眯成一条线。

"独眼龙"不再是刚才的短袖装扮，而是套了件草绿色军大衣。只见他端起酒杯，慢慢地抿了一口，瞧起来很受用的模样。他冲着"酒糟鼻"说话时，舌头已不能捋直。只听他说道："那是当……当然。别看兄弟们刚……刚才输了点钱，不过在船……船……船上大伙

图一乐，消遣……消遣时光罢了。待会儿下……下了船，把箱子搬……搬上岸，就和兄……兄弟们把东西分了。"

"谢谢钧座！来，兄弟们都敬钧座一杯！""酒糟鼻"将杯中酒斟满，把旁边几个正在划拳的士兵一齐叫上，大家围聚在"独眼龙"身旁，放开肚皮畅饮起来。

我和钱士铭对望了一眼，没有闲情逸致再继续听下去。何况他们说的这番话，我也不大听得懂。既然朱剑卿没和这伙官兵在一起，又会跑去哪里呢？真是急死人。

借着舱廊里的灯光，钱士铭瞧了瞧手表，晚上六点四十分。顺着舱廊望过去，好多间客舱已是黑灯瞎火，不少乘客禁不住旅途劳顿，安然进入梦乡。江亚轮这么大，客舱又那么多，若是一间舱一间舱地找过去，动静过大不谈，就是找到天亮，恐怕也未必能找到朱剑卿。难道就这样丢下他不管？我不禁犯起难来。

"说不定剑卿正躲在哪个角落里鬼混呢。"钱士铭瞧了我一眼，叹了口气。

"要不要找广播台播放寻人启事？"我已是病急乱投医。

"这样恐怕不大好。船上不少人已经睡下，这样一来岂不是要打扰到别人休息？况且剑卿又不是无缘无故走丢，他就是听到寻人启事，也不见得就会回舱呢。"钱士铭想了想，提议道，"不如这样，你和我先回舱。若是剑卿回来，见九号舱里住了别人，必定会过来找我们。到时候你再睡到那边舱里去，岂不是好？若是剑卿在外面玩上一个通宵，你又何苦和那两个同学挤在一处呢？等到天亮，我们终归是有办法找到剑卿的。"

想想钱士铭说得挺有道理。事已至此，除了这么办，似乎已别无他法。钱士铭挽着我的胳膊，顺着舱梯，朝三台格走去。

刚刚走上甲板，便见康伯提着茶水铫，朝着我们这边走过来。我立时迎上去问道："康伯，你在船上走动时，瞧没瞧见托你转让九号舱的那个小少爷？"

康伯闻言，微微一愣："那个小少爷？半个多钟头前我去添茶水时，看见他一个人待在舱里发呆，我劝他到甲板上去散散心。如果现在不在舱里，说不定跑哪儿散心去了，反正我后来再也没有见到过他。"

谢过康伯，我和钱士铭朝八号舱走去。康伯提着茶水铫跟在我们身后，絮絮叨叨地说道："前面就是白龙港，江亚轮开出吴淞口已经快三十里。现在时间也不早了，二位快点回舱休息吧。"

我朝船舷外望去，四周夜色茫茫，在月光的映射之下，广阔无垠的海面像是浸入深蓝色的墨汁，泛起一道道诡谲的波纹。行船很是稀疏，只是偶尔能在远处看见几盏微弱的灯火。海面上没有飞鸟的踪迹，是倦鸟已归林，还是鸟儿缺乏足够的力气飞到这片遥远的洋面上来，我不得而知。康伯说得没错，疲乏了一天，是该早一点儿休息了。

康伯随着我们进舱，热情地往桌上的白瓷茶杯里添水。趁这个工夫我跑去隔壁九号舱，把先住回钱士铭那里的打算告诉唐铮和高筱筠。唐铮已在长沙发上铺好被褥，听我这么一说，便将被褥搬回到床上。

"如果弟弟回来，到时候我再搬过来和你们同住。"我叮嘱唐铮、高筱筠早点休息，说着便朝舱室外走去。

唐铮、高筱筠将我送到舱室门口，互道"晚安"。我刚要回过身去，高筱筠拉住我的手，依依不舍地说道："快三年没见了，我还有一肚子话想要和你说呢。"

只见高筱筠眼圈微微有些泛红，还是以前那般多愁善感的模样。我握紧高筱筠的手，笑着说道："我也有很多话想要和你说呢。不如明天一早吃过早饭，我们慢慢说，有的是时间。就算到宁波下了船，我们想说些体己话，又是什么难事？"

高筱筠朝我勉强挤出一丝笑容，室内水晶灯的光亮照在她那姣美的面庞上，使得她的整张脸看起来没有血色，有些惨白。我松开握紧高筱筠的双手，朝她轻轻挥了挥。高筱筠咬了咬嘴唇，欲言又止。

"有什么话不能等到明天说呢？看起来竟像是生离死别似的。"唐铮轻轻推了推呆愣在那里的高筱筠，"还是眉卿说得对，有什么想聊的，等明天一觉睡醒大家再聊吧。"

告别唐铮、高筱筠，我将舱门轻轻地关上。回到隔壁八号舱，舱门虚掩着，我不禁心头微微一热。推门走进舱室，只见钱士铭已脱掉燕尾西服，正蹲在长沙发边，捣鼓着那两只大皮箱。

"都安排好了？"见我回舱，钱士铭抬起头来问道。我嗯了一声，便朝左边的那张单人床走去。

"我想看看这皮箱里到底有什么宝贝，没想到皮箱竟然装着密码锁，看来是打不开了呢。"钱士铭说着，站起身来，将两只皮箱拎回到长沙发边的角落里，随后从书报架上抽了本杂志，枕着那件橙色救生衣，躺在了右边的单人床上。

虽说过不了几个月，我便会嫁给钱士铭，成为他的新娘，可现在孤男寡女同处一室，共度良宵，我依然感觉心脏扑通扑通跳得厉害。其实，当钱士铭告诉我他一共买到四张特等舱船票时，我便对这样的安排有了心理准备。可事到临头，还是难以迈过心头的那道坎。亏得舱室内有两张单人床，要不然我真不知道该如何自处才好哩。

"你还想看会儿杂志吗？打算什么时候熄灯？"见我呆呆地愣在床前，钱士铭将杂志拿在手里，半坐起身问道。

"今天有点儿累着了，不如早点熄灯休息吧。明天一大早，我还想找唐铮、高筱筠好好聊聊呢。"说着，我便脱去水貂毛皮草外套，挂在床边的衣帽架上，然后跑去盥洗池边简单地洗漱一番。

回到床头，摊好被褥，我正打算将大红缎子旗袍褪下，钻进被窝，这时只听得轰的一声巨响，从舱底天崩地裂般传来。这声巨响来得毫无征兆，仿佛将静谧的黑夜撕开一道大大的犬牙交错的裂口，令人猝不及防。直到今天，我时常觉得这声巨响依然回荡在耳边。只要想起这声巨响，我就会心惊肉跳。

有什么更贴切的比喻，可以用来形容这声巨响呢？过年时家家户户燃放的"震天响"，在这声巨响面前简直就是"小儿科"，恐怕十多枚"震天响"同时点燃，腾空时发出的噼啪声也远远及不上这声巨响的一厘一毫。淮海战役前线的隆隆炮火声，和这声巨响大抵差不多吧？可惜我没有机会上前线，没有亲耳听到过炮火声。在我有限的一点儿阅历里，能够联想到的范围内，恐怕只有美国在日本广岛投下的那颗原子弹的爆炸声，可能比这声巨响来得更加猛烈吧。

这些不切实际的胡思乱想，都是时隔多年以后从我脑海里迸发出来的。在那声巨响传来的瞬间，我只觉得耳膜被震得生疼，大脑一片空白，仿佛世界末日突然来临。容不得我多想，伴随着轰然巨响，江亚轮在海面上剧烈地动荡起来，就像是大海深处埋下的暗雷猛然爆炸，产生的巨大能量将整艘江亚轮掀离海面，船身被巨浪顶上天空，迅即重重地跌落下来。

"啊——"我吓得大声尖叫起来。事后想来，这声尖叫定然凄厉无比。在江亚轮剧烈的动荡之中，我重重地跌倒在床上。若不是死命地抓住床框，十有八九便要滚落到地面上去了。这声巨响大约持续了短短两三秒，江亚轮逐渐平稳下来。舱顶的水晶灯随之熄灭，舱室内顿时黑漆漆一片，四周陷入死一般的沉寂。

"士铭，士铭——"倒在床上，我拼命地喊着钱士铭的名字。从小到大，我何曾经历过这样的事体，内心恐惧至极，身体不由自主地战栗起来。

"眉卿，没事，没事的，我在这里。"钱士铭从邻床爬起身，摸索过来，牢牢地握住我的手。感受着钱士铭掌心里的温度，我紧张的情绪顿时舒缓了许多。

"士铭，刚才那声巨响哪里传来的？感觉像是什么东西爆炸了似的。"身处茫茫夜海之中，我不禁对前程充满担忧，"不会出什么大事吧？"

"亲爱的，别怕，这艘轮船设施这么精良，不会出什么大事的。"钱士铭不断地安慰着我。可从他的话音里我能察觉得出，钱士铭同样有些慌乱。他显然也想知道那震耳欲聋的爆炸声到底是从哪儿传出来的。只是在我面前，他想尽力掩饰内心的慌乱，想给我带来一些安全感罢了。

"电灯怎么熄灭了，是你关掉的吗？"我轻声问道。四周黑黢黢的，伸手不见五指，未免让人更觉不安。朝舱窗外望去，水天相连，满目乌黑，连刚才海面上闪烁着的几盏灯火，竟都消失不见了。

其实我知道，这是多此一问。那声骇人巨响传来之时，钱士铭怎么可能会去熄灭水晶灯呢？果然，钱士铭在旁边应答道："这灯不是我关的。或许是船上的电路系统出故障了吧。"

说话间，刚刚平稳下来的江亚轮重新剧烈地左右晃动起来。躺在单人床上像荡秋千似的，差不多快要翻个底朝天。舱室里的衣帽架、绿植，包括长沙发边的皮箱，全部东倒西歪，发出"乒乒乓乓"的杂七杂八的声响。我紧紧握住钱士铭的手，大气不敢出一声。大约二三十秒后，船身终于停止晃动。就在这时，只听江亚轮上响起凄厉的汽笛声。连续四五声急促而短暂的汽笛声后，四周重新陷入死一般沉寂。

"士铭——"我感觉一颗心快要跳到嗓子眼，喃喃地问道，"你说，这船不会沉掉吧？"

"这么大一艘船，应该不会说沉就沉吧。"钱士铭语气并不坚定。接下来究竟会发生些什么，他同样无法想象。

"士铭，你说江亚轮是不是停下来了？"停止左右晃动之后，我发现整艘船定格在海面之上，不再继续前行。更加恐怖的是，我依稀能察觉到船身仍在微微颤动，虽然颤动的幅度极其微小，就像是一双大手轻轻抚过琴弦，可我还是察觉到了。

暗夜里，我看不清钱士铭的面部表情，不知道他的一张脸是不是和我一样惊恐。我有一种不祥的预感，肯定发生什么大事了。

"眉卿，你躺在床上别动，我出去瞧瞧究竟怎么回事。"钱士铭越想越觉得不对劲，总不能就这么束手待毙地等下去，于是翻身下床，准备摸黑到舱外打探动静。

钱士铭刚走出没几步，只听舱门吱嘎一声被推开，一丝光亮透进舱来。我下意识地朝着光亮处望去，只见在跳动着的烛火的映照下，黄得佳手里拿着一盏银色烛台走进舱来。烛台上插着的蜡烛正散发出柔和的光芒，给人以温暖和希望。

"这船是出什么事了吗？"钱士铭焦急地问道。

"没事，听说是锅炉出了点毛病，工人们正在紧急抢修呢。"黄得佳将烛台交到钱士铭手里，轻描淡写地说道，"船上的电断了，估计一时半会儿来不了，这支蜡烛先将就着用用吧。"黄得佳说完，向我们道了声晚安，便转身走出舱去，轻轻关上舱门。

我和钱士铭对望了一眼。既然是锅炉发生故障，想来不会是什么大问题，总算可以暂时安下心来，大不了明天上午迟一点儿到达宁波罢了。

钱士铭将银色烛台搁在床边的方桌上。借着蜡烛微弱的光芒，整间客舱像是被笼上一层轻柔的薄纱，充满着未知的神秘。我想，这时如果在西餐厅，必定会是极佳的氛围，哪怕享用一顿烛光晚餐也好。可是现在，我们正身处茫茫夜海之中，沐浴着这层轻柔的薄纱，感受到的绝不是温馨和浪漫，而是一丝诡谲和迷惘。

"也不知道剑卿人在哪儿。船上发生这么大动静，怎么还不见他赶紧回舱呢？"我爬起身，坐在床沿边，像是在自言自语。

"眉卿，别动！你有没有感觉船尾好像正在下沉？"钱士铭坐在床沿边一动不动，凝心聚神地盯着地面。经他这么一提醒，我惊觉船头正在慢慢地朝着上方翘起，整个人微微地后仰起来。朝旁边瞧去，方桌上的烛台正随着倾斜的角度缓缓滑动，烛火益发飘忽不定。

正在猜疑之际，只听砰的一声，舱门被猛烈地冲开。康伯慌慌张张地跑进舱来，这回手里没有提着茶水铫。康伯二话不说，便去摘舱壁上挂着的那件救生衣，嘴里小声嘀咕道："怎么只有一件？"

"康伯，到底发生了什么事？"这声问话，我和钱士铭几乎同时脱口而出。

"快逃命去吧！锅炉房发生大爆炸，这船眼看就要沉了！再不逃命就来不及了！"说话间，康伯头也不回，拿起救生衣，一溜烟儿地往舱外跑去。

我和钱士铭面面相觑，一时呆怔在那里，不知道怎么办才好。这时，只听下面两层甲板上隐隐约约传来人流奔跑的嘈杂声、叫骂声，夹着撕心裂肺的大呼"救命"的声音。尽管这声音细碎而微弱，却像是利剑出鞘时的那道寒光，穿透这静谧的夜色，声声入耳，听得真真切切。特别是那一浪高过一浪的"救命"声，凄厉而绝望，令人毛骨悚然。看来康伯说的一点儿也没错，江亚轮真的快要沉了。

借着幽暗的烛火，钱士铭的目光投射到了床上那件被临时当成枕头用的救生衣上。一个多钟头前，我开玩笑地说在船上肯定用不上救生衣，没想到转眼之间，这件救生衣摇身一变，成了舱里的一根救命稻草。钱士铭疾步走过去，从床头拿起救生衣，紧紧地抓在手里。

第七章

后来我才知道，那片出事的海域叫作里铜沙，位于白龙港附近。如果想在地图上找到里铜沙的准确方位，那就是东经31.15度，北纬121.47度。我查过一些资料，想知道那里为什么叫作里铜沙，可惜没能查到确凿的答案。

江亚轮上发生惊天爆炸的那一刻，身处顶层特等舱的我，显然不可能知道锅炉房和驾驶舱里究竟发生了什么。几天以后，通过各大报纸铺天盖地的新闻，我才总算找到一些线索。依据这一鳞半爪，我不妨勉为其难，凭借一些合理的想象，为读者诸君还原一二。

事发五天后的《申报》上刊登过一篇报道，题目是《船长追述出事情形》。依据沈达才船长的描述，爆炸声突然响起时，他正在船头的船长室内，准备脱衣就寝。那爆炸声犹如晴天轰雷。随着这声巨响，他由床边被摔至室外。待到他爬起身来，船上的电灯已全部熄灭。

沈达才船长的家人后来写过一篇文章，提及江亚轮爆炸时的情形，与《申报》上的那篇报道大不相同。文章说，爆炸发生时，沈达才正在餐室里独自吃晚饭。只听轰的一声，船身剧烈地震动了一下，餐室里的电灯迅即熄灭。沈达才放下手中的筷子，立即奔出餐室。

这两种说法，哪一种更接近事实真相，我们完全没有必要再去深究。深究起来，又有什么意义呢？就像江亚轮的爆炸时间，就存在好几种不同的说法。究竟哪种说法更可信，谁也说不清楚。反正这场大爆炸发生在当晚七点左右，大抵不差。

我相信还有一点确凿无疑。那就是爆炸发生后，凭借多年的航船经验，沈达才知道情况不妙，江亚轮随时可能沉没。没有丝毫耽搁，他心急火燎地奔至驾驶舱。作为一名船长，那里原本就是他应该坚守的战场。

"右转九十度，偏离航道，靠近海滩！"冲进驾驶舱后，沈达才立即对着呆愣在那里的舵工阿水发出指令。这条航道，来来去去不知道经过多少回。沈达才清楚地知道，里铜沙海域靠近浅滩，他第一时间想到的是要做一次冲滩努力。如果冲滩成功，江亚轮便会搁浅在海滩上，势必就能保住船上大多数乘客的性命。

那只半人多高的木质舵盘，在阿水的手中飞速地向右转动着。江亚轮加大马力，像是一头遍体鳞伤的怪兽，耗尽有限的一点儿气力，正在做着最后的挣扎。在舵盘强大牵引力的作用下，船头改变了航向，可船尾下沉的速度明显加快。最终，冲滩没能成功。那只木质舵盘再也无力主宰江亚轮的命运，船身已完全不受控制。阿水绝望地拍打着舵盘。

沈达才的目光死死地盯着前方海域。几乎是不假思索，他斩钉截铁地说道："拉响汽笛！"汽笛声急促而短暂地连续响了四五声，便偃旗息鼓，再也不能发出一点儿声响。

这次冲滩也不能说完全没有效果。偏离航道的江亚轮毕竟距离浅滩更近了一些。三个多小时后，江亚轮顶部的露天甲板依然还能露出海面之上，与沈达才做出的这一决定有着莫大关系。这次失败的冲滩，也为后来救援工作的开展赢得有限的宝贵时间。

船尾仍在继续下沉，底层甲板上已是乱作一团。黑压压的乘客从舱内如潮涌一般冲向甲板，尖叫声，哭喊声，此起彼伏，响成一片。有几个小伙子仗着水性好，纵身跳入冰凉刺骨的海水，瞬间便被海浪卷走。

皎洁的月光透过舱室玻璃，为驾驶舱捎来一丝微弱的光亮。借着光亮，沈达才环视四周，心不禁凉了半截。就在刚才的冲滩过程中，大副、二副等好几名高级船员已是没了踪影。现在的驾驶舱内除沈达才以外，只剩下轮机长胡彩扬，舵工阿水，水手阿大、王祥等五六个人，每个人面色都十分凝重。

"快去发报室，拍送海难警报！"沈达才冲着水手王祥大声吼道。船长如山的职责，让沈达才不能放弃最后的努力，哪怕只有一丝一毫的希望。王祥默不作声，转身跑了出去。

发报室位于江亚轮底舱。身处顶层驾驶舱的沈达才无法知道，这份海难警报再也不可能拍发出去。几分钟前江亚轮爆炸的位置，正巧就在发报室的旁边。发报室已被炸塌，两名报务员一人当场被炸死；另一人身受重伤，迅即被涌入底舱的海水所淹没。

"救命啊！救命啊！谁来救救我的孩子！"

"娘，娘，我在这儿，你在哪里？"

"快往上面跑啊，不然就没得命啦！"

……

船尾的下沉速度越来越快。甲板上到处都是争先恐后夺路而逃的人群，黑压压一片，撕心裂肺的哭喊声令人不忍相闻。沈达才瞧了一眼站在一边手足无措的胡彩扬，重重地瘫坐在驾驶座上。看来，江亚轮今晚已是在劫难逃。

"船长，您觉得是锅炉爆炸吗？"胡彩扬小心翼翼地问道。

沈达才铁青着脸，一言不发。这时候讨论爆炸原因还有什么意义呢。皎洁的月光照在他那张冷峻的面庞上，看上去阴森森的，有些瘆人。

王祥离开不到两三分钟，便三步并作两步冲进驾驶舱，气急败坏地大声喊道："发报室全被淹了，后大舱也被淹了，估计里面的人全都没了！现在海水开始漫上底层甲板，估计船就快要沉了！"

大家静默在那里，目光齐刷刷投向沈达才，驾驶舱里的空气瞬间凝固了。沈达才像是一尊雕塑，坐在那里一动不动。谁也不知道他是在思考着什么，还是什么也没有思考……

"船长，大家快逃吧，再迟恐怕就来不及了！"不知道是谁，小声地提醒了一句。

沈达才慢慢仰起头，眼睛里充满血丝。他再一次斩钉截铁地下达了两条指令。沈达才知道，或许这是他在江亚轮上最后一次行使船长的权力——

"阿大，快放救生艇，能救多少人就救多少人！"

"阿水，快点看看有没有船只路过，有的话大声喊话求救！"

从时间上推断，康伯拿着救生衣跑出舱室的时候，差不多就是沈达才命令王祥去发报室拍发海难警报的当口。尽管从康伯慌慌张张的神色里已意识到危险的存在，但我绝没有想到江亚轮马上就会遭遇灭顶之灾。只要有钱士铭陪在身边，我就能感受到一股可以倚靠的力量。不管接下来碰到什么麻烦，相信钱士铭一定会保护好我的。

船身后倾愈来愈明显。我半坐在床头，分明能够感觉得到船尾正在不断地下沉，我的心似乎也随之一点一点沉入这无边无际的大海之中。借着方桌上微弱的飘忽不定的烛光，我瞧了一眼邻床，钱士铭坐在床沿边，手里紧紧握着那件救生衣，面色瞧上去有点儿惨白。

"眉卿，看来这件救生衣真的要派上用场了。"钱士铭抬起头，瞧向我的目光里透着一丝惶恐。这目光有些出乎我的意料。在我的印象里，不管碰到什么事，钱士铭总能保持住绅士风度，从容不迫地应对。可这又怎么能怪他呢？在突如其来的大灾难面前，人类的力量是多么的渺小，又有多少人能够临危不乱、谈笑自若呢？

"你会游泳吗？"隔了几秒钟，钱士铭开口问道。

我不禁心头一热。果然和我设想的一样，在这危急时刻，在生与死的考验面前，钱士铭一定会保护好我的，一定会将这舱里唯一的一件救生衣让给我的。可我又怎么能如此自私呢？我不禁有点儿恼恨康伯，如果不是康伯将舱里的另外一件救生衣拿走，现在我和钱士铭一人一件，岂非什么问题都迎刃而解了。钱士铭若是将这唯一的一件救生衣留给我，我是无论如何不能独享的。

世间的事情，很多时候只是在自欺欺人。我尚未开口，只听钱士铭坐在那里幽幽地说道："可惜我不会游泳。"

　　刹那间，我惊呆在那里，怀疑是不是自己耳朵出现了什么问题。在俄亥俄州立大学体育场的游泳馆里，我明明见到钱士铭在泳池里劈波斩浪。那一刻，他的身姿多么矫健，似乎他就是这泳池的主宰。可是现在，在这茫茫夜海之中，他竟然对着我煞有介事地说自己不会游泳。还有什么玩笑比这来得更令人痛彻心扉？原来相交一场，到头来不过是世态炎凉，人情浇薄；曾经的山盟海誓，不过只是美丽的谎言而已。

　　我顿时觉得手脚冰凉，不禁更加恼恨起康伯来。一个多钟头前，如果不是康伯进舱添加茶水，钱士铭便不会端水给我喝，又怎么会将床上的枕头打湿？若枕头没有被打湿，那么两件救生衣便会一齐挂在舱壁上。康伯后来进舱，说不定索性便将两件救生衣一并取走。这么一来，生生死死，皆由天定，岂不更好？

　　钱士铭将救生衣紧紧地握在手里，像是握着最后一根救命稻草。再次和钱士铭的目光对视，我发现那泓曾经无比澄澈的深潭，此时竟变成浑浊不堪的泥淖。烛台在方桌上沿着船体倾斜的角度，优雅地进行着自由落体运动。突然砰的一声，烛台重重地摔落在地面上，那飘忽不定的昏暗的烛火随之熄灭，舱室里再次漆黑一片。世界末日来临前的窒息，将我紧紧地包裹住。

　　"放心，我会游泳。"我说话的语气很是平静。倚在床头，只有拼命保持着坐定的姿势，才能对抗住船体倾斜的角度。我无法看见钱士铭听到这句话时的面部表情。不过想来，应该是如释重负后的欣喜若狂吧。

　　"你会游泳？那真是太好了。"暗夜里，钱士铭的应答声忽忽悠悠地飘进我耳中。是解脱？是释然？钱士铭这辈子都不可能知道，素来怕水的我需要鼓足多大的勇气，才能艰难地说出"我会游泳"这四个字！那一刻，我的整颗心都在滴血，就像是有一把锋利的匕首，一刀又一刀，剜在我的心房上。鲜血一滴一滴，顺着刀尖滴落下来。我突然觉得，面对这场大海难，最终能不能逃出生天，对我来说，已经一点儿都不重要了。

一阵细微的窸窸窣窣的声音传来,我清楚地知道,钱士铭正在将那件象征着生的希望的橙色救生衣套在自己身上。我眼前甚至浮现出他穿救生衣时的麻利动作:检查正反,收紧缚带,扎紧环扣……

"眉卿,我们快跑吧!"钱士铭在暗夜中摸索着,向我伸出手来,一把将我从床上拉起身。我像是一具没有灵魂的躯壳,就这么被钱士铭拉下床。

弯腰在地上摸索了几下,好不容易找到那双红色皮鞋。刚刚穿好鞋,钱士铭一把推开舱门,拉着我的手,沿着甲板,朝船头的方向跑去。甲板上到处都是呼天抢地的人群,大家像争抢着去看西洋景一般,几乎全部朝着船头而去。几道手电筒的光亮交织在一处,刺破这无边无际的暗夜,似乎在指引着人们逃生的方向。相对正在不断下沉的船尾,至少船头目前更安全一些。

船头高高翘起,船体倾斜已十分明显。这奔跑的过程竟像是在攀坡,有些吃力。跑出不多远,钱士铭突然拉住我,停下脚步,喘着粗气说道:"你站在这里稍等几分钟,我把包裹落在舱里了!"

"包裹里装的是什么?非要去取不可吗?眼看海水就要漫过来了!"我试图阻止钱士铭回去。连我自己都想不通,为什么到了这步田地,依然对钱士铭表现出如此的关切?那只蓝布碎花褡裢里究竟装的是什么,值得钱士铭如此去冒险?

"里面都是银票,全都是银票!我把在上海积攒的所有黄金都兑换成了银票。这些银票代表着我们幸福的未来!"钱士铭一边说着,一边逆着人流,转身朝八号舱方向跑去。身边几束手电筒的光亮照过来,好似镁光灯聚焦在钱士铭如旋风一般的身影上,我们彼此仿佛隔着千山万水,好遥远,好陌生。我们还有幸福的未来吗?

"站在原地别动,我马上就回来!"没跑出几步,钱士铭回过头来,冲我大声喊着。在手电筒强烈的光束里,穿在他身上的那件橙色救生衣分外刺眼。

船舷上,逃命的人群密密麻麻,来势汹汹。若不是紧紧抓牢栏杆扶手,恐怕立时便会被这汹涌的人潮挟裹而去,稍有不慎便会被挤落海中。就在短短几分钟里，我亲眼瞧见好几个人跌进大海，在海浪之中拼命呼号挣扎。除了落水者，海面上到处漂浮着凌乱的包裹、行李。眼前这凄惨的景象，我一辈子都不会忘记。

海风有些凛冽，我不禁哆嗦起来。逃得那么匆忙，水貂毛皮草外套丢在了舱里，这身火红的缎子旗袍又怎能抵御得住风寒？我腾出右手，捂紧心口，似乎这样才能暖和一些。

这时的江亚轮像极了童年在乡间玩耍过的跷跷板。以豪华餐厅为平衡支点，前方船头正高高翘起在半空中。朝着后面看过去，一拨又一拨的人流如赶集一般，大包小包，拖儿挈女，从舱梯里跑上船舷，朝着船头方面奔跑而来。只是，他们的脸上分明没有赶集时的喜悦与憧憬，写满的是哀伤和惶恐。可能连他们自己也说不清楚，这是在与不断漫涌的海水赛跑，还是在与可恶的死神赛跑？

身边人流越来越多，个个跑得跌跌撞撞。瞧着那一张张陌生的面孔，我猛然又想到朱剑卿。我拼命地在摩肩接踵的人群里张望，满心期待着命运的眷顾，只要能发现朱剑卿的身影就好，哪怕远远地看上一眼。可是借着皎洁的月光，纵目四处望去，哪里有他的影子？

朱剑卿他人到底在哪里？他有没有能跑到三台格上来？我清楚地知道，如果不能跑上三台格，势必会被无情的海水吞噬。我的心不禁揪了起来。如果死神同意用我的生命来换取朱剑卿的平安，我一定会毫不犹豫地跳进这广阔无垠的大海。我想，我一定会这样做的。

从小到大，朱剑卿虽说淘气一些，和我却是姐弟情深。记得还没和爹娘搬到上海之前，我们住在宁波乡下。父亲只身去上海滩闯荡，逢年过节才能回家。男孩子天性喜欢去外面疯玩，加之没有父亲管束，朱剑卿野起来总是不管不顾的。有一回天色已晚，朱剑卿还没回家，把母亲、二娘吓得半死。大人们打着灯笼，跑出家门四处寻找。我年纪小，只能跟在大人身后，在家门口随便转转。

转个弯，来到屋后池塘边，我一眼便看见朱剑卿正坐在那里。只见他和几个小伙伴一起，燃起一堆篝火，不知道在烤什么东西。我跑过去，对着朱剑卿便是一顿臭骂。等我发泄完心头的怒火，朱剑卿才抬起头告诉我，下午和小伙伴用弹弓打了十来只麻雀，他想和小伙伴一起将麻雀烤得香喷喷的，然后带回家给我吃。

朱剑卿的眼神里满是委屈，惹人怜爱。有这样一个弟弟真好。这是那一刻我内心的强烈感受。后来搬到上海滩，朱剑卿也逐渐长成了小大人。有好几回在街头，碰到喝得东倒西歪的醉汉或是流里流气的混混，他总是像小男子汉一样，保护我不受到一丁点儿伤害。

一个多月前，听说我打算和钱士铭回宁波订婚，朱剑卿便嚷着一定要同行。他一遍又一遍地问我，结婚的时候会不会穿上圣洁的婚纱，会不会在教堂里或是草坪上举办一场西式婚礼。他说如果那样，他一定要穿上最时髦的西服，做这场婚礼的伴郎。

我记得那时满院的白鹃梅正恣意地盛开着，洁白的花束一丛丛一簇簇，瞧得人心花怒放。我们俩对坐在廊凳上，朱剑卿的眼里闪烁着孩子般的光芒。虽说平时有些淘气，但不管怎么说，他毕竟才只有十六岁。一阵微风吹过，几片花瓣随风飘落，在风中翩然起舞。

举办西式婚礼，这在传统中国家庭有点儿特立独行。不过，从小接受新式教育的我，内心却是极希望能有这样的一场盛大婚礼。可我不敢想象，穿上婚纱会是什么模样？更不敢想象，在婚礼上，挽着我的胳膊，对着耶稣神圣地说出"我愿意"这三个字的那名男子，究竟在哪里？

"你愿意娶这个女人吗？爱她，忠诚于她，无论她贫困、患病或者残疾，直至死亡。你愿意吗？"

"我愿意！"

……

教堂里举办西式婚礼的场景，仿佛正浮现在我眼前。茫茫人海之中，我曾经一直以为，有资格说出"我愿意"这三个字的男子，天经地义就是钱士铭。可是现在看起来，这只是一场荒唐的春梦，犹如皇帝的新装一般。梦醒之后，所有的美好与感动终是幻化成粉红的泡沫，一如这苍莽夜海里翻卷的浪花，纵是激荡，却留不下任何痕迹。错付芳心，就是这般可悲。

凛冽的海风，吹得我浑身冰凉，我不禁打了一个喷嚏。正在胡思乱想之际，前面两三米远的地方一片大乱。我抬眼望去，只见两名男子身穿救生衣，被围在垓心，其中一名男子手里还握着一件救生衣。待我定睛一瞧，那手里握着救生衣的男子，不是康伯又是谁呢？众人如饿虎扑食一般，正在争抢康伯手里的那件救生衣。

"康伯，怎么办？怎么办？大军可不会游泳啊！"康伯身旁的那个男子拼命地阻挡着众人的争抢。

"小贾，丢手吧，你又怎么抢得过这么多人呢！何况船就要沉了，也不知道能不能找到大军！"康伯语气里透着无奈。这句话很快便被疯狂的嚷叫声淹没了。

眼前的情形，不禁让我浮想联翩。康伯从八号舱舱壁上拿走那件救生衣后，会不会又跑进其他客舱，另外找到两件救生衣，想要送给大军和小贾这两个远房亲戚？这时船上已是大乱，很可能康伯好不容易找到小贾，却怎么也找不到大军。康伯只得和小贾将救生衣穿上身，然后手里握着另一件救生衣，在船上到处寻找大军。如果我没有猜错，情形差不多就应该这样吧。

康伯是从哪儿找到的另外两件救生衣呢？莫非是冲进隔壁九号舱里拿到手的？原本挂在特等舱舱壁上的救生衣，可以视作是客人尊贵身份的一种象征。可是现在，竟然沦为熟谙情况的船员的逃生利器。他们的行径，和强盗土匪又有什么差别？

我不免担心起唐铮和高筱筠的命运来。她们会不会游泳？若是不会游泳，客舱里的救生衣一旦被康伯拿走，她们怎么逃生？我下意识地朝四周瞧了瞧，在这纷乱的人流里，没有发现唐铮和高筱筠的身影。现在我已是自顾不暇，哪里还有能力去烦她们的穷神呢？

甲板上如潮水般涌动的人群之中，穿救生衣的寥寥无几。见到康伯手里拿着一件救生衣，在强烈的求生欲望的驱使之下，人性的自私与贪婪被淋漓尽致地释放了出来。我就这样眼睁睁地看着，看着那件橙色的救生衣被一双双疯狂的大手撕扯成碎片，内里的珍珠棉飘散在半空中，像极了漫天飞舞的大雪。

每个人的心里都住着一个魔鬼。魔鬼一旦失去管束，人便成了恶魔。那件救生衣被扯碎后，场面更加失控。十来个大汉红了眼，如恶魔一般扑过去，竟想将康伯和小贾身上穿着的救生衣扯下来。眼见情形不妙，小贾一把拉住康伯，拼命朝人群外冲去。可是面对箍得如铜墙铁壁般的人群，他们又哪里能够轻易冲杀开一条血路呢？

"小贾，小心！"康伯痛苦地大声喊道。只见小贾已被一群疯了似的壮汉推搡至栏杆边，摇摇欲坠，身后便是苍茫的大海。撕扯之间，只听扑通一声，小贾竟被挤跌至栏杆外，海面激起一朵大大的浪花。小贾连头都没能冒出海面，转眼便没有了踪影。一名壮汉手里握着撕扯下来的小半件救生衣，呆呆地站在栏杆边。

疯狂的情绪如烧不尽的野火，依旧在人群里蔓延。几名壮汉仍在拼命撕扯着康伯身上的救生衣。康伯眼里几乎要射出火焰来。只见他豁出老命，跑向栏杆，一个箭步，如鲤鱼打挺，纵身跃了出去，跳进这茫茫大海之中……

我浑身战栗，似乎每个毛孔都在默默啜泣。人性的丑陋、冷血、无情，在这一瞬间纤毫毕现。这场史无前例的大海难，像是一块试金石，又像是一面照妖镜，使得那些包裹在道貌岸然之中的肮脏的灵魂，在这一刻原形毕露。

等了许久，钱士铭还没有回来。我竟突然担心起他的安全来。如果这时他穿着救生衣突然出现在现场，是不是也会像待宰的牲口一样，引来这一群疯狂的屠夫？若是果真出现这一幕，我想，我会拼了命跑过去护在他身前。不管他如何无情无义，至少在他遇到危险时，我不会坐视不管。

我正在心里默默祈祷着钱士铭迟一点儿出现时，不知是谁大吼了一嗓子："海水漫过来了，快跑啊！"果然，汹涌的海水已漫了过来，正在漫过我脚上穿着的那双红色皮鞋，我的双脚不禁一阵寒凉刺骨。

"海上生明月，天涯共此时"，那都是文人笔下的意境。脚下正慢慢涌起的海水挟带着泥浆，整个人像是踩在青苔上，一不小心便可能会被滑倒。

　　人群顿时又是一阵骚乱，如退潮的浪头一般，向船头齐刷刷地涌去。船舷并不宽阔，一时哪能通过这么多人？被如潮的人流挟裹着，我双膝一软，险些跌倒。就在这时，一只大手突然拉住我低垂的左手，犹如得着一股千钧之力，我支撑着站了起来。这只大手拽着我，拼命朝船头方向跑去。钱士铭来了！他终于来了！不管怎么说，他心里总是记挂着我的。

　　我被这只大手拉着，如游鱼一般，在人群里穿来挤去。有好几次，我险些滑倒，若不是这只大手及时将我拉起，恐怕我已被如潮的人流践踏在脚下。红色皮鞋不知何时跑丢了，我只能赤着双脚，忍着脚底被异物划伤的钻心疼痛，拼命地朝前跑着。

　　那只大手是温热的，掌心传来的温度是如此暖意融融。对于钱士铭那双宽阔的大手，我是再熟悉不过了。那是养尊处优的一双手，十指修长，掌心光滑而细腻。可是现在，握住我的这只手却是粗糙而板硬，掌心布满老茧。难道这是错觉？

　　奔跑中，我再一次紧紧握住那只手。不，绝不是错觉！这是一只粗糙而硬板的手，掌心布满厚厚的老茧。拉着我的是钱士铭吗？我不禁犹疑起来。若不是钱士铭，谁又会在这生死存亡的时刻，拉着像我这样的累赘一起逃命呢？

　　四周一片漆黑，唯一的一丝光亮来自天空的那轮朗月。穿梭在人流里，我跑得气喘吁吁，根本没有办法抬起头来细瞧，也不可能立住脚细问一番。带着越来越深的犹疑，我就这么机械地被那只大手拉扯着，顺着人流朝前跑去。

　　沿着三台格船头的舷梯，那只大手拉着我跑向露天甲板。露天甲板也就是船顶位置。那副舷梯原本是日常维护设备的船员通道，现在变成了乘客们唯一的逃生通道。在整艘江亚轮上，露天甲板无疑是目前最为安全的地方。

　　当我们跑上露天甲板时，那里已经聚集了不少乘客。在墨蓝色的天幕下，粗笨的烟囱、高耸的桅杆和半没在海水里的船身一样，全部保持着同一个姿势，歪斜在那里。

"哎呀——"随着一声惊叫，那只握住我的大手猛然丢开。我站定脚跟，抬眼一瞧，也不禁"唉呀"叫出声来。我的感觉没有错，站在我面前的这个男人果然不是钱士铭！只见他穿着草绿色军大衣，分明就是半个多钟头前在后大舱里与唐铮高声争辩的那名军人！

没错，拉着我跑上露天甲板的正是章若甫。只不过，这时我依然还不知道他的名字。

"是你！"章若甫显然同样认出我来。不过，他并没有和我说话，呆愣几秒后，只见他绝望地冲着四周大声喊道："章若瑾，你在哪里？章若瑾，你在哪里？"喊声在海风中四处回荡，可惜无人应答。

章若甫瞅了我一眼，眼神里充满绝望。他随即转身，顺着舷梯，朝下面的三台格跑去。此时的三台格尾部已没入海水之中，随时可能全部被淹没。我想叫住他，告诉他现在下去实在太过危险。可话到嘴边，还没有喊出口，章若甫的身影已消失在舷梯尽头。

事实清清楚楚。章若甫带着妹妹逃难，结果跑到三台格时，兄妹俩被疯狂的人流冲散。混乱之中，章若甫误将我当成妹妹章若瑾，于是拼命拉着我的手，将我带到暂时还算安全的露天甲板。或许，冥冥之中一切都是天意吧。

借着朗月的清晖，我在旁边的一只大铁墩上坐了下来，环视着这平时根本不会有乘客光临的露天甲板。除了烟囱、桅杆，空空旷旷的甲板上还堆放着不少叫不出名字的机器。这些机器就像是江亚轮的五脏六腑，随江亚轮一道早已罢工，无奈地瘫痪在那里。

这时的露天甲板上到底聚集了多少人，我没有办法数得清楚。放眼望去，少说八九百人总是有的。一阵更比一阵凄楚的哭声，声声传入耳际。这哭声的背后，有着多少的撕心裂肺、悲欢离合，又有谁能弄清楚？

逃到这里，总算暂时安全。不少人瘫坐在甲板上，相互依偎在一起，抱头痛哭。还有一些人的目光投向这无边无际的茫茫夜海。如果这时能有航船经过就好了，人们在心里默默地祈祷。可是，苍茫的夜色之下，哪里有航船的影子？只有远处的一座灯塔不停地忽闪忽闪，令人依稀感受到一丝希望和光明。

船头仍在微微往上翘起，虽说幅度不大，却能真真切切感受得到。这也就意味着，船尾依然在下沉。好几个小伙子觉得待在甲板上还是有危险，他们笃信越高的地方越安全，于是顺着细细的桅杆，努力地朝着最顶端攀爬。

此时若是身处上海大世界游乐场，这定是会令观众拼命鼓掌的杂技表演。可惜现在没有多少人会关注到他们。前途未卜，生死未知。在死神随时可能到来之前，即使有人关注到他们，至多只会选择模仿和铤而走险。

有几个小伙子跟在他们后面，拼命地朝着桅杆顶端爬去。爬至一半，其中两人不慎失手，大叫一声，如自由落体，重重地摔在钢板一般硬实的海面上，激荡起巨大的水花，瞬间消失得无影无踪。

这可是一个个鲜活的生命啊！半个多钟头前，他们或许在餐厅把酒言欢，或许在甲板踱步散心，或许在客舱谈天说地……短短半个钟头，只是短短的半个钟头，他们便命如草芥，挣扎在生与死的边缘。

眼前的这一幕，看得我心惊肉跳。平时就怕水的我必须承认一个事实，今晚无论如何也是不可能逃出这片茫茫夜海了。

第八章

　　那声惊天动地的爆炸声响起不久，江亚轮底层统舱便进了水。从时间上来推算，大约就在沈达才船长让王祥去发报室拍发海难警报的时候，后大舱全部淹没在寒凉刺骨的海水之中。

　　从爆炸到进水，也就短短七八分钟。对后大舱里挨挨挤挤的那么多乘客来说，伴随每一秒的流逝，意味着他们向着人生的终点又走近了一步。我甚至好像听到"嘀嘀嗒嗒"的秒针走动的声音。那细碎的响动，分明就是拿着催命符的黑白无常那悄无声息的脚步。后大舱里黑压压的那一大群人，就这么活生生、眼睁睁地看着自己的生命走向终点，该是一件多么残酷、多么惨绝人寰的事情！

　　漆黑一片之中，当我握住钱士铭的手，躺在特等舱的单人床上聊天的时候，怎么也无法知道后大舱里发生的那些撕心裂肺的故事，更不可能体会到那么多乘客的绝望心情；就在那短短的几分钟内，后大舱里究竟发生了什么？

　　半个多小时后，沐浴着朗月的清晖，章若甫站在露天甲板上，和我讲述起那惊心动魄的时刻。他的语气是平淡的，显得波澜不惊，似乎在讲述一个久已泛黄的属于别人的故事。章若甫的脸颊上有几道长长的血痕，像是刮痕，又像是抓痕。如水的清晖倾泻下来，那张英俊的面庞苍白而憔悴。随着那两片干瘪的薄唇里吐出的一字一句，我的心一次又一次地被紧紧揪了起来。

　　我和唐铮、高筱筠跟在钱士铭身后，前脚走出后大舱，后脚舱梯处的那扇铁质栅栏门便哐啷一声，重新落了锁。"他妈的，检票就检票，当我们是囚犯不成，好好地把门锁上算是什么玩意儿！"不知是谁，冲着铁门的方向扯着嗓子大骂了一声。可是没有人搭腔。

不少人哆哆嗦嗦地在口袋或是包袱里寻摸起来。马上便会有船员进舱检票，提前把船票找出来，心里自然要踏实一些。也有些逃票上船的乘客正窃窃私语，无非是在问查票的时候没有票，怎样才能糊弄过去。

章若甫下意识地伸手摸了摸，那两张好不容易从"黄牛"手里买来的统舱票，此时正安然无恙地躺在军大衣的右兜里。若不是这两张统舱票，势必便会错过这一趟江亚轮，那么便很可能无法和老母亲见上最后一面，岂非成了抱憾终身之事？

想到缠绵病榻的老母亲，章若甫的一颗心早已飞回镇海老家。村尾那间老宅的一砖一瓦、一草一木，历历如在眼前。参军离乡之时，老母亲迷离着泪眼，站在老槐树下的背影，清晰恍如昨日。章若甫不禁在心里默默祷念道："娘，您一定要等着我们回家！一定要等着！"

"哇——"小雯冷不防地在章若瑾的怀里又一次发出清脆的啼哭声。章若瑾站起身，晃动着胳膊，不停地轻轻拍着襁褓，嘴里哼唱起歌曲："摇啊摇，摇啊摇，摇到外婆桥，一只馒头一块糕，宝宝闭眼睛快困觉，醒了以后吃糕糕……"不消几分钟，小雯止住啼哭，进入甜美的梦乡。

章若瑾小心翼翼地抱着小雯，盘腿坐了下来。章若甫瞧了一眼襁褓里的孩子，红扑扑的小脸正挂着微微的笑容，粉雕玉琢的模样。那小脸蛋随意掐上一把，似乎就能掐出一汪水来。

章若甫打心眼里是喜欢小孩子的。小孩子代表着希望，代表着未来。四下望去，偌大的后大舱里带着孩子的乘客委实不少。左前方不远处，一个穿一身灰布花袄、打扮俏丽的少妇，正在和一双儿女做游戏。那少妇扎两根麻花辫，粗粗的，长长的，乌油油的，一直拖到腰间。

只见那少妇手里捏着一根长长的皮筋，随着指尖上下翻飞，那皮筋竟像是有魔法一般，变幻出各种图形。大一点儿的男孩儿，约莫也就三四岁，学着那少妇的手法，有模有样地玩耍起来，不时发出"咯咯咯"银铃般的笑声。小女孩儿差不多两岁，钻进少妇的怀里，一双水灵灵的大眼睛顺着少妇翻飞的手指，不停地忽闪忽闪；粉嫩粉嫩的小手偶尔会在横七竖八的皮筋上撩拨几下。那少妇眉梢眼角，漾动着满满的幸福。

"很久很久以前，有个美女，叫作聂小倩。可惜她只活到十八岁就病死了。聂小倩被埋葬在金华城北的荒凉古寺旁。没有想到的是，化为女鬼的聂小倩受到妖怪夜叉的胁迫，让她去谋财夺命。有一天，一个叫宁采臣的书生投宿在寺院里，那个叫聂小倩的女鬼闯进了他的房间……"另一边，一个老妪将驼色碎花布包袱挽在臂间，正搂着一个四五岁的小男孩儿讲鬼故事。小男孩儿眼睛瞪得大大的，一眨也不眨。讲到紧张之处，小男孩儿"啊"地大叫一声，小手捂紧双眼，好像青面獠牙的鬼怪正出现在眼前。

"小囡别怕，小囡别怕，有阿婆在，妖怪来了也不怕。"那老妪住了口，爱怜地轻轻抚摸着小男孩儿鬅松的头发。

"阿婆，那女鬼到底有没有杀人？"小男孩儿挪开小手，抬起眼，等着老妪把没讲完的鬼故事继续讲下去。

"大哥，什么时候帮我把大嫂领进门啊？"章若瑾坐在一边打趣道，"等大哥你有了孩子，我就能尝尝做姑姑的滋味了。"

听了妹妹的这句话，章若甫心头不禁一阵刺痛。老母亲一直希望有生之年能够抱上孙子。以前总觉得来日方长，好男儿当先立业后成家，对于婚姻之事，他总是不大放在心上。谁曾想，老母亲一病不起，自己仍是孑然一身，也不知道那个命中注定的她身在何方。现在看来，老母亲想抱上孙子的愿望是无论如何也实现不了了。

"大哥，在想什么呢？"章若瑾轻轻推了推章若甫，将他从沉思中拉回现实。

"我在想，小时候日子虽然过得清苦一点儿，但一家人能够相守在一处，这才是人世间莫大的幸福。"章若甫瞅着舱顶白花花的两盏白炽灯，眼角有些湿润，"真想重新回到那段无忧无虑的时光，做娘身边永远长不大的孩子。"

一阵惊天动地的鼾声毫无征兆地从身边传来。循声望去，原来阿力耷拉着脑袋，趴在褐色粗麻包裹上，已沉沉地进入黑甜乡。迟迟还没等到船员进舱检票，好些乘客已是昏昏欲睡，不免有些焦躁，大喉咙小嗓子地埋怨起来。

"聂小倩对着宁采臣凄苦地说道：'我是从外地来的孤魂，特别害怕荒墓——'"老妪依旧津津有味地讲着鬼故事。时间还早，孩子睡意全无，无聊的时光只能这样去打发了。

"阿婆，宁采臣有没有留下这女鬼？"小男孩儿还在刨根究底。老妪正想把鬼故事继续讲下去，这时如晴天响雷，轰然一声巨响突然传来，后大舱顿时炸开了锅。"鬼来啦！"小男孩儿吓得抱紧老妪，失声大叫起来。

依照章若甫的描述，那声巨响传出的地方好像就在身边，当时整个人被震得从地面弹了出去，五脏六腑都快要被震碎似的，头脑一片空白。船舱里传来一声高过一声的尖叫。就在这时，舱顶那两盏白花花的白炽灯如星星眨眼般闪烁了几下，随后熄灭，四周陷入如鬼魅般的暗夜。

这突如其来的变故，让喧闹的舱室瞬间安静了许多。就在众人心悸不已之际，船底清清楚楚地传来"噼噼啪啪"的动静，分明是金属开裂的声响。章若甫还没有反应过来究竟是怎么一回事，"哗哗"的流水声已在耳边响起。

"舱里进水了！快跑啊！"有人厉声叫嚷起来。如大坝决堤一般，挟裹着泥浆的海水来势汹汹，四处漫溢开来，后大舱顿时陷入一片混乱。众人忙不迭地爬起身，下意识地在漆黑一片里摸索着，朝着舱梯的方向夺路而逃。

"有没有人？有没有人？快开门！快开门！"跑到舱梯口，借着上方舱廊里透过来的惨淡月光，一扇栅栏门横亘在面前，门上的大锁隐隐发出寒光。众人这才想起，通往底层甲板的舱梯已被死死地锁住，偌大的后大舱竟变成水牢一般。任凭众人如何叫唤，始终无人应答。

隔着栅栏门朝外望去，长长的舱梯上静悄悄的，瞧不见一个人影。

"哪个挨千刀的锁的门！""救命啊！快开门啊！"众人一边大声叫骂，一边拼命地冲撞那扇铁质栅栏门。在众人眼里，那分明就是一扇生命之门！被栅栏门阻隔着，生与死的距离已是近在咫尺。栅栏门被撞得"砰砰"直响，众人使出吃奶的力气，那把闪着寒光的大锁就是无法被撞开。

留给大家的时间已经不多。短短两三分钟，也就短短两三分钟，寒凉的海水漫溢到半膝深的位置。船体倾斜益发明显，船舱尾部的海水已齐腰深。在强烈的求生欲望的驱使之下，众人纷纷朝着舱梯这边聚拢而来。从舱梯转角处投射下来的光线非常微弱，暗夜里几乎什么都瞧不真切，大家不免挤作一团，哭声喊声响成一片，听在耳朵里竟像是鬼哭狼嚎。

章若甫将身子倚在舱壁上，紧紧牵住章若瑾的手，他能感觉到妹妹正在瑟瑟发抖。脚下的海水不断漫涌，章若甫突然感觉自己就像是黄浦江里的一把水尺，以血肉之躯感受着涨潮的速度。可惜，这把水尺不可能等到潮落之时，要不了多久，就会被大水全部吞噬。

军人特有的素质，让章若甫清醒地意识到，自己必须要保持镇静。跟在众人身后，朝着栅栏门那边跑去又有什么用呢？在所剩无几的可怜的一点儿时间里，就凭血肉之躯，那扇被大铁锁锁住的栅栏门怎么可能撞得开？

"大哥，我们是不是逃不出去了？"章若瑾单手将孩子紧紧搂在怀里，小声啜泣起来，"小雯还这么小，她本应有很长很长的未来……"

"放心，大哥会保护好你们的。"章若甫语气平静地安慰着妹妹。此时的他急得满头大汗，一时之间，哪里能想出逃生的法子？难道自己和妹妹、外甥女一起，就这样随着江亚轮一同殉葬在这东海海底了吗？他不禁深深地懊恼起来，若是当初听妹妹的话，等阿牛晚上回家后再动身，岂非就完美地错过这趟江亚轮了吗？

"救救我的孩子！快救救我的孩子！"顺着舱廊投射下来的微弱光亮看过去，那个刚才讲鬼故事的老妪正站在靠近舱梯口的位置，奋力地将小男孩儿托举过头顶。老妪身形矮小，佝偻着腰，海水已没过她的胸部。身边的人群推来搡去，老妪费力地左右摇晃着，就像是在狂风中拼命挣扎的弱柳，随时可能被连根拔起。小男孩儿被托举在水面上，吓得哇哇大哭。

就在这时，江亚轮地动山摇地剧烈晃动起来，一阵哭爹喊娘的叫嚷声再次在舱室响起。众人就像是筛箩里的一粒粒黄沙，随着筛箩有节奏地左右腾挪，个个被晃得七颠八倒。但凡支撑不住跌落进水中，便再也休想爬起身来。

章若甫眼睁睁地看着那个托举着孩子的老妪颤巍着身子，和孩子一起倒了下去，来不及发出最后的呼救，便被漫溢的海水无情地吞噬。他有心想要伸手帮忙拉上一把，可隔着两三米远，哪里能够得到呢？况且他已是自顾不暇，就算有这份心，也实在没那份力了。

剧烈的晃动很快停止，随后响起刺耳的汽笛声，听得人心惊胆战。短短四五声，汽笛声戛然而止，这时船尾下沉的速度明显变快。章若甫牵紧章若瑾的手，死死地倚在舱壁上，海水已快漫溢到腰部，呼吸变得急促起来。若不是倚定在舱壁上，脚下滑腻的泥浆，加上巨大的冲力、浮力，整个身子随时可能站立不定，被海水吞没。

随着海水不断漫溢，后大舱里已有不少乘客跌落进水中。有那么两次，章若甫觉得有人在水底抱住自己的大腿，那股强大的撕扯力，几乎便要将他拉进水里去。也就不过短短几秒，那双拼命抱住大腿的手便滑落下去，没了动静。章若甫知道，又一个生命不幸殒灭。他不敢轻易移动一下脚步，稍微动动脚，感觉脚下软绵绵的，像是踩在棉花上。

逐渐适应这黑黢黢的环境后，章若甫的视线越来越清晰起来。借着微弱的光亮望过去，此时的后大舱尾部，水面几乎贴到舱顶。十多个没办法挤到舱梯口的乘客，借助包裹的浮力，正以各种怪异的姿势，漂浮在水面上。水面和舱顶就像石磨的上下两扇磨盘，若是严丝合缝地咬合在一起，足以毁灭任何生物。

海水仍在继续上涨，那十多个乘客一边伸手敲打着舱顶，一边大声呼喊着"救命!"。事实上,整个后大舱的各个角落,"救命"声此起彼伏,一声高过一声,听得人根根汗毛直立起来。

舱梯处聚集着的一二百人,仍在拼命地撞击栅栏门,他们的眼神充满绝望。环视四周,后大舱的其他位置,站在水里或是漂浮在水面上的乘客越发稀疏。照这样的情形下去,要不了多长时间,整个后大舱便会一片汪洋。

扫视一圈,章若甫的目光定格在右前方不远的舱壁处。只见一个少妇正费力地站定在齐腰深的海水里,左手拼命地将大一点儿的男孩儿夹在怀中,使男孩儿的头部高出水面;右手扶定住一小块不知从哪儿找来的木板,一个小女孩儿正坐在木板上哭哭啼啼。

这竟是刚才那个玩皮筋的打扮俏丽的少妇和她的一双小儿女!那少妇眼神呆滞,一双杏花眼肿胀得像水蜜桃一般。只见她脑后粗粗长长的两根麻花辫,一根正系在小男孩儿的腰间,另一根与小女孩儿的冲天鬏缠绕在一起。

章若甫扭过头,不忍继续看下去,内心一阵绞痛。他的脑海里闪现出这样的画面:海水涌进后大舱,那少妇坐在漫溢的海水里,松开脑后的两股麻花辫,将发辫与一双小儿女牢牢地拴系住。这样哪怕葬身大海,自己和儿女也能永不分离。

这是多么伟大的母爱!这是多么感人至深的亲情!可是,无情的海水就像是肆虐的山洪,仍在不断咆哮着涌来,仿佛不摧毁所有的生灵决不罢休。

海水转眼已漫过腰部。在强大浮力的作用下,章若甫感觉双脚已无法从容地立定在地面上,整个人随时可能漂移。他将背部紧贴住舱壁,借着这股力量,勉强才能保持住站立的姿势。

章若瑾呛了一口海水,又涩又咸,嗓子火辣辣的。她一只手牢牢牵紧章若甫,另一只手奋力地将小雯托举在水面之上。襁褓已被涌荡的海水打湿,小雯不住地哇哇大哭。

"大哥,怎么办?我们怎么办?"章若瑾带着哭腔小声问道。这个问题,章若甫实在没办法回答。他也不知道还能支撑多久,可眼下别无逃生之法，只有支撑一刻算一刻吧。

俗话说，天无绝人之路。就在这时，章若甫猛一抬头，只见一米开外的地方，两只白花花的不知什么物件正从舱顶悬挂下来，像极了鬼故事里白无常的法器哭丧棒，看起来诡异至极。再一细看，哪里是哭丧棒，分明竟是两条人腿！

只见那两条粗笨的大腿向上蹿跶几下，竟消失在视线之中。章若甫的一颗心狂跳不止，他拉着章若瑾的手，蹚着齐腰深的水，蹒跚着朝那边走过去。借着微弱的光亮，仰面一瞧，却原来舱顶出现一个犬牙交错的豁口。那豁口像是马里亚纳海沟，大约有四五米长，宽度却不足一米，上面黑黢黢一片，深不见底。瞧模样，必是伴随那股强大的爆炸力产生的"杰作"。

"若瑾，我们来不及了，必须要从这个豁口爬上去！"章若甫一边说着，一边费力地将章若瑾从齐腰深的海水里抱起来，"快，快把小雯从豁口里递上去！然后我托着你往上爬！"

"大哥，那你怎么办？"章若瑾被托举着，一伸手便碰到舱顶。她一边小心翼翼地将襁褓里的小雯通过豁口塞出去，一边转过头，焦急地问道。

送出豁口后，章若瑾将小雯轻轻地放在地面上。小雯依旧不停地哇哇大哭。不明世事的她不可能知道，此时正处在怎样的凶险之中。

"快，你快先爬上去！一会儿把手伸下来，拉我一把就行了！"章若甫不容分说，艰难地踮起脚尖，将章若瑾朝着豁口方向送去。

章若瑾将双手伸出豁口，牢牢地按住上层地面，借着身下的那股托力，纵身一钻。"哎呀！"眼看头部已钻出豁口，章若瑾突然失声叫了起来。原来，豁口边卷起的不规则的钢板犹如利刃，将她的好几处皮肤刮破，顿时鲜血直流。章若瑾哪里还能顾上这些，双手支撑住上层地面，整个身子好不容易钻了出去。

"大哥，大哥——"章若瑾蹲伏在豁口边，没有丝毫耽搁，将两只手通过豁口伸进后大舱，冲着章若甫大声喊道，"快抓住我的手，快！"

海水漫溢的速度越来越快，章若甫感觉整个人已很难稳稳地站立住。三下五除二，他脱下身上厚厚的草绿色军大衣，递到章若瑾伸过来的手里，以减轻点分量，轻装上阵。章若瑾接过军大衣，一把扔在地上，再次将手伸了下来。

借助水的浮力，章若甫干脆双脚离地，悬浮于水面之上，这样整个身子距离豁口便近了许多。他握住章若瑾垂下来的双手，准备用力纵身向那豁口跃过去。岂料刚一发力，章若瑾哎哟一声，险些被章若甫给拉进后大舱。

章若甫足有一百五六十斤，章若瑾手无缚鸡之力，哪里能够拉得动呢？章若甫吓得赶紧松手。在这危急时刻，就算自己无法逃出生天，岂能将妹妹重新置于险地？

后大舱里的水位越来越高，撕心裂肺的"救命"声声声入耳，让人不忍相闻。舱尾已全部被海水淹没，中部的水位眼看着就要没至舱顶。二十多名乘客头部仰起在水面上，舱顶呈泰山压顶之势，以极强的压迫感，朝着他们的血肉之躯无情地压来。他们拼命地用手拍打着舱顶，高呼"救命"。可哪里会有救世主突然降临呢！其中也有几名乘客仗着水性好，朝着后大舱前部奋力地游去。

章若甫身处后大舱前部，情形相对要好一些。不过水面距离舱顶，也只剩下两米多一点儿。看来用不了几分钟，水面便会和舱顶热烈地拥吻在一起。

章若甫朝右前方不远处的舱壁看了一眼，几分钟前还站定在那里的那个少妇已不见了踪影，一双儿女同样消失得无影无踪。水面上只有一块方方的木板，随着水波，左右来回漂荡……

"大哥，大哥！"章若瑾急得快要哭了出来，不停地摆动着从豁口伸下来的双手，招呼着章若甫赶紧抓住。章若甫不敢再次冒险，心里却是自有盘算。他想等到水面距离舱顶再近一些，这样悬浮在水面之上的他便可以直接将双手伸出豁口，扒紧上层地面，逃出这如水牢一般的后大舱了。

"有人吗？快来救救我的大哥！"章若瑾急得抬起头，冲着空荡荡的舱室大叫起来。其实她清楚地知道，这时候该逃命的都逃命去了，哪里会有人还傻乎乎地留在这舱室里呢？

　　没想到就在此时，还真有人突然出现在舱室里。那人冲着章若瑾小跑过来。章若瑾抬头一瞧，出现在眼前的竟是随在自己身后上船的那个后生。只是她并不知道阿力的名字。

　　原来，先前章若甫瞧见的那个从豁口里逃出去的人是阿力！阿力跑到豁口处，二话不说，趴下身子，将手伸进豁口。章若瑾向他投来感激的目光。

　　"大哥，快点抓住，有人来救你了！"章若瑾一边将手缩回去，一边冲着豁口大叫道。

　　章若甫闻言，抬头一看，果然见到一缩一伸的两双手。笃信来了"救兵"，章若甫抓牢那双厚实的大手。阿力拼命一使劲，将章若甫向上拉起几寸。待得头部伸出豁口，章若甫双手按牢在地面上，纵身一跃，钻了出去，随即瘫坐下来……

　　此时的章若甫浑身湿漉漉的，像是落汤鸡；脸颊、双臂多处被划破，不停地流着血，可他却是浑然不觉。经历劫后余生，章若瑾扑上前，一把搂住章若甫，失声痛哭起来。

　　"快，别哭了，看看还能不能多救几个人！"章若甫轻轻推开章若瑾，转过身趴在豁口边，冲着近在咫尺的水面大声喊道："还有人吗？还有人吗？快游到这边来，我拉你们出去！"喊声从水面上传播出去，犹如激起漩涡，只听得一阵"哗哗"的声响朝着这边传过来。

　　透过舱室一侧舷窗投射进来的微弱光亮，只见水面上一双双手伸了过来，朝着空中拼命地挥舞着。章若甫毫不犹豫地将手伸进豁口，摸着一双手，奋力地朝上拉扯着。到了这步田地，能救一个算一个吧。

　　阿力见状蹲下身，也将手伸了过去。很快，两只粗壮的手臂被拉出豁口。可那人竟像生根在这水面之上，任凭章若甫和阿力如何拼命拉扯，再也无法朝上拉动半分。

　　"松手！快松手！"那人急得大叫起来，叫声里带着哭腔。原来，他悬在水面上的腰部被一双双挣扎在死亡线上的大手牢牢抱紧，挣脱不得。

"大家快松手，一个个慢慢来，不然谁都别想逃上来！"章若甫急得冲着豁口大声叫道。

这时留给大家逃命的时间只能用秒来计算。后大舱里，手指拼命敲击舱顶的声音越来越急促，凄厉的"救命"声响成一片。章若甫知道，舱顶和海面眼看就要拥吻在一起，后大舱，不，包括前大舱里的一千多名乘客，即将全部成为这茫茫夜海里的鬼怪精灵。

几乎费了九牛二虎之力，章若甫和阿力一起，才将那人从豁口里拉了出来。这是个二十出头的小后生，只见他赤着脚，全身除了被泡得精湿的棉袄外，只有下身穿着一条短裤，狼狈不堪。很显然，在刚才的好一阵拉扯里，这后生的外裤被那一双双疯狂的大手给拽掉了。

"还有人吗？还有人吗？"章若甫再次将手伸进豁口，没想到指尖已碰到寒凉刺骨的海水。这意味着，整座后大舱全部浸没在海水之中。刚才耳畔响起的那好一阵"乒乒乓乓"敲击舱顶的声音，此时已是杳然不闻。偶尔传来一两声"救命"，也已是气若游丝。

被救上来的那个后生瘫坐在地面上，神情呆滞，瑟瑟发抖。阿力一把将那后生拽起身，冲着章若甫兄妹焦急地喊道："快走吧，海水就要漫上来了，再迟就来不及了！"

小雯躺在褓褓里，不知何时竟睡熟过去，发出细微的有节奏的呼吸声，红扑扑的脸蛋上浮现着笑意。章若瑾将小雯轻轻地抱进怀里，站起身来。

章若甫穿上军大衣，四下扫视一番。只见这是一间三四十平方米的舱室，靠近一侧舱壁，摆放着十来张床，都是上下铺。如果没猜错，这应该是间四等舱。床铺上空无一人，到处可见散落的行李，一片狼藉。

章若甫头脑非常清醒，知道江亚轮仍在继续下沉。从后大舱逃出来，并非意味着已脱离险境。从方位上判断，豁口的位置距离舱梯不远。只要出了舱门，顺着舱梯朝上跑，才可以暂时松口气。

"走，我们到那边去！"章若甫环视着众人，随后拉起妹妹的手，朝着舱室门口紧闭着的那扇大铁门走去。

"那边不要去！那扇舱门好像从外面被锁上了，刚才不管我怎么拼命撞，就是撞不开！"阿力急忙叫住他们。

闻听此言，章若甫不禁心凉了半截。朝舱门看了一眼，他立刻便瞧出了端倪。舱门根本不是被人从外面反锁住，而是在爆炸力的破坏下，整个变了形，和门框严丝合缝地绞合在了一起！照此情形，除非动用专门的破拆机械，否则眼前的这扇铁门根本不可能打开。

好不容易才逃出后大舱，难道到头来空欢喜一场？环顾四周，这间客舱靠船舷的一侧有几扇舷窗，可偏偏装上了铁质栅格，别说是人，就是小猫、小狗想要从栅格间的缝隙里钻出去，恐怕也不是件容易事。章若甫走过去，拧了拧栅格，手掌被硌得生疼。若是打算徒手将栅格拧断，无疑天方夜谭。

惨淡的月光透过舷窗，投射进船舱里来，每个人都是愁容满面。朝舷窗外望去，只见原本高出海面六七米的底层甲板，此时几乎已和海面齐平。海面上到处可见垂死挣扎的落水者，一件件行李包裹随波逐流，其状惨不忍睹。

忽地，一个高高的浪头打了过来。浪头扯碎白沫，飞过舷墙，重重地砸在舷窗上，竟将窗玻璃敲击得粉碎。一股海浪如乱窜的火苗，从破碎的舷窗里涌了进来。众人不由自主啊地叫出声，朝后退了半步。

怎么办？眼看已是柳暗花明，不想却又山穷水尽。章若甫的眉头再次紧锁起来。

"我们不如到舱尾看看，说不定能找到其他出口。"那后生回过神来，小声提醒道，"如果没有其他出口，这舱里的乘客又是如何逃出去的呢？"

一语惊醒梦中人，这后生说得颇有几分道理。事已至此，别无他法，不妨依这后生说的，姑且一试。

客舱尾部有一扇不起眼的小铁门，海水如涓涓细流，正从铁门底部漫溢进舱里来。众人三步并作两步，疾赶过去。幸好铁门没有落锁，一把推开，只见前方黑黢黢的，像是一条狭长的通道。

众人在暗夜里摸索着，朝前走去。这果然是条通道，伸出手来，就能触摸到两侧光滑的舱壁。朝前走了一小段，脚下的积水已漫过脚踝。章若甫明白，江亚轮船尾最先下沉，朝前走，积水只会越来越深。照着海水漫涌的速度，若是船尾没有其他出口，大家想要折身返回已绝无可能。这条狭长的通道，很可能便是大家的葬身之所。

一行人悄无声息地朝前行进着，谁也没有说话。除了"哗哗"的水流声，四周听不见其他声响。

又朝前走了一小段，海水已漫过双膝。濒临死亡的绝望，笼罩在每个人心头。就在这时，前方出现一丝光亮，隐约有几个人影在晃动，并传来说话的声音。大家的心情不觉为之一振，蹚着水，朝着光亮处赶过去。

第九章

这是一个景致绝佳的月夜。一轮朗月高悬天际，清晖洒落人间，仿似给世间万物笼上一层轻柔的面纱。此时若不是置身在这茫茫夜海之上，而是待在位于上海武康路的宅院里，该是何等的清雅有趣。

都说"夜月一帘幽梦"，可对江亚轮上的所有乘客来说，此时挂在天空的这轮夜月带来的却是一场噩梦。或许这是很多人此生看到的最后一轮夜月。人生代代无穷已，江月年年望相似。人生的多少悲欢离合，聚散无常，都浓缩在这轮皎洁的明月之中。

在海风中瑟瑟缩缩，无情无绪地坐在锈迹斑斑的铁墩上，我似乎是这场大劫难的局外人。没有人会注意到我，我也不想引起任何人的注意。我冷眼旁观着死神降临前的世相百态。当然，也存着一点儿期盼和祈祷。说不定眨眼之间，朱剑卿这个浑小子就突然生龙活虎地闯进我的视线里来。

我很清楚，就算朱剑卿此刻正挟裹在这股人流里，我也很难看得到。且不说巨大的天幕好似一块墨蓝色的丝绒毯，给予江亚轮以极强的压迫感，让视线顿时变得朦胧起来；就看看甲板上到处挨挨挤挤约有近千人，那一张张面孔哪里能够一一分辨得清？再加上那些说不出名称的林林总总早已罢工的机器，像是一只只嶙峋的怪兽，以各种奇异的姿态阻隔着人们的视线。我只能身处一隅，在目力所及的有限的一点儿范围里，尽力搜寻罢了。

沿着围栏，朝船尾瞧过去，首先闯进我视线的不是朱剑卿，而是和朱剑卿一起玩"百子滩"博戏的那群国民党官兵。"独眼龙"颐指气使地站在那里，正对着十来名士兵大声吆喝，不知说些什么。我想，此时若是挨近身去，必定能闻到他身上那股冲天的酒气。包括"酒糟鼻"在内的那伙士兵小心翼翼地站在围栏外，七手八脚地解开缚在船尾的几条救生筏。

漆黑夜幕之下，如果不是这伙官兵的动作太过惹眼，谁也不会发现江亚轮的船尾竟然系着救生筏。船尾总共系着多少救生筏，没有人清楚，反正现在只剩下最后三条。江亚轮海难发生后，船上的一百多名船员超过半数幸免于难，想来很多船员应该是近水楼台先得月，第一时间乘着救生艇或是救生筏不管不顾地逐浪而去了吧。

人群里又是一阵骚动，立时一大拨人朝着船尾的方向涌去。在众人眼里，那剩下的三条救生筏几乎承载着他们最后的求生希望。每条救生筏也就只能搭载五六个人，僧多粥少，看情形接下来又将是一场抢夺大战。

可惜，面对这可能是最后的求生希望，他们却没有机会加入抢夺的队伍。只见"独眼龙"高吼一声："看看谁敢过来！"说着竟从腰间拔出手枪，黑洞洞的枪口对住手无寸铁的人群。众人显然被震慑住了，纷纷立定在原地，谁也不敢贸然上前半步。

救生筏紧扣在筏架上的脱钩被顺顺当当地解开。由缆绳牵系着，打开的救生筏像极了战场上战之即溃的逃兵，以随时可能拔腿而跑的姿态，左摇右晃着平躺在海面之上。

"钧座，快点走吧！""酒糟鼻"冲着"独眼龙"高声喊道。在十多名士兵的簇拥之下，"独眼龙"收起枪，跨过栏杆，顺着晃晃荡荡的软梯而下，跳进漂浮着的救生筏。

其他士兵动作麻利地一个接着一个爬上软梯。在众人愕然的目光里，三条救生筏松开缆绳，载着那十多名官兵，缓速驶离江亚轮，海面上荡起一圈又一圈的水波。

"他妈的！但凡是个人，都不会只顾着自己逃命！"

"瞧瞧他们的嚣张样，和土匪有什么差别！"

"希望他们不要碰上大风浪，不然全翻进海里，去喂老鳖和鲨鱼！"
……

救生筏逐渐驶远，渐渐变成几个小黑点。众人围在围栏边，戟手厉骂起来，脸上难掩不平之色。众人的厉骂声，那伙官兵能不能听见，我不得而知。就算听见又有什么相干呢？反正他们现在就像是从战场上凯旋的英雄，带着胜利者的姿态，去赴一场盛大的接见礼。在他们眼里，此时船上那些正苦苦挣扎在生死边缘的人们，和一群可以随意用军靴践踏在脚底的蝼蚁又有什么区别？

"看，快看，有船驶过来了！"人群再次骚动起来。我朝着茫茫夜海放眼瞧过去，天幕之下，果然有两艘渔船正朝着这边慢慢驶近。如果以庞大的江亚轮作为参照物，这两艘渔船看起来像极了朱剑卿小时候爱不释手的航模，实在是有些袖珍。渔船应该满载着海鲜，吃水很深，伴随着海浪上下颠簸，看上去颤颤巍巍，老态龙钟。

"救命！救命！"众人激动地朝着渔船驶来的方向奔过去，立定在围栏边，拼命挥舞双手，扯着嗓门高声喊叫。如此一来，江亚轮船体一侧负重吃紧，船身明显开始倾斜。高高的桅杆上，两三个抱紧桅杆的小伙子猝不及防，啊的一声惨叫，失手跌进大海。

所谓"当局者迷，旁观者清"。我冷眼瞧着眼前的这一幕，深知再这样下去，很可能要不了几分钟，江亚轮便会如一口洪钟，船底朝天覆扣下来，船上的所有人到时都难逃灭顶之灾。

"快，大家听我指挥，不要乱跑！"突然传来的一声大吼，让众人立定在原地，不再四处奔袭。我朝着声音传出的方向看过去，只见那个脑满肠肥的胖警察正手持电筒，站在甲板中央位置，一双铜铃般的眼睛布满血丝。

众人显然意识到危险的临近，有点儿惊慌失措。只听胖警察以不容置疑的口吻命令道："刚才大家在什么位置，赶紧回归原位。如果再这么东奔西跑，船马上就要彻底翻了！"

此时的胖警察就像是操场上的教练员，具有绝对的命令权。一声令下，人群马上朝着各自原先的点位，分散开来。面临倾覆之虞的江亚轮微微晃动几下，船体瞬间恢复平衡。众人这才稍稍舒了口气。

从登上江亚轮开始，我和胖警察有过两三次照面，觉得他凶神恶煞般，委实不近人情。可是现在，我对他的印象突然有了一百八十度的大转变。若是身处百花园，我一定会摘下姹紫嫣红的花束，编成漂亮的花环，挂在他的脖颈上。当之无愧，他理应受到这样的礼遇。

众人站定后，胖警察奔到船头，将手电筒强烈的光束照向那两艘渔船，大声嘶喊起来。"救命！救命！"随着海风，嘶喊声远远地传了出去。渔船显然已注意到失事的江亚轮，朝着这边慢慢驶近。

事后我才知道，这两艘渔船是隶属胜昌公司的华孚一号和华孚二号，常年在沿海区域从事渔业捕捞，日常业务由中国渔业公司代理。这两艘渔船的载重量都在二十五吨左右，当晚从舟山附近的华鸟岛渔场结束捕捞作业，舱里装满小黄鱼，满载而归。不想行驶到里铜沙海域，碰上了失事的江亚轮。

此时纵目望去，海面上到处漂浮着落水者。不少人借助木板或是行李，苦苦支撑着。谁也不知道，他们还能支撑多久。时值初冬，海水寒凉刺骨，即便没有溺毙，长时间浸泡在海水之中，恐怕迟早也会因失温而僵死过去。

见到那两艘渔船逐渐驶近，海面上漂浮着的落水者像是遇见救星似的，拼命地朝着渔船的方向游过去。渔船距离江亚轮还有一段距离，船舷两侧已攀满落水者那一双双肿胀发白的大手。个个争先恐后，奋力想要爬上船去。只见那两艘渔船在海面上左摇右晃，看起来随时可能翻掉。

两艘渔船上的水手们蹲在船舷边，伸出手，将一个又一个攀紧船舷的落水者拉上船去。一口气救起二十多名落水者后，这两艘渔船吃水越来越深。随着船身的不停晃动，一股海水竟猛灌了进去。

更多的落水者朝着渔船这边快速地游过来。如果照此发展下去，华孚一号和华孚二号随时可能被大海吞没。眼瞅着大事不妙，水手们从舱里拿来利斧，高举在空中，大喊"松手"。好不容易才攀到船舷的落水者怎么可能轻易松手？水手们举起利斧，对着船舷横七竖八地挥凿下去。水手的本意并非想要砍人，故此几斧头下去，只是凿在船舷外侧。不过这招倒挺管用，落水者吓得纷纷缩了手。这两艘渔船方才得以脱身而去。

海面上顿时传来一片咒骂之声。看着两艘渔船远去的帆影，江亚轮露天甲板上正站在栏杆边大呼救命的人们失望至极，骂声同样不绝于耳。胖警察也气得跺脚大骂起来。

面临死亡的威胁，没有多少人还能保持理智。我倒是出奇地清醒，明白那两艘渔船自有说不出的苦衷。扒牢船舷的那一双双肿胀发白的大手，已将渔船置于险境。若不赶紧驶离，很可能会酿成船翻人亡的惨剧。

这时，又有三四只小舢板远远地划过来。无论是在大海中苦苦挣扎的落水者，还是在甲板上翘首以待的人们，见了那三四只小舢板，一起高声呼喊起来。可没想到，除了一只小舢板搭救起三四名落水者，另外几只小舢板只是远远地兜着圈子，并不驶近。船上的水手们抛出挠钩，一件件钩取漂浮在海面上的行李、包裹。

"狗杂种！"胖警察手拿电筒，强烈的光束扫射着海面。眼前的这一幕，气得他七窍生烟，眼里几乎要喷射出火焰来。

船上又是一阵骚动。不少人不甘心坐以待毙，纷纷朝着小舢板的方向跑向左侧船舷。一时之间，江亚轮左右两侧再次失衡，船体又开始微微晃动起来。

就在这时，沈达才船长穿着那身深色的工作服，出现在露天甲板上。只见他面无表情，神色冷峻。这是我登上江亚轮之后，第一次和沈达才照面。当然，漆黑的夜幕里，他根本不可能留心到坐在船头角落铁墩上的我。

"我是江亚轮的船长，大家都别动，听我指挥。"一轮朗月之下，沈达才在两三名船员的簇拥下，站定在露天甲板中央，冲着人群扯开嗓门喊道，那声音里透着凛然不可侵犯的威严。东奔西跑的人们顿时停住脚步，目光齐刷刷地投射在沈达才身上。

"现在距离江亚轮爆炸，已经过去一个多钟头。我可以负责任地告诉大家，爆炸发生后，江亚轮有过一次冲滩，现在船的下脚已搁在浅滩上面，不会继续下沉。这也就意味着，大家暂时是安全的！"沈达才嗓门很大，中气很足，话语掷地有声。刚刚还是喧闹无比的人群顿时静了下来，个个都在屏气静听。听说江亚轮不会继续下沉，人群里发出一阵轻微的欢呼声。

"不过要提醒大家的是，船的下脚是尖形的，如果大家再这样到处乱跑，船身一旦晃动起来，随时可能侧倾，到时候一船人的性命，一个也别想保得住。现在听我指挥，大家赶紧分散站开，接下来保持住船体的平衡性非常重要！"沈达才像是站在七尺讲台上的教师，对着他的学生慷慨激昂地一口气说完这番话。众人乖乖地在甲板上分散着站开去。这时候，有谁会不将船长的话奉为圭臬呢？

骚动的人群逐渐安静下来。停顿一两分钟后，沈达才给大家带来一个坏消息："半夜不到十二点，会有一次涨潮的过程，到时候我们现在站立的地方，很可能会全部淹没进大海里。等一会儿，大家如果看到海面上有亮着灯的船只经过，就一起高声喊救命，留给我们的时间，只剩下短短三个多小时！"

众人听了这番话，刚刚松弛下来的神经再一次绷紧。大家的目光纷纷扫视着海面，恨不得挪亚方舟此时从天而降，带着大家驶离这茫茫夜海。

"大家放心，这里距离吴淞口不算远。依照我十多年的航海经验，接下来会有航船陆续经过。我们现在要做的，就是耐心等待。"沈达才站在那里岿然不动，皎洁的月光投射在他的身上，整个人显得格外伟岸高大。

随着时间一分一秒流逝，所有人都备受煎熬。远方的那座灯塔依旧闪烁着迷离的星火，海面上黑漆漆一片，除了近处一两艘正忙着打捞行李、包裹的小舢板，哪里有航船的影子？

海面上风很大，夜凉如水。我赤着脚坐在铁墩上，将那件大红缎子旗袍紧紧地包裹在身上，似乎这样便能抵御住寒风的侵袭。一阵海风吹过，突然起了寒噤，我一连打了好多个喷嚏。自幼弱不禁风的我，何曾遭受过这份罪？

整个露天甲板仿佛是铺着黑毯的舞台，此时的我就像一名观众，静静地坐在座位上，欣赏着舞台上的演出。不管这演出扣人心弦也罢，撕心裂肺也好，总要耐着性子看下去。不然这段寂寞而孤独的漫长时光，怎样才能打发掉呢？

"有船！一艘大船！"不知道是谁，扯着脖子大喊了一嗓子。众人远远地望过去，海面之上果然有一艘航船闪烁着灯火，正从吴淞口的方向匀速驶来。人群一阵欢呼雀跃，大家纷纷冲着航船的方向，高喊"救命"。

夜幕之下，那艘航船看起来像是一堵黑黢黢的高墙。船上的水手明显察觉到江亚轮这边的动静，立时掉转船头，朝着江亚轮缓缓驶近。就在大家激动万分，燃起希望之时，那艘航船行驶到距离江亚轮大约一两百米开外的海域，竟抛锚在那里，不再动弹。

事后我才知道，驶来的航船是客轮"茂利轮"，它和江亚轮一样，同属轮船招商局旗下，由上海开往舟山。当天下午，江亚轮鸣响汽笛，起锚出发之时，茂利轮正停泊在十六铺码头上。茂利轮的起航时间比江亚轮迟了一个多钟头。茂利轮行驶到里铜沙海域时，距惊心动魄的大爆炸发生，恰好一个半钟头。

后来在报纸上，我读到这样一则新闻，当时有位老妪买的是江亚轮船票，早早地通过检票口之后，没见过大世面的她稀里糊涂地跟在一名船员身后，登上了同样停靠在十六铺码头上的茂利轮。直到茂利轮起航，那老妪才得知乘错了船，却已是无可奈何。

一路上那老妪自怨自艾，央求船员一定要让她第二天乘坐这班航船返回上海。她说自己毕竟是买了江亚轮船票的，希望能通融通融，补乘两天后的江亚轮回宁波。谁知当茂利轮行驶至里铜沙海域时，船上突然传来江亚轮失事的消息。那老妪是虔诚的基督教徒，既惊且喜，不禁高唱起赞美诗来。

那几天，类似的新闻频频见诸报端。其中著名男演员张翼的经历，在街头巷尾被很多人津津乐道地哄传。张翼托人买好两张江亚轮二等舱船票，打算和妻子一起回宁波。当天下午，当张翼夫妇乘坐黄包车赶到十六铺码头时，江亚轮已起锚而去。张翼和妻子沮丧而归，途中两人不禁互相埋怨起来，指责对方磨磨叽叽，错过了航班。第二天，江亚轮失事的消息传来，夫妻俩不由倒吸一口冷气，深感从鬼门关里走了一遭。

类似的新闻看多了，令我不禁对究竟有无救世主产生了怀疑。若说没有救世主，冥冥之中又是谁在主宰这一切呢？很多的阴差阳错，背后似乎有着一股神奇的力量。就像父亲、母亲原本是要和我一起乘坐这趟江亚轮的，半路上母亲突发头疼病，这才和父亲躲过一劫，朱剑卿却因此鬼使神差地上了船。这一切莫非都是天意？

想到朱剑卿，我的心头又是一阵绞痛。就像是侵入肌体的陈年旧伤，若干年后，只要想到他，我的弟弟，我便心痛到喘不过气来。好端端地待在家里不行，偏偏要跟着我上船去宁波，难道这是他命中注定的劫难？

茂利轮在百米开外抛锚的时候，后来见诸报端的那些为市井细民们所津津乐道的新闻，我当然无从知晓。瞧见茂利轮不再驶近，甲板上的人群不免焦躁起来。这时只见沈达才踱着方步，走到围栏边，将两只手握成喇叭状，放在唇边，冲着茂利轮大声喊道："喂，我是沈达才，你们船长在吗？江亚轮刚刚发生大爆炸，船上还有不少幸存的乘客，请你们快来搭救！"

沈达才的声音很有穿透力，顺着海风，飘出去很远。远远地瞧过去，茂利轮船头影影绰绰，有一些动静。隔了几分钟，只见船头放下一只小舢板，有人摇着橹，躲避着海浪里拼命挣扎的落水者，朝江亚轮这边晃晃悠悠地驶来。

放眼望过去，正在海面上苦苦挣扎的落水者已是稀疏许多。即使深谙水性，在这寒凉的海水里，又有多少人经得起与时间的马拉松赛跑？一具具浮尸夹杂在漂浮着的行李、包裹中，随波逐流，惨不忍睹。

"请问哪位是沈达才船长？我们船长想请您过去，商量搭救之法。"靠近江亚轮后，小舢板停了下来，船上的那个穿着皂袍的年轻水手高声说道。

"阿水，王祥，你们俩跟我一起过去！"沈达才朝身旁的两名船员说道。舢板小心翼翼地靠近江亚轮，水手将软梯挂在船舷上。沈达才攀着软梯，跳上舢板。阿水、王祥紧随其后，跟着跳了上去。甲板上的人群静静地瞅着小舢板驶向茂利轮，没有人想要争着抢着往上跳。众人深知，搭救幸存者的重担，此时全部压在了沈达才船长的肩头。

隔了十多分钟，那只小舢板划了回来，后面还跟着另一只小舢板。令众人深感意外的是，这两只小舢板分别由王祥、阿水划着桨，没有看到沈达才船长的身影。这也就意味着，沈达才留在了茂利轮上。

沈达才高大伟岸的光辉形象，如雪崩般瞬间坍塌。有人不禁骂出声来，大意是在这生死关头，连船长都只顾着自己逃命，谁还会管大家的死活！我不清楚沈达才为什么独自一人留在茂利轮上，我不想将他留下来的理由与"逃命"等字眼联系在一起。也许，他身体突感不适？又或者，他要在茂利轮上发送电报，调度指挥？除了这些，我实在不能再想出其他可以说服自己的理由。

胖警察站在船舷边，俯下身子和王祥低语了几句，随后转身冲着急不可耐的人群大声喊道："大家抓紧时间排队上船！妇女和儿童请站到队伍的最前面来！"

"贵叔，我来帮你维持秩序！"黄得佳不知道什么时候出现在甲板上，冲着胖警察喊道。我这才知道，原来大家喊胖警察"贵叔"。黄得佳说着跑过去，和贵叔一道站在船舷边，指挥疏导着人群有序地排好队列。

在黄得佳和贵叔的组织指挥之下，男人们乖乖地避让在一边，将生的通道留给妇女和儿童。一个又一个妇女、儿童，胆战心惊地迈开腿，爬上软梯。幸亏有阿水、王祥在下面接应，他们被顺利地搀扶上小舢板。小舢板满员后，阿水、王祥划着桨，将一船人载往茂利轮，随即又折返回来，展开下一轮救援。

我不禁热血沸腾起来，情不自禁地站起身，目光投向救援现场。这是江亚轮失事后，在船员组织之下有序开展的唯一一次救援行动。如果海难刚刚发生之时，大批船员不是只顾着自己逃命，而是听从沈达才的命令，放下救生艇，展开救援，江亚轮上肯定会有更多的乘客因此获救。可冷冰冰的事实，从来都没有如果。

小舢板再次划回来的时候，我一眼瞧见吴夫人怀抱吴继慧站在船舷边。虽然隔着太远，看不真切，可瞧那身形模样，不是吴夫人又是谁呢？吴夫人的目光正左顾右盼，似乎在寻找什么。我朝四下望了望，没有发现吴老板和吴继超。莫非吴老板一家四口再次失散了不成？

黄得佳小心翼翼地搀扶着吴夫人爬上软梯。吴夫人紧紧地将吴继慧抱在怀里，动作很是缓慢，生怕一不小心，跌落进大海。在阿水的接应下，吴夫人抱着吴继慧终于登上小舢板。坐定之后，吴夫人搂着女儿，失声大哭起来。

我眼前不禁浮现出几个钟头前走过江亚轮检票口时的情形。若不是我多管闲事，将吴继超带上江亚轮，此时的他或许正游荡在夜幕下的上海滩街头。这样的情形，比起踏上这趟死亡之旅真不知要好上多少倍！我不禁深深懊恼起来，先前还以为自己做了件大善事，现在看起来，真是没有什么事比这更加糟糕的了。

突然，一阵悠扬的箫声从不远处传了过来。我收回目光，转头望去，只见一位白发苍苍的老先生握着箫，迎风而立。凄凉哀婉的箫声，仿佛为江亚轮上的人们奏响一曲挽歌。一位老妇人正依偎在他的身边，闭目聆听着这痛彻心扉的乐章。

我陡然想起，这对老夫妇曾在船头看见过。落日时分，老先生斜倚在二台格围栏上吹奏洞箫的情景，顿时浮现在我眼前。只是，那时的箫声里透着几许明快。可是现在，却只能读出肃杀。

老先生吹奏的是《春江花月夜》。这是一支民族管弦乐曲，在持钟话剧社排演剧目时，偶尔用作伴奏。何潇曾对我说，他最是喜爱这首曲子，人生无数的悲欢离合，都寄寓在这曲谱背后。没想到在这样的一个夜晚，身处茫茫大海之中的江亚轮上，我竟能听到如此熟悉的旋律。或许是受到箫声的感染，又或者是对这对老夫妇的故事产生浓厚的兴趣，我朝他们那边走了过去。

走出没几步，只听箫声缓缓停了下来。老先生一只手握住箫，另一只手将老妇人紧紧地揽进怀里。老妇人不住地大声咳嗽，满脸涨得通红。老先生腾出一只手，摊开手掌，在老妇人的背上轻轻地捶打起来。

"这位先生，您可以带着您的太太赶紧乘坐小舢板离开这里的。"我走到他们身边，朝着茂利轮的方向指了指，小声说道。

"小姑娘，你不用管我们，赶紧上船去吧。再迟可能就来不及了。"老先生抬起头，用慈爱的目光看了我一眼，平静地说道。

"谢谢你，小姑娘，你快走吧。"老妇人止住咳，好心地提醒我，声音听起来非常温暖。借着皎洁的月色，我这才发现，老妇人嘴唇乌紫乌紫的，面色瞧上去有点儿惨白。

"你们为什么不走呢？赶紧走吧！"我不禁有些着急起来。虽说是萍水相逢，我竟莫名地为这对老夫妇的境遇而深深担忧。

"没办法，老太婆不肯走，说无论是生是死，都要和我在一起。"老先生瞅了瞅我，又瞧了老妇人一眼，意味深长地说道，"我和老太婆活了这么一把年纪，做了大半辈子夫妻，无儿无女的，人生没什么值得牵挂的了。老太婆几个月前患了重病，看了无数的医生，病情越来越重，医生让我们早点准备后事。这次就是想回宁波老家……"

说到这里，老先生不禁哽咽起来，深情地凝视着老妇人不再明澈的双眸，幽幽地说道："白萍，你这又是何必呢？"

白萍依偎在丈夫的怀里，眼角噙着泪花，缓缓地说道："纪东，你肯定懂我的，我早已别无所求。能够和自己深爱的人一起走向生命的终点，或许这就是上苍的安排吧。"

纪东老先生无奈地叹了口气，告诉我，老太婆实在犟得很，说什么都不肯独自离开，自己劝说了大半天，没有一点儿用。

"那您为什么不和她一起走呢？"我再次好心提醒道。

"只有妇女和儿童才有优先逃生的权利，我怎么能做这么自私的事情呢？"纪东老先生说着，将手中握着的箫缓缓放回唇边，再次吹奏起来。

他的腰板很直，表情非常从容，仿佛此刻正置身上海大世界那炫目的舞台之上。台下的观众，只有他心爱的妻子。今晚，他的箫声只为妻子而奏。

他们也曾走过风华正茂，也曾有过浪漫的青春。虽然我无法知道他们一路走来的故事，但我明白，只有像他们这样如金子般可贵的爱情，才能算得上是一场旷世之恋。只要彼此相爱，贫穷也好，富贵也罢；青丝也好，华发也罢，这一切的一切，又有什么相干呢？

和这对老夫妇比起来，我和钱士铭曾经拥有的所谓的爱情，实在是不值一提。这场海难就像是一块试金石，将我们曾经山盟海誓的爱情敲击得粉碎。我是否该庆幸，庆幸粉红色的泡沫在走进婚姻殿堂前幻灭。否则，我们很可能走向婚姻的坟墓。或许这是命运之神对我的另一种眷顾，虽然是以如此残酷而惨烈的方式。

凄婉的箫声并没能引起太多人的兴趣，大家的视线依旧聚焦在停靠于江亚轮旁的那两只小舢板上。偶尔有几个大老爷们儿想要挤上小舢板，贵叔以不容商量的姿势大手一挥，将不速之客拦在一边。有人从兜里掏出不知是金条还是什么物件，硬要塞到贵叔手里，被贵叔一把夺过，不耐烦地扔进大海。

眼前的场景是令我温暖而感动的。按照国际惯例，灾难发生后，妇女、儿童享有优先逃生权。面对大灾难，如果还能保持住绅士风度，彰显出的是人性的光华。生而为人，其行为除了受到法律的约束，更应该面临道德的审判。背负着道德的枷锁，即便苟活下来，余生不断面临灵魂的拷问，这样的生命还有什么意义？

"还有抱小孩的乘客吗？还有抱小孩的乘客吗？"贵叔不停地朝四周张望，不住地大声提醒。眼看那只晃晃悠悠的小舢板又一次快要坐满乘客。

"小姑娘，你为什么还不过去呢？"白萍拉住我的手，轻轻地摩挲起来。握住我的这双手有些粗糙，冰凉彻骨，可我心里却泛起层层暖意。

"我在等人。"我脱口说道，"我在等我弟弟，我和弟弟走散了。"

"你就是等到弟弟，又有什么用呢?"纪东老先生停住箫声，一个劲儿地催我快点逃生，"你弟弟如果是孩子，当然可以跟着你上船。可是看样子，你弟弟年纪应该和你差不了几岁吧。"

纪东老先生话里的意思，我当然明白，也非常感激他的好意。可他哪里知道，此时的我已是心如死灰。从钱士铭欺骗我说不会游泳，独自穿上救生衣的那一刻，我便对前途失去了憧憬。加之朱剑卿消失得无影无踪，生死未卜，如今只剩下我孤零零一个人，还有什么脸回去见爹娘和二娘呢?即使苟活下去，还有什么意义?

"真是个好姑娘，看来你们姐弟情深。希望你能快点找到弟弟。"见我站在那里沉默不语，白萍温柔地说道，沟壑纵横、面无血色的脸上，笑容很是温暖。

和这对老夫妇颔首道别，在哀婉凄凉的箫声里，我转过身，赤着脚，迎着寒风，一步步走回船头。大铁墩静默在角落里，没有人会留心到它的存在。我竟从心底感到格外的亲切，在大铁墩上重新坐了下来，目光看向这浩瀚无边的茫茫夜海。一时间千愁万绪，涌上心头。

抛锚在不远处的茂利轮突然鸣响汽笛，劈波斩浪，朝着水天相交的远方行进起来。这意味着，茂利轮对于江亚轮上幸存乘客的救援工作已经结束。后来我才知道，茂利轮一共搭救起二百多名乘客，几乎都是妇女、儿童。当然，也包括沈达才船长在内的部分船员。受载重限制，茂利轮没能搭救更多的乘客。不得不说，这是非常遗憾的事情。

眼睁睁地看着茂利轮在漆黑的夜幕下缓缓行进，咒骂声、啼哭声，再次不绝于耳。好不容易碰上的求生机会就这么从指尖悄然滑走，露天甲板上的数百名乘客眼神里充满绝望，谁知道接下来还能不能碰上其他航船呢?

贵叔和黄得佳有没有登上茂利轮?百无聊赖之中，我猛然想起这个话头。放眼望去，甲板上随处散落着人群，黑漆漆一片，实在看不真切。我想，他们应该会坐上最后一趟小舢板，逃离江亚轮吧。沈达才船长说了，深夜十二点左右，会有一次涨潮，整艘江亚轮可能被海水淹没。他们有什么理由留下来，和船上的其他乘客一起，苦苦挣扎在生与死的边缘呢？

众人刚刚熄灭的希望之火再次燃起。朝海面上望去，正有一艘货船抛锚在远远的地方，搭救着在海水里垂死挣扎的溺水者。货船吃水很深，看起来装载了不少货物。只见两三个船员从舱内进进出出，搬出好多只大纸箱。

原来，这是一艘运橘船，纸箱里装的是船主刚刚贩运来的柑橘。船员站在船头，将一箱又一箱的柑橘倾倒进大海。皎洁的月光映照之下，海面上顿时一片金光灿灿。这样的场景若是出现在影片之中，自是格外壮观，格外震撼人心。可是，在和我一样身处险境的人们眼里，却是难以形容的苦涩滋味。

抛完满船的柑橘，货船吃水明显浅了许多，为搭救落水者腾出可贵的空间。水手们抛下绳索，将一个又一个眼看就要奄奄一息的落水者拉上船来。货船始终离着江亚轮远远的，没有驶近。甲板上的人们不禁再一次失望地长吁短叹起来。

事后我才知道，下沉过程中的江亚轮会产生一股强大的吸力，如果其他船只贸然驶近，很可能会在这股强大的吸力作用下被卷入海底。刚刚鸣笛而去的茂利轮之所以没有驶近江亚轮，而是放下小舢板，搭救船上的幸存者，也是这个缘故。

一个个黄澄澄的柑橘漂浮在海面上，随波逐流，在手电筒强光束的照射下，像极了夕阳下灿灿的金色波纹。我随着那抹光束看过去，发现贵叔正手持电筒，静静地站在船舷边。

贵叔竟然没有走，还在江亚轮上！他目送着一个又一个妇女、儿童登上小舢板，为他们带去生的希望，却将危险留给了自己。内心深处，我对贵叔的钦敬之情不由又增添了几分。

这一次，贵叔冷静了许多，没有冲着运橘船大声喊叫。相对于置身露天甲板的幸存者，海面上苦苦挣扎的落水者显然更需要得到救助。至少，包括我在内的幸存者，暂时是安全的。如果有可能，我是说如果我有可能正巧驾驶一只小船行进到此，我想我也会毫不犹豫地先去搭救海面上的落水者。

"这么久，你就一直坐在这儿?"我正坐在铁墩上漫无边际地胡思乱想，只听耳畔传来一句问话声。那是男性的声音，极富磁性。不用抬头，我就知道一定是他来了。

不错，章若甫回来了。虽然我这时还不知道他的姓名，可他却真真实实地回来了。章若甫找到妹妹了吗？循着问话声，我收回目光，抬起头来。

第十章

　　章若甫浑身上下湿漉漉的，孤零零一个人站在我面前。不用问，我便知道，他在船上找了大半天，终是没能找到妹妹。

　　瞧着章若甫失魂落魄的模样，我不免心有戚戚，颇有几分同病相怜。我又一次想到朱剑卿，我最亲爱的弟弟，现在连他究竟是死是活我都没办法知道。一瞬间，我不禁有些黯然神伤。

　　一轮朗月高悬，清晖温柔地洒落人间，洒在章若甫的身上，应了古人的那一句"拂了一身还满"。章若甫挺直腰杆站在那里，像一尊伟岸的塑像。纪东老先生吹奏的箫声低回呜咽，缠绕在耳际，仿佛在为我们的际遇悲叹。

　　"吉人自有天相。放心，她不会有事的。"停了半晌，我开口轻声说道，打破彼此的沉默。

　　虽说是阴差阳错，章若甫牵着我的手跑上露天甲板，可在最危急的关头，毕竟是他拉了我一把，让我得以脱离险境。况且没找到妹妹，他还能想起折返回身找我，仅此一点，我已是感动万分。此时此刻，我也不能帮到他些什么，只能在言语上给他一些安慰罢了。

　　一双布满老茧的大手在蓬乱的头发里胡乱薅了几下，章若甫仰起头来，长长地叹了口气，幽幽地说道："但愿一切借你吉言。要不然，就是我害了她。"

　　站在面前的这个陌生男人，让我蓦然生出一股特别的好感。如果说一直以来"绅士"是钱士铭的标签，那么我会毫不吝啬地将"铁汉"这一称号赠予眼前这个英姿飒飒的男人。后来我想，也许是身为军人的缘故，章若甫只要站在那里，便能让人感受到信任和力量，那是非常独特的气质，很难用言语准确地形容。人们常说"铁汉柔情"，在我看来，这个词语似乎就是专为章若甫而造的。

就这样，在一轮朗月之下，我和章若甫聊起天来。只不过，当时我一直没有去问他的姓名。在我看来，他只不过是生命里萍水相逢的过客而已。若不是这场大海难，我和他的生命永远不可能产生交集。我没有幻想过能够逃出生天。我如花蕊般刚刚绽放的生命，即将无声无息地消失在这茫茫夜海之中。他在我的生命里，注定不会留下痕迹，又何必要知道他的姓名呢？

我们聊天的话题是从阿力开始的。自从碰上章若甫，我便自然想到阿力，不知道他有没有从底层统舱逃出来。阿力虽说是我家的仆人，可比我大不了几岁，从小到大，一直像亲哥哥一般照顾着我。这次在江亚轮上碰到阿力，委实大大出乎我的意料。若不是想要安置唐铮和高筱筠，我肯定会让阿力随着我们一道去特等舱的。当然，如果没有碰上唐铮，如果不是想和唐铮一起去找高筱筠，我根本不可能无端去统舱，那么也就不会碰上阿力。人生的际遇，有时就是如此变幻莫测，让人琢磨不透。

"阿力？就是那个戴顶瓜皮帽，背着个褐色粗麻包裹的莽莽撞撞的小伙子？"章若甫瞧了我一眼，眼神里满是好奇。我想，当时我在后大舱与阿力说话时，章若甫肯定也用同样的眼神打量过我。仅从衣着上来判断，我和阿力完全生活在两个世界里，难怪章若甫会感到好奇。

"就是他！就是他！"我点了点头，急切地问道，"不知道他有没有能逃出来？他是和我从小一起长大的，我早就将他当成了哥哥。"

"他和我们一道逃出了底舱。"章若甫的面色看上去有些凝重。顿了一顿，他轻轻叹了口气，带来一个不好的消息，"可惜，后来他掉进了大海。不知道他水性怎么样，如果水性好，说不定没事。"

我的心陡然往下一沉，深知落水意味着什么。纵使水性再好，在这茫茫夜海之中，又能坚持多久呢？这场骇人听闻的大海难发生后，我的几个至爱亲朋，朱剑卿、唐铮、高筱筠，包括将我伤得体无完肤的钱士铭，全都消失得无影无踪。好不容易打探到阿力的消息，不想却又是这样的结果。正是欢聚时短，咫尺已成天涯。想到这里，我不禁小声抽泣起来。

"小姐，我……我不该告诉你这些的。我想，阿力身体那么壮实，一定……一定没事的。就像你说的，吉人自有天相。"见到我抽泣，章若甫有些手足无措，像个做错事的孩子，拙嘴笨舌地劝慰起我来。

"他既然逃了出来，又是怎么掉进大海的呢？"我抬起泪眼，迫切地想从章若甫那儿知道答案。假如，我是说假如能够侥幸获救，至少可以让爹娘知道阿力是怎么失踪的，不至于让这一切成为永远无法揭开谜底的疑团。

章若甫开始了讲述。他从我和钱士铭、唐铮、高筱筠离开后大舱开始讲起，讲到大爆炸发生时后大舱里惨不忍睹的场景，再讲到他们如何经历九死一生，从豁口里逃到上面一层四等舱去。

"逃出后大舱后，那间四等舱的舱门在爆炸力的作用下变了形，没办法打开，于是我们只得沿着狭窄的通道，朝着船尾的方向走去。朝前走了一小段，海水越来越深，渐渐漫过双膝，大家感受到了死亡的恐惧……"随着章若甫的讲述，我竟止住抽泣，凝神聚气地听着，生怕错过每一个微小细节。听着听着，我的一颗心几乎悬到嗓子眼。仿佛我正跟在他们身后，走在那狭窄逼仄的通道里。

章若甫说，就在众人深感绝望之时，前方出现一丝光亮，隐约有人影在晃动，并传来说话的声音。大家的心情不觉为之一振，蹚着水，朝着光亮处疾赶过去。

走到近前，海水已漫至腰部。原来，这里已是船尾。一扇防水门朝外打开着，眼前一片汪洋。若不是这扇防水门，谁能想到，这里竟是江亚轮和茫茫东海的生死之界？往回走，已绝无可能；朝前走，分明走投无路。众人心头刚刚燃起的希望之火，瞬间被眼前的一幕彻底浇灭。

　　只见三五个人正站在防水门里，神情极是凝重。谁也不敢轻易挪动步子。脚下虽是舱板，可是只要往前挪动一步，哪怕只是一小步，便可能跌入汪洋大海。不断漫溢的海水，使得船舱和海面像是亲密无间的伴侣，慢慢融为一体。大家清楚地知道，留给自己的逃生时间，恐怕只有用分来计算了。

　　"二少爷！"阿力突然讶然地朝着其中的一个年轻人喊道。只见那年轻人穿一件呢绒大衣，领口围着围巾，衣着颇是时髦，可浑身精湿，看上去模样有些狼狈。那年轻人见到阿力，几乎脱口问道："你怎么会在这船上？"

　　章若甫讲到这里，我从大铁墩上蹦了起来，急切地问道："这年轻人便是我弟弟！他现在人在哪里？"我万万想不到，竟然能从章若甫的口中打探到朱剑卿的消息。可是很快，不祥的预感笼罩在我的心头。

　　"那年轻人是你弟弟？"章若甫闻听此言，显然大出意料，嗫嚅着说道，"我不知道该怎么说才好，我想，我想他们吉人天相，肯定都会没事的。"

　　"弟弟他到底怎么了？是不是和阿力一样，也掉进大海里去了？"刹那间，我被无边无际的暗夜包裹，胸口几乎窒息到无法呼吸，一屁股坐回到大铁墩上，身子几乎要瘫软下来。

　　"让我怎么说才好呢？"章若甫闭上双眼，长长的睫毛微微抖动着，表情看起来有些痛苦，"刚刚发生的那一幕，我想我这一辈子都不会忘掉。"

　　章若甫显然不愿意继续深说下去。我相信，未来的漫长岁月里，这必定会是他心灵上不能触碰的伤疤。这个伤疤将随着他一道终老，随着他灰飞烟灭。不知道为什么，自从章若甫出现在面前，我就坚信他一定能逃离这场大海难。前方等待着他的，是多姿而精彩的人生。这是不是女人的第六感呢？女人的第六感通常都是很准的。

　　在我穷追不舍地追问之下，章若甫这才断断续续讲述起刚才发生的事情。讲述的过程中，他时而咬紧嘴唇，时而紧锁双眉。不错，正像章若甫所说的，但凡从鬼门关上闯过一回的人，有谁可能会淡忘这一切呢？

尽管心一直被紧紧地揪着，但我没有打断章若甫的讲述。我很想知道，在江亚轮快速下沉的那一刻，朱剑卿究竟遭遇了什么。即使他已身遭不测，我也很想知道答案。哪怕这个答案将会随着我一起沉入茫茫夜海，我也不想轻易错过寻求答案的机会。而且依照目前的情形来看，也许这是找到答案的唯一机会。

章若甫从干瘪的双唇里吐出的每一个字，都显得有些艰难。我瞪大眼睛，那惊心动魄的一刻恍若苍莽的图卷，在我眼前徐徐展开——

"阿力，船快要沉了，怎么办？怎么办？"朱剑卿站在齐腰深的海水里，冲着阿力焦急地嚷道。可惜阿力不是救世主，就算叫破嗓子，又有什么用呢？

朱剑卿说，这舱里的二十来个人眼见逃生无门，不想坐以待毙，纷纷找来木板、帆棚等逃生之物，跳进了大海，现在就只剩下他们三五个人。朱剑卿深知，只需一会儿工夫，整个船尾便会被无情的海水吞噬，可是跳入大海，难道便会迎来获救的机会不成？

这时，海面上传来砰的一声巨响。章若甫小心翼翼地探出头去，朝外一张，只见向外打开的那扇防水门，随着海风前后摇摆，不时撞上船身，发出砰砰的声响。防水门一半浸没在海水之中，另一半仍浮在海面之上。一旦防水门全部被海水浸没，就像舞台上的幕布完全闭合，一切便走到了谢幕时分。

"我看除了跳进大海，现在也没别的招了。二少爷，放心，我水性好，我会保护你的。"阿力说着，盯着海面上漂浮的行李、包裹，四下张望起来。跳入大海之后，只要抓住物件，借助浮力漂在水面之上，至少一时半刻不会有太大危险。若是船尾全部浸入大海，连这微乎其微的一点儿逃生希望就都没有了。

"且慢，我倒是想出一个办法来。"章若甫慌忙一把拉住阿力。众人的目光齐刷刷扫射在章若甫身上。

"大哥，什么办法？"章若瑾脱口而出，焦急地问道。她正奋力地将小雯托举出水面。体力在一点点耗尽，她深知这样下去，已是坚持不了多久。

"大家看，这扇防水门向外打开着。如果我们能够抓定防水门上一格一格的横挡，便能像爬楼梯一样，爬到防水门的顶端。这是船尾，上面必定是二层甲板。我想只要能爬上去，伸手就可以够到甲板的边缘，说不定可以爬到甲板上去。"章若甫一股脑儿说出自己的想法。

众人瞧着那扇晃晃悠悠的防水门，眼里不禁露出胆怯之色。这个办法从理论上来说，完全行得通，可实施起来，却像杂技演员走钢丝一般，难度非常之大。防水门上的一道道横档儿，看宽度也就五六公分，紧紧贴在铁板上。攀着横档儿往上爬，只有足尖能够踩住横档儿。况且防水门还在不断地来回晃动，整个人要想保持住平衡，谈何容易？稍有不慎，便会跌入无边无际的大海。

"我觉得这个办法不错。大家还在犹豫什么？时间来不及了！"那个最后被从统舱顶部豁口里拉出来的小后生一个箭步冲到防水门面前，冲着众人说道，"我先来试试，如果侥幸能够爬上去，大家就学着我的样子往上爬。爬到顶端，大家把手伸给我，我会站在甲板上，搭上一把手的。"

话还没说完，小后生已手脚并用，整个人像磁铁一般，紧紧吸在防水门上。防水门更加剧烈地前后晃动起来，众人不禁"啊"地大叫出声。小后生灵机一动，往船身方向一使劲，将防水门紧紧靠定在船身上。如此一来，稳定性便好了许多。

一格一格往上攀爬着，不多久，小后生整个身子已离开水面。只见小后生赤着脚，上身衣服已是湿透，一双白花花的大腿上挂着密密麻麻的水珠，看上去狼狈而滑稽。众人目不转睛地盯着小后生，他的一举一动，无不牵动着大家的神经。小后生朝着上方每攀爬一格，众人便欣喜几分。

好不容易哆哆嗦嗦攀爬到顶部，小后生小心翼翼地腾出一只手，朝上一摸，果然如章若甫所预料的，正好可以够到甲板边缘。小后生牢牢抓紧甲板，仗着年轻体力好，身体灵活，足下一蹬，整个身子借力一跃，随后一个趔趄，死死地抓住围栏，站定在甲板外沿上。

"大家快点上来！要不然就真来不及了！"总算暂时死里逃生，小后生没有只顾着自己逃命，他浑身湿漉漉地站在围栏边，朝着下方焦急地大喊起来。

"二少爷，你先上！"阿力推了朱剑卿一把，"放心，我会替你扶着这扇门。"

朱剑卿感激地看了一眼阿力，轻轻点了点头，随后便学着小后生的方法，抓住防水门上的横档儿，如履薄冰地向上攀爬起来。阿力贴紧舱壁，伸出手去，将微微颤动的防水门按牢在船身上。

眼看快要爬到顶端，朱剑卿突然脚下一滑，脚尖没能踩实横档儿，只听啊的一声，整个人结结实实地摔了下去。几乎不假思索，阿力奋不顾身地朝前跑出几步，似乎想要抱住朱剑卿，结果一脚跌落进汪洋大海。海面上绽放开几朵浪花。朱剑卿不谙水性，在不远处使劲扑腾着。阿力划动着双臂，朝着朱剑卿那边奋力游过去。

"后来呢？后来他们怎么样了？"听到这里，我情不自禁地打断章若甫的讲述，心急如焚地问道。

"后来，后来我哪有时间把注意力放在他们身上呢！反正等到我爬到甲板上去，俯视了一眼海面，没有看到他们的影子。"章若甫看了看我，显然感觉到了我的悲伤，好心地补充了一句："不过，海面上那么多小舢板，或许他们碰上好心人，被搭救上小舢板，也是极有可能的。"

我亲爱的弟弟，从小亲密无间的弟弟，原来就这样跌入了大海！我顿时像沉入冰窖，浑身冷冰冰的。我知道，章若甫这是在好心劝慰我。可我多么希望他所说的一切能够变成现实。只要心底存着一丝一毫的希望，也许奇迹就真的发生了呢。

"你妹妹后来逃上来了吗？"话一出口，我便知道纯属多此一问。章若瑾和章若甫后来在混乱的人群里走散，先前必定通过防水门，爬到了二层甲板上。只是，这么高难度的动作，章若瑾一个弱不禁风的女子，到底是怎么完成的呢？

　　章若甫接下来的讲述，满足了我的好奇心——

　　朱剑卿和阿力先后跌进大海后，剩下的两三个人杵在那里，面色铁青，不敢轻易再试。海水不断漫溢，眼看就要没到胸口，众人呼吸越来越急促。

　　"大哥，怎么办？怎么办？"章若瑾只觉得双臂酸麻沉重，眼看就要支撑不住，几乎哭出声来。

　　"放心，有大哥在，会保护好你和小雯的。"时间已不容再拖延下去，说话间，章若甫跨步上前，双手抓牢防水门上的横档儿，万分小心地攀爬起来。章若瑾伸长脖子，直勾勾地盯着大哥，面色铁灰。章若甫每朝上攀爬一格，章若瑾感觉那步履像是重重地踏在自己心房上，压抑到几乎喘不过气来。

　　眼看快要爬到顶端，章若甫右手紧紧地扒牢横档儿，慢慢俯下身子，艰难地腾出左手，冲着章若瑾大声喊道："快，快把小雯递给我，我先把小雯送到上面去！"

　　章若瑾闻言，忙不迭地踮起脚尖，将正在襁褓里哭闹不休的小雯递到章若甫手中。章若甫仅靠右手扒紧在横档儿上，显得很是吃力，腿肚微微发颤。左手快速地接过小雯，章若甫将身子紧贴在防水门上，轻易不敢动弹。这时哪怕一个细小的动作，都可能导致身体失衡，抱着孩子跌入大海。

　　"快将孩子递给我！"小后生趴在甲板边缘，将双手拼命地朝下伸去。这是生命的接力，这是温暖的传递！这场惨绝人寰的大海难，虽然充斥着人性的贪婪和丑陋，却也不乏温馨和光华。这震撼人心的一幕，我虽然不曾亲眼看见，但随着章若甫的讲述，仿佛正浮现在眼前。

　　章若甫说，尽管在部队训练有素，经历过不少大风大浪，可这么凶险的境遇，平生还是头一遭碰上。若是一个闪神，自己跌进大海也就算了，连累到孩子，真是造了大孽。千钧一发之际，章若甫深深吸了一口气，定了定神，战战兢兢地伸出左手，向上奋力托举起孩子。章若瑾仰头看着，眼睛一眨都不敢眨。

　　幸亏小后生伸下来的那双手死命地抓住了襁褓。"大哥，丢手吧!"听见小后生的喊声,章若甫这才松开手,长长地舒了口气。这时他的整个脑门已沁满豆大的汗珠。小后生揎紧褪裤,将小雯救了上去。

章若甫朝着下方看了看,水已漫至胸口,看来形势非常危急。旁边的两个小伙子眼瞅着情形不对,凫进水里,死命地抓住两块木板,逃生去了。章若瑾站在那里,没有显出多少慌张。小雯总算救了上去,纵使自己葬身大海,也没有什么好牵挂的了。

章若甫右手扒牢甲板,左手握住小后生伸过来的手掌,纵身一跃,跳上了甲板。章若甫向小后生道过谢,随即央求道:"小兄弟,我妹妹还在下面,无论如何我是要去救她的。我想一只手抓住栏杆最下面的栅格,身子悬下去,将妹妹拉上来。单凭我的力气,我担心不能成功,不知道小兄弟能不能助我一臂之力?"

小后生闻言,毫不犹豫地点了点头。章若甫双手握紧栏杆最下面的栅格,就像是在训练场上练习单杠一般,将整个身子悬了下去。"若瑾,快,学着我的样子,往上面爬几格,然后便能抓住我的手,我拉你上去!"见章若瑾正呆愣在那里,章若甫大声提醒道。

章若瑾平时最是胆小,这么危险的动作,哪里敢去尝试。可眼下到了这步田地,前方就算有刀山火海,又哪能轻易放弃呢?章若瑾学着大哥的动作,紧紧地扒紧横档儿,试着往上爬了两格。章若甫用双腿死死地抵住防水门,使得防水门紧贴在船身上,无法晃动。

章若瑾艰难地爬了好几格,距离倒悬在船身外的章若甫越来越近。章若甫右手握住栅格,左手往下伸去,大喊着让妹妹抓紧。章若瑾微微仰起头,伸出手去,好不容易握住大哥伸过来的手掌,一时间悲喜交集,竟失声痛哭起来。

整个身子离开防水门后,章若瑾悬在空中,左晃右荡。章若甫感觉左臂霎时像是担起万斤重担,体力难以支撑。他单臂拉着妹妹,若是右手无法握牢栅格,接下来随时会和妹妹一起掉进大海。好在小后生死死地抓牢章若甫的右臂,如拔河一般,拼命地将他朝着甲板上拉扯。借着这股劲,章若甫左手拼命拉住妹妹,朝着甲板上方缓慢地移动。

小后生几乎耗尽所有力气，一张脸挣得通红，浑身大汗淋漓。费了九牛二虎之力，章若甫这才拉着章若瑾终于爬上甲板。一屁股坐在地上，章若甫整个身子瘫软下来，一丝一毫的气力也没有。

章若瑾一眼便看见平放在甲板上的那只赤红色褓褓。顾不上浑身精湿，她疾赶过去，抱住犹自在褓褓里哭闹的小雯，撕心裂肺地号啕大哭起来。

就在这时，章若甫朝着下方瞧了一眼。刚才大家站立的舱尾位置，这时已全部被浑浊的海水浸没。海面上不时有浪头卷起，激起一个又一个漩涡。数不清的落水者正在海面上苦苦挣扎。章若甫想起跌进大海里去的朱剑卿和阿力。纵目四望，哪有他们的身影？

船尾仍在继续倾斜，而且倾斜得越发严重。可以想见，要不了多久，汹涌的海水便会漫到二台格上面来。章若甫他们站立的地方，难逃与茫茫大海融为一体的命运。

章若瑾似乎没有察觉到危险的临近，兀自在那里哭个不停。章若甫正想过去劝慰几句，让大家赶紧往三台格上跑，没想到那个小后生又在一旁放声大哭起来。也许他是受了什么刺激，又或者受到章若瑾的感染。

"小兄弟，快别哭了！现在大家还没脱离危险，赶紧往上面逃吧！"章若甫使劲站起身，三步并作两步走过去，将蹲在甲板上掩面哭泣的小后生一把拉了起来。章若瑾闻言，将小雯抱在怀里，低声啜泣着，跟着站起身。

"我的几个兄弟都在底舱，没能逃出来，现在单单剩我一个人……"暂时脱离险境，小后生这才缓过神来，想想刚才发生的惊心动魄的一幕，不禁伤心欲绝。

"快点走吧！有什么话，待会儿到上面去再说！"章若甫不停地催促道。一行人这才朝着舱梯的方向小跑过去。四周几乎看不到几个人，耳边一阵乱哄哄的声音，明显是从上面两层甲板上传来的。

"大哥，刚才谢谢你们救了我。"小后生一边小跑着，一边低声说道，"可惜我在利群出版社的几个兄弟，估计凶多吉少了……"

"小兄弟，你这是说的什么话！"章若甫瞧了小后生一眼，"出门在外，大家互相帮助是应该的。如果不是你，我和妹妹哪里能够逃得出来？是我该向你说声谢谢呢。"

"你是利群出版社的编辑？"章若瑾抱着小雯，跑得有些气喘吁吁，"听说利群出版社前阵子已被查封掉，不少人给抓了起来。阿牛打工的杂货铺就在利群出版社旁边，前阵子他收工回家讲给我听的。"章若瑾这话像是对小后生说的，又好像是说给章若甫听的。

"这位大姐说的一点儿不错，利群出版社早就被国民党特务盯上了。好好的一家出版社，说查封就被查封了。"小后生说着，重重地叹了一口气。

一行人刚刚走到舱梯口，只听得身后传来哗哗的海水声。回头一看，二台格尾部已全部浸没在了无边无际的海水之中。此时大家犹如置身海岸边，时值涨潮之际，身后的潮水追着赶着，一浪接着一浪，铺天盖地朝着岸边的人流席卷而来。若是稍微迟疑一些，便会被无情的海浪卷走。

顺着舱梯，一行人赶急赶忙地爬到江亚轮三台格上。只见舱室里、船舷边、甲板上，到处是惊慌失措、密密麻麻、四处奔跑的人群。就在这时，章若甫和妹妹被人流冲散开去。一转头，那个小后生也没了踪影。

发现妹妹不见了，章若甫急得像个疯子，拼命地在人群里四处搜寻。眼看海水漫了过来，在潮水般的人群中，他发现了差一点儿被人流挤得跌倒在地的我。四周黑黢黢的，仅凭依稀的一丝光亮，章若甫从身形一眼认定我便是他的妹妹。来不及细辨，章若甫用他那双长满老茧的大手一把拉住我，拽着我拼命地朝露天甲板跑去。

依照时间来推算，章若甫和章若瑾失散，应该是钱士铭和我告别，跑回舱取包裹的时候。我突然想到，若是当时章若甫发现拉错了人，拉着的不是妹妹，他还会拽着我一路狂奔吗？

章若甫讲完这段经历后，我竟然傻乎乎地将这个问题抛给了他。其实，答案应该很简单。我和他非亲非故，如果他发现拉错了人，怎么可能会继续管我的死活呢？

"你这么问，让我怎么说呢？"海风刚烈而强劲地刮过，将章若甫的头发刮得如风中弱柳，四处起舞。他垂下头来，轻声叹了口气，"世间的很多事情原本就说不清、道不明。就像不是碰上黄牛，我就买不到票上不了船；不是碰上好心的搬运工，我也不会从货舱进入江亚轮。很多人的命运，不都是因为偶然而改变的吗？"

章若甫的这句话，听上去很有道理。我和钱士铭，不是同样因为一次偶然而开始，又因为一次偶然而结束的吗？很多事根本没办法去假设，来了就来了，不必问因，不必问果。

"你看，船上这么乱，人又这么多，你妹妹应该不会有事的，说不定她同样在四处找你呢。"瞧见章若甫沉默不语，若有所思，我再一次好心劝慰道。

"希望如此吧。除了船尾被海水淹没的十多间客舱，刚刚我在下面几乎找遍了所有地方，可是却没能找到妹妹。在露天甲板上找了大半天，同样一无所获。"章若甫转过头来，用深邃的目光看了我一眼，"希望你弟弟和我妹妹都能平平安安的。如果妹妹有个三长两短，我想我这辈子都不能安心。"

不知何时，一轮朗月躲进云层，天空更显黯淡。章若甫接着从家乡发来电报开始，谈起和妹妹一道登上江亚轮的经过。我坐在大铁墩上，侧过头，静静地听着。正如世界上没有两片完全相同的树叶一样，江亚轮上的每一名乘客，应该都有着一段不同寻常的故事。只可惜我没有办法将它们一一记录下来。一个又一个故事随着江亚轮的罹难者一起，淹没在碧波千顷之中。

"小姐，在这江亚轮上，除了弟弟和阿力，你还有其他亲人吗？"也许站得太久，身子已是疲乏不堪，章若甫讲完故事，干脆一屁股坐在离着大铁墩不到一米的甲板上，仰起头问道。

我轻轻摇了摇头，内心又是一阵揪痛。钱士铭，我的未婚夫，算是我的亲人吗？如果他将我视作亲人，又怎么会为了心安理得地穿上救生衣，诓骗我不会游泳？如果一切可以从头开始，我宁愿钱士铭在我生命里从来没有出现过。

"在这船上，我没有其他亲人了。"我淡淡地说道。

章若甫闻言，微微一怔，继而目光坚毅地冲我笑了笑，缓声说道："我从小在镇海乡下长大，家门前便是小河，乡亲们都说我像是《水浒》里的浪里白条。放心，我一定会想办法将你平安地带回宁波。"

章若甫看向我的眼神很是明澈，一阵暖意，瞬间涌上心头。我和眼前的这个男人不过萍水相逢，甚至我连他的名字都不知道，他竟然会给予我这样沉甸甸的承诺。无论如何，我不能自私到拖累别人。茫茫夜海之中，一个人想要逃出生天已非易事，更何况要带着一个像我一样的累赘呢？

"先生，谢谢你的好意。如果有可能，你自己想办法逃命去吧。我不会游泳，而且打小就怕水，我绝不能拖累你。"我向章若甫投去感激的目光，婉言谢绝了他的好意。

"小姐，你我虽然素不相识，但从你的衣着谈吐来看，一定是个知书识礼的现代女性。"章若甫的语气很坚定，"在一个文明的国度里，男人保护女人是天经地义的事情。我绝不是那种只顾着自己逃命的自私之徒。"

章若甫的这番话，竟像是说给钱士铭听的，令我顿时百脉俱开。这是坦坦荡荡的男人对此前素未谋面的弱女子的重于泰山的承诺。我想，这时钱士铭如果在场，不知道会不会有一丝一毫的羞愧？是否会在甲板上找条地缝钻进去？现在看起来，绅士只是华美的外表，骨子里，钱士铭是彻头彻尾的伪君子。

不知道什么时候，纪东老先生凄婉的箫声停了下来。我朝着那边张望过去，只见白萍正伏在他的怀中，身子剧烈地起伏着。纪东老先生轻轻地拍打着妻子的后背，喃喃低语，不知道在说些什么。面对死亡，又有多少人能像他们这般潇洒从容？

"小姐，是你？刚才你难道没有看见小舢板？为什么不上船去呢？"黄得佳突然出现在我的面前。发现坐在甲板上和我交谈的是个陌生男人，黄得佳有点儿意外，不由自主地扫视了章若甫几眼。

"你为什么没有上船去呢？"我反问了黄得佳一句。黄得佳明明可以利用指挥之便，堂而皇之地登上最后一趟小舢板，远离江亚轮而去。可他竟然和贵叔一样，选择留在这即将沉没的轮船之上，委实令我大跌眼镜。

"优先逃生的权利，应该属于儿童，以及像您一样的女性。"黄得佳的目光转向苍茫的海面，眼神有些忧郁，"可惜，您错过了机会。要不然，您是可以早一点儿离开这里的。"

"小姐，你在这里坐了这么久，难道没有看到前来搭救的小舢板吗？为什么不赶紧走呢？"章若甫不解地问道。

"如果我走了，哪有机会和你聊这么久的天呢？"我眼神飘忽地看了一眼黄得佳，最后将目光落定在章若甫身上，"和你聊天，这是今晚我深感开心的一件事。如果我走了，岂不是就要错过了吗？"

黄得佳笔直地站在那里，目光有些讶然。他完全听不懂我在说些什么。章若甫坐在甲板上，嘴角浮现出一抹笑意。虽然这笑意里夹杂着一丝苦涩。

纪东老先生的箫声再次响起，这次吹奏的是古曲《关山月》。低回悲怆的曲声，仿佛讲述着无尽的光阴故事。《关山月》原本是戍边将士在战马上吹奏的军乐，饱含着浓浓的思乡之情。听着听着，我不禁感动得快要落下泪来。

"快看！快看！一艘货船驶过来了！"顺着黄得佳喜出望外的叫喊声，我和章若甫同时抬眼看去。只见夜幕之下，一艘闪烁着灯火的货轮疾驶如飞，朝着江亚轮的方向驶来。

这是一艘木壳机帆船，看上去载重量约在二百吨。在载重量达三千多吨的江亚轮面前，这艘货轮实在渺小到不值一提。可是现在，这艘货轮的出现给大家带来的是重新点燃的生命之火。甲板上早已困倦不堪的人们纷纷激动得站起身，跑到围栏边，冲着货轮手舞足蹈起来。

第十一章

　　一九四八年十二月三十日，冬日难得的好天气。天空碧蓝碧蓝的，没有风，和煦的阳光像是女人的一双手，温柔地抚过大地。正是在这一天，张翰庭被授予上海市荣誉市民称号。自从上海开埠以来，还是开天辟地头一遭有人享受到这份殊荣。

　　下午四时，授奖仪式在上海市政府大礼堂举行。当我和葛妈一道赶到那里时，大礼堂外面已是围得人山人海。葛妈啧啧称叹，不住地说："这些天，这位'活菩萨'的事迹，真是传遍整个上海滩了哟！"

　　无论如何，我一定要亲眼见证这激动人心的时刻。二十多天前，张翰庭指挥着他的"金源利"号机帆船，在茫茫夜海里搭救起四百五十三名幸存者。要知道，整艘江亚轮上的幸存者不超过千人。这也就意味着，"金源利"搭救起将近一半的幸存者。在很多人眼里，张翰庭就是不折不扣的"活菩萨"。

　　虽说将我救上船的并不是"金源利"上的水手，但这并不能抑制我瞻仰张翰庭风采的渴望。在亲历江亚轮失事的整个过程中，只有"金源利"在张翰庭的有序指挥下，冒着极大的风险，尽着最大的努力，带给大家一丝实实在在的生的希望。

　　其实差一点儿，差一点儿我就可以和那四百多人一样，成为"金源利"上的一名幸存者。此后的若干年里，我一直在想，如果当初我能拥有这份幸运，那么我和章若甫的故事，会不会又是另一番结局？

　　父亲有位故交是上海市政府参议会议员。在他的周旋之下，我和葛妈悄悄地溜进大礼堂，在最后一排不起眼的地方找了两个位置，静静地坐了下来。

不多久，授奖仪式正式开始。从前排座位起身，伴着雷鸣般的掌声，张翰庭走上台来。年近七旬的他身材并不魁梧，戴一副金边眼镜，穿一袭藏青色中山装，慈眉善目，让人油然生出几分亲切感。张翰庭开口讲话，操着很浓的乡音。当时他讲了些什么，我已是记不大真切。只记得上海市市长吴国桢将一面绣着"瀛海慈航"字样的红缎锦旗送到张翰庭手上时，他止不住地握手致谢。

随后，吴国桢又将"荣誉市民"徽章亲手别在张翰庭胸前。对着众人，张翰庭深深地鞠上一躬。还有什么褒奖，比这更显无上荣光呢？坐在座位上，我和葛妈拼命地鼓起掌来。那热烈的气氛，至今仍恍若眼前。

后来读到这样一条掌故。民国初年，家乡浙江省太平县突发洪灾，一时饿殍遍野，哀鸿满地。张翰庭的老父亲奋力救灾，活人无数。临终之时，老人家遗言子孙，应以"救世救人"为本。张翰庭热心慈善，乐于助人，许是受到老父亲的感染。

那个皓月当空的初冬之夜，张翰庭指挥着"金源利"号机帆船，赶往黄岩运橘。黄岩地处浙江台州，是世界柑橘始祖地之一。据史书记载，早在三国时期，黄岩已开始种植柑橘。大唐盛世，黄岩蜜橘更是被朝廷选为贡品，驰名天下。

"金源利"原本定在当天上午从吴淞口启碇。偏巧前一天，张翰庭受到朋友邀请，约他次日中午出席一场宴会。盛情难却，张翰庭决定临时调整出发时间，改为下午启碇，连夜赶往黄岩。中午尚未席散，张翰庭便匆匆和友人告别，坐车赶到吴淞口。

算起来，"金源利"的启碇时间，比江亚轮稍早半个多钟头。当然，从船行速度来看，"金源利"远远及不上江亚轮。依照双方行驶轨迹来判断，江亚轮在途中应该曾和"金源利"擦肩而过。

晚饭时，张翰庭喝了点老酒，不觉有些微醺。这条水路，船上的水手们不知道走过多少遍，已是再熟悉不过。张翰庭和大家简单交代几句，无非是注意安全之类的老生常谈，随即便放心地回客舱睡觉去了。也不知睡了多久，正在睡梦之中的张翰庭突然感觉有人在轻轻叫唤自己："老爷，快醒醒，出大事了！"

张翰庭猛地一个激灵，借着煤油灯昏暗的光亮，睁眼一看，只见水手老戴正站在床头，神色慌张。张翰庭揉了揉惺忪睡眼，半坐起身，慢条斯理地问道："到底出了什么事，这般慌慌张张的？"

"前方一艘大船停在海面上，船上吵吵嚷嚷的，海面上还有不少人影，好像出什么大事了。"老戴语速很快，言简意赅地讲清楚原委。

"莫非碰上了传说里的江洋大盗？"张翰庭半信半疑，爬起身来，从桌上拿起手电筒，走出舱室。手电筒的光束远远地照过去，张翰庭不禁"唉呀"失声叫了出来。他深知大事不妙，那艘航船正是江亚轮！江亚轮快要沉了！

"快！调转船头，开过去救人！"张翰庭不假思索，当机立断，对舵工发号施令。"金源利"在波涛滚滚的海面上划出一道优美的弧线，朝着江亚轮的方向快速地驶了过去。

"老爷，不能再往前开了，太危险了！"老戴看着如一堵巨墙般停泊在海面之上的江亚轮，不住地小声提醒道。

张翰庭又何尝不知道这样做的严重后果。如果江亚轮继续下沉，那么引发的强大冲击波，虽及不上海啸，却足以让"金源利"面临灭顶之灾。可是，面对船头那么多摇臂呐喊的乘客，张翰庭又怎么能见死不救呢！

"开船！把船直靠过去！"张翰庭斩钉截铁地命令道。

"老爷，我看不如把船头的两只小舢板放过去救人吧。"老戴觉得就这么把船靠过去实在太过危险，不禁有点儿着急起来。

"小舢板能救多少人？放心，只要我们小心一点儿，不会有事的。"张翰庭紧盯着浸没在海水之中的江亚轮，双眉紧锁，目光很是坚毅。

不久之后的《申报》上刊登过一篇文章，题目是《奋勇救难，义侠可风》。依据这篇文章的描述，当时的情形大抵便是如此。只是当

"金源利"朝着江亚轮驶来的时候，我对这番情形一无所知。在我的视线里，"金源利"越驶越近，转眼便已近在咫尺。船上众人不禁发出一阵欢呼。

此时海水已开始上涨。后来我才知道，这是潮汐现象。海水在天体引潮力的作用之下，周而复始地涨涨落落。缓缓上涨的潮水，使大家感到格外的惊恐。沈达才船长说过，半夜十二点左右会有一次涨潮过程，到时候整个露天甲板很可能会全部被淹没。看来，这一幕快要上演了。

百米开外的地方，"金源利"在浪涛之中不停地围绕着江亚轮来回漂荡，时而驶至船头，时而驶过船尾。正值涨潮时分，一旦贸然靠近江亚轮，稍有不慎，"金源利"便会遭受池鱼之殃。很显然，这艘机帆船正在张翰庭的指挥下，伺机靠近江亚轮这个庞然大物。

众人目不转睛地盯着"金源利"，个个忐忑不安。蓦地，只见"金源利"在海面上打了一个旋，尖削的船头劈开一道水浪，迎着横亘在近前的江亚轮，呈"T"字状靠了过来。在两船相距不到两米的地方，"金源利"抛锚在了那里。

江亚轮的露天甲板尾部，此时已全部淹没于浩荡无涯的海水之中，船头如一条巨龙，傲然昂首，高出海面足有四五米。对停泊在近处的"金源利"来说，倾斜着的江亚轮犹如泰山压顶，具有极强的压迫感。眼瞅着"金源利"驶到面前，船上的人群蜂拥跑过去，他们绝不希望再次错过这难得的逃生机会。

随着波涛的翻滚流动，江亚轮和"金源利"的船身距离忽远忽近，时而不足一米，时而达三四米；加上又有两三米的高低落差，想要从从容容地跳上"金源利"，谈何易事？众人不禁一筹莫展，谁也不敢轻易尝试。大家清楚地知道，一旦不小心失足，便会坠入茫茫夜海。

"快，接住绳索！"老戴站在"金源利"船头，冲着江亚轮上的人群大声吼道。随后，几股粗粗的绳索从"金源利"上抛向江亚轮。贵叔站在船舷边，伸手接过一股绳索，牢牢地系在围栏上。黄得佳疾跑过去，帮着贵叔将另外几股绳索紧紧系定。如此一来，在绳索的牵引力下，"金源利"像是上了笼头的牲口，驯服了许多。

"大家不用怕，跟在我后面，往船上跳！"贵叔扯开嗓门，红着眼，朝众人喊道。时间已容不得耽搁。只见贵叔拉了拉系在围栏上的那几根绳索，确认捆绑得结结实实，这才凝心聚气，如立定跳远一般，朝着"金源利"纵身跃去。

依照贵叔整个身体在空中的弧度，完全可以不偏不倚地跳上"金源利"的船头。偏偏这时，一股巨浪突然打来。"金源利"被浪头猛地冲开，隔着江亚轮足足有三米多。众人不禁"啊"地失声叫了出来。在这惊恐的叫声里，贵叔一个猛子扎进巨浪之中，被漩涡卷走，消失得无影无踪。

众人不禁脸色大变，顿时静穆了许多。眼瞅着这揪心的一幕，我只觉得心头像是压着重若千斤的石头，郁闷到几乎透不过气来。死亡，原本是每个人必然走向的终点，可是，鲜活的生命如果就这般毫无征兆地戛然而止，没有亲人的泪水，少了朋友的送行，该是一件多么冷酷而残忍的事情！

浪头过后，"金源利"再次缓缓靠近江亚轮。终究敌不过逃生的渴望，两三个挤在前头的小伙子大着胆子，瞅准机会，纵身一跃，竟顺顺当当地跳上"金源利"船头。他们不禁轻舒一口气，欢呼雀跃起来。

如此一来，人群再次疯狂。众人前推后拥着跃跃欲试，唯恐落在人后。站在船舷边的好几个人还没有站定，后面的人流拥挤过来，竟将他们挤落进大海。章若甫见状，一个箭步冲过去，如平地惊雷，大吼一声："不要挤！大家不要挤！"黄得佳站在围栏边，同样急得直摆手，招呼大家维持好秩序。人群这才稍稍安定些。

随着潮来潮去，"金源利"在海面上仍是不住地摇晃。在这摇晃之间，"金源利"与江亚轮像是一对热恋中的情侣，前一秒还是亲密无间，后一秒已是分道扬镳。不少人瑟瑟缩缩地站在船舷边，眼瞅着"金源利"在海面上进进退退，绝不敢轻易尝试。毕竟不是谁都有那样的好运气。

也有不少人鼓足勇气，闭上眼睛，纵身跳过去。运气好一点儿的，侥幸成功着陆；欠了点运气的，不幸失足掉进大海，拼命挣扎着。"金源利"上的水手们忙不迭地朝着海面抛去绳索，落水者只要抓牢绳索，便会被拉到船上去。若是这时正巧有浪头打过来，落水者很可能便会被浪头无情地卷走。

朗月清晖之下，无垠的海水如不羁的怪兽，咆哮翻滚，清寒逼人。一对父子静静地站在船舷边，看上去没有一点儿跃跃欲试的念头。孩子紧紧地依偎在父亲的怀里，目光直直地盯着停泊在海面上的那艘机帆船。借着皎洁的月光看过去，这对父子不是吴老板和吴继超，又是谁呢？

没想到在这江亚轮上，我和吴老板父子还有重逢的机会。我朝着他们默默地走过去。吴老板一眼看见我，朝我礼节性地微笑着。这时我才发现，吴继超那双滴溜滚圆的眼睛瞪得大大的，眼神里透着不安与惶恐。这也难怪，很多大人尚且参不透眼前的生生死死，何况他才不过是五六岁的孩子。

"吴老板，对不起，我不该把孩子带到船上来的。"这句话，我在心里不知道说了多少遍。现在无论如何，我一定要当着吴老板的面，亲口说出来。只有这样，心里才会好受一些。如果不是我，吴继超根本不可能碰上这场大海难。他就像清晨那娇嫩的花苞，才刚刚保持绽放的姿态，如今却随时可能在暴风骤雨的摧残之下萎顿凋零。这一切，岂非都是我的错？

"小姐，怎么能这么说呢？"吴老板打断我的话头，"也许，这一切都是命中注定的，又怎么能怪您呢？"

"我刚才看到您太太带着女儿，上了一条小舢板，已经被搭救走了。想来，您和她们又走散了吧？"说话间，我瞧了吴老板一眼，只见他得知这个消息后，眼里闪烁着光芒。

"谢谢，谢谢您告诉我她们的下落！"吴老板说，江亚轮发生爆炸后，一家人从船舱里跑上甲板，结果满眼都是如潮水般的人流。吴夫人抱着女儿，吴老板牵着吴继超的手，挟裹在人流里，往前奔去。不想在拐角处，大家被一股人流冲散开去。心急如焚的吴老板在船上找了好久，也没发现吴夫人和吴继慧的踪迹，不免对她们的下落担心不已。如今得知她们已被搭救走，一颗心总算放了下来。

"娘和妹妹在哪里？我什么时候才能见到她们？"吴继超紧紧地抓牢吴老板的手，仰起脸来，怯怯地问道。

吴老板重重地长叹一口气，没有回答。或许，他根本不知道该怎么回答才好。

"您为什么不赶紧带着孩子跳到那艘船上去呢？"我指了指停泊在那里的"金源利"，"只要能跳上去，你们一家人很快就可以团圆了！"

"我跳上去恐怕没问题，可孩子这么小，让他怎么跳呢？"吴老板嘴角露出一抹苦涩的笑容，"如果跌进大海，孩子很可能马上就没命了。现在就算逃不出去，好歹我们父子俩还能待在一起。"

"小弟弟——"我蹲下身去，拉起吴继超低垂着的另一只手，勉强挤出一丝笑意，"不用怕！看，那么多大哥哥大姐姐都不怕，我们是勇敢的小男子汉，跟着爹爹一起跳到那艘船上去，好不好？"

我不忍心瞧着这对父子就这么束手待毙。如果依旧抱着生的欲念，无论如何应该尝试一下。还有什么结果，比最终葬身大海还要来得可怕呢？

"我怕，我怕——"吴继超将小手从我的掌心里抽走，吓得直往吴老板怀里钻，说话带着哭腔。就算是大人，要想跳上"金源利"，个个不免提心吊胆，现在让一个乳臭未干的小孩子有样学样，实在是有些为难到他。

"小姐，真的打心底里谢谢您。您不用管我们，赶紧自己逃命去吧。"吴老板爱怜地抚摸着吴继超浓密的头发，冲我苦笑着说道。这时，一只叫不出名的水鸟从天空掠过，发出几声怪叫，平添一抹凄凉。

"爹，看，那只小猫好可爱啊！"吴继超瞪大眼睛，像发现新大陆似的，视线投向不远处。顺着他的视线望过去，一只小猫正蜷缩在木箱后面。这不正是董老板三姨太怀里的那只波斯猫吗？瞧那可爱的模样，任凭什么人见过一眼便再也无法忘掉。

毕竟是孩子，吴继超这时竟破涕为笑，浑然忘却眼前的危险，丢开吴老板的手，朝着小猫跑了过去。跑到近前，蹲下身来，吴继超伸出小手，轻轻地抚摸着波斯猫如厚毯一般的皮毛。波斯猫眯着眼，一动不动，发出呼哧呼哧的喘息声，很享受的模样。

我站起身，朝四周望了望，没有看到董老板一家人，不知道他们有没有逃离江亚轮。面对这场空前绝后的大海难，很多人连家人尚且照应不暇，谁还会在意一只宠物猫的下落呢？

涨潮的速度是惊人的。短短十多分钟，"金源利"主甲板与江亚轮露天甲板已处于同一海平面。除了船头有限的一点儿空间外，江亚轮上的整个露天甲板已全部浸没于海水之中。

海水仍在不断上涨。船上的人群愈显疯狂，争着抢着往"金源利"上跳去。尽管被粗粗的缆绳拴着，可随着一波又一波海浪的冲击，"金源利"像是海面上的一叶浮萍，始终漂移不定。落水者发出的绝望哀号，一声接着一声，听得人毛骨悚然。

"小姑娘，你怎么还不走呢？"在纪东老先生的搀扶下，白萍走了过来，在我面前站定，目光很是温柔。

"我弟弟掉进大海里了，我一个人走，有什么意思？"此时的我已是万念俱灰，没有一丝一毫求生的欲念。不过，我倒是更加担心这对老夫妇的命运。看得出来，他们同样没有打算逃离江亚轮的意思。

"你年纪轻轻的，这又何必呢？弟弟掉进大海里，说不定被好心人救起来了呢！"白萍如水的目光在我身上抚摸着，"就算弟弟遭遇不测，生活还是得继续，又怎么能这么悲观呢？"

我现在的心情，眼前的这对老夫妇不可能理解。亲情、爱情、友情，这所有的感情重创叠加在一起，让我哪里还有逃生的勇气？假设是在乡村，我倒也大可不必轻生，在大山深处找一间无人居住的茅舍，逃避尘嚣也就罢了。可是现在，身处茫茫夜海，我纵使不想轻生，也实在没有逃生的勇气。何况，即便想要逃生，又岂是一件能够轻而易举实现的事情？只要往围栏边一站，望着烟波浩渺的海面，我便晕眩到不能自已，何况是要在这海面之上通过自己的努力，觅得一线生机呢？无论如何，我是不可能做到的。

"哎呀！你看——"纪东老先生急得叫了起来。顺着他的叫声看过去，只见此时"金源利"的主甲板已高出江亚轮。物体的运动总是相对的。随着海水的继续上涨，在浮力的作用之下，"金源利"不断水涨船高。与此同时，江亚轮露天甲板露出海面之上的空间越来越小。

那艘机帆船摇摇摆摆地停在那里，依旧没有离开的意思。尖削的船头如一柄利斧，正对着我们平行的视线。水手们不停地抛着绳索，将落水者拖拽上船。可是，对仍然留在江亚轮上的人们来说，若是想要跳上"金源利"，已是绝无可能。"金源利"高出江亚轮约有两米多，两船之间的距离又是忽远忽近，除非身怀武侠小说里的绝世武功，否则怎么可能跳得上去呢？

"看来，现在就是想要跳上船去，也已经迟了。"我朝着纪东老夫妇笑了笑。我知道，这笑容有些凄凉。

那只波斯猫不知道受了什么惊吓，一下子蹿了出去，转瞬便消失得无影无踪。吴继超失望地站起身，朝着吴老板走了过来。吴老板上前几步，牵住吴继超的手，眼神迷离地望着停泊在那里的"金源利"，面露愁容。

海水仍在不断上涨。露天甲板最前端像是海面之上的孤岛，正被汹涌的海水团团围住。要不了多久，这座孤岛便会被海水淹没。船头站着大约一两百人，个个畏葸不前，一筹莫展。此起彼伏的啼哭声再次响起。几个胆大的小伙子吓得抓紧桅杆，往顶端爬去。再怎么涨潮，海水总不至于漫到那么高的地方去吧。

"我想到一个方法！我先试试看，如果成功，大家就跟着我学！"黄得佳站在船舷边，冲着众人说道。随后，他迈腿跨到围栏外，双手握紧一股粗粗的绳索，整个身子悬空起来。只见他双手交替握牢绳索，费力地朝着看似高不可攀的"金源利"攀爬过去。

江亚轮上的人们个个凝神屏气，视线聚焦在黄得佳身上。短短五六米的距离，黄得佳足足用了两三分钟，手掌被绳索磨出血来。眼看已到"金源利"近前，不想，绳索系在江亚轮围栏上的一端突然松脱，在众人"啊——"的大叫声中，只见黄得佳的整个身子如同时钟的钟摆，顺着一道弧线，朝着海面重重地砸去。

幸亏黄得佳紧紧握牢绳索，没有松手，整个身子重重地撞上"金源利"尖削的船头，悬浮在海面之上，不再动弹。"金源利"上的水手们忙不迭地拉动绳索，七手八脚地将黄得佳拉上机帆船，随后抬进舱去。

眼瞅着这惊心动魄的一幕，众人个个吓得面如死灰。可不管怎么说，这毕竟是值得尝试的方法，虽说九死一生，总好过坐以待毙。好些人心头再次燃起希望之火。扣系在江亚轮围栏边的四五股绳索上，顿时都有了攀爬者。

要想顺利爬过去，绝不是件容易的事。如果臂力差一些，途中随时可能掉落大海。加之随着海水上涨，"金源利"仍在不断往上浮起，扣系住两船的绳索益发笔直，使得逃生难度越来越大。我便眼睁睁瞅着好几个人哀叫着失手跌进海里。当然，也有好些幸运者经受住考验，爬上了那艘机帆船。

海水渐渐漫溢过整个露天甲板。纵目四望，水天相连，无边无涯，波涛滚滚的海水仿佛正铺天盖地席卷而来。对船头的一百多位幸存者来说，这是生与死的临界时刻。前方便是死亡，死亡可以让恐惧、不甘、无奈，一切的一切归于沉寂。高贵也罢，贫穷也好，瞬间幻灭。

吴继超钻进吴老板怀里，陷入极大的恐惧之中。他微微仰起头，朝着吴老板低声唤道："爹爹，爹爹，我怕！"刚才都没有勇气逃生，现在面对这番情形，更是无计可施。唯一的办法，或许只有攀上桅杆，才能暂保没有性命之虞。可是这么小的孩子，怎么可能爬得上去呢？

"超儿，别怕！有爹爹在，什么也不用怕！"吴老板的眼神里透着无奈与凄凉。他俯下身，将吴继超紧紧地搂进怀里，轻轻地为他拭去眼角的泪花。我真是恨透了自己，当时为什么要多管闲事？可已是悔之晚矣，大错终已铸定。

"小姐，走，快跟我走！"我正呆怔在那里，章若甫冲了过来，一把拉住我，便往船舷边跑去。

"先生，你何必管我呢？赶紧自己走吧！"我奋力甩开章若甫的那双大手，站定在原地，神情落寞地冲着他说道。

"小姐，你这又是何必呢？再不走就真的来不及了！"章若甫停下脚步，明澈的眼神直直地投向我，语气有些急促，"我说过要将你带回宁波，我不可能食言。相信我，我一定会保护好你的。"

章若甫坚定的语气里充溢着一股强大的力量，让人不容置疑。我对他说的每一句话，没有一丝一毫的怀疑。可是我想不明白，大家不过萍水相逢，他为什么要冒这个险，搭救我的性命呢？

"先生，带着我只是累赘。我不会游泳，而且从小就怕水。带着我，可能会拖累到你的。"我站在那里，和章若甫明澈的眼神对视片刻，缓缓道出心头的困惑，"你我不过萍水相逢，你这又是何必呢？"

"在混乱的人群里，我单单拉住你的手，说明我们是有缘之人。"章若甫放慢语速，双眸里闪动着波光，"缘分这东西，有时候怎么说得清楚呢？反正现在，我只有一个想法，带着你离开江亚轮！"

"小姑娘，听这位先生的话吧。"白萍蹚着已漫至脚踝的海水，朝我们这边走过来，冲我微笑着说道。继而，她故作神秘地附在我耳边，低语道："我和老头子都看出来了，这个小伙子有点儿喜欢你呢。"

我顿时双颊羞到绯红，偷偷瞧了一眼章若甫，心房扑腾腾跳个不住，低下头来，不再言语。

"小姐，快跟这位先生走吧！"吴老板牵着吴继超的手，也朝我们走了过来，友善地冲我微笑着，"没有什么坎是迈不过去的，明天的太阳依然会升起。"

"可是，可是要是我走了，你们怎么办？"我突然觉得，如果这时候跟着章若甫一起走，就像是战场上的逃兵，实在是件羞耻的事情。我甚至可以想象，假如我侥幸得以逃生，海水很快便会将露天甲板全部淹没，那么现在的生离，转瞬，即是永久的死别。我心底那块最柔软的地方猛然被触碰，睫毛微微抖动，滴下几滴晶莹的眼泪。

"小姑娘，生死有命。如果有缘，我们终会等到再见的一天。"白萍轻轻握住我的手。掌心传来的是冰凉的寒意，可我却感受到伟大的母爱的温柔。

章若甫脱下已被海水浸得下半截湿透的军大衣，披在我身上："快点穿上它。一会儿如果发生意外，这件军大衣会帮助你浮在海面上。你一定会没事的。"

还能再说什么呢？我默默地穿上军大衣，含泪的视线扫视着在场的每一个人，最后，目光停留在被吴老板搂在怀里的吴继超身上。我蹚着水走过去，蹲下身来，轻轻抚摸着吴继超惨白的小脸蛋，哽咽着说道："姐姐跟着大哥哥先走了，如果有可能，一定要跟着爹爹逃出去，好不好？姐姐相信你，一定能够逃出去的！"

"姐姐，不要哭，我相信爹爹会有办法带我逃出去的。"吴继超伸出小手，替我抹去眼泪。看得出来，在他的心里，爹爹就是一座大山，一棵大树。都说母爱如水，父爱如山。父爱和母爱一样，同样如此伟大而无私。

我缓缓站起身，再次环视着众人。再见了！永别了！我可亲可敬的人们！彼此不过萍水相逢，可这一张张鲜活的面孔，却已然在我的生命中烙上深深的印记。在这场大海难面前，他们书写的爱与被爱的故事，无疑是照亮茫茫夜海的一抹灿然星辰。不争气的眼泪像是断线的珍珠，扑簌簌止不住地落下来。

"各自珍重，后会有期！"章若甫上前拉住我的手，冲着在场的众人颔首致意。在众人依依惜别的目光里，我随着章若甫，慢慢地朝着船舷处走去。一根根粗粗的绳索，犹如笔直的天梯，通往光明和希望。

站在绳索前，我心里害怕极了。纵使前方是地面铺满花瓣的天堂，若是必须通过这段悬空而设的天梯方可到达，于我来说，也是万无可能之事。更何况我素来怕水，面对眼前这无边无涯的大海，已是双腿绵软，头晕目眩起来，哪里还有勇气前行半步？

如果我一心想着逃离江亚轮，两个多钟头前完全可以乘坐茂利轮，潇潇洒洒地离开。如今拖延到现在，却要选择这样的一种方式逃亡，实在是件荒诞尴尬的事情。可转念想来，假使当初我乘坐茂利轮而去，那么也就没有了与章若甫之间的这段邂逅。对前途茫茫、生死未卜的人生来说，会不会又是另一种遗憾呢？

我扭过头去，看了一眼章若甫。他正神情关切地站在一旁，热烈的目光里充满着鼓励。这样的眼神极具感染力，让我浑身陡然充满无穷的泉源和力量。一瞬间，我的心弦被悄然拨动。我甚至在想，为什么要在这样的地点，通过这样的方式认识章若甫？如果能够早一点儿彼此熟悉，会不会发生一些浪漫的故事？

"小姐，快点像那个大叔一样往上爬！放心，我会保护你的。"章若甫指了指旁边一根绳索上正在奋力攀爬的中年男子，对着我说道。他镇定自若地站在那里，犹如军训场上的教官；而呆若木鸡的我，则是令他伤透脑筋的学员。

壮着胆子，我哆哆嗦嗦地伸出手去，抓住靠得最近的一根粗粗的绳索。绳索非常粗糙，硌得手生疼。章若甫见我抓定了绳索，于是轻轻地抱住我的双腿。我小心翼翼地交替着双手，在绳索上前移起来。高出江亚轮的"金源利"船身如一堵巨墙，杵在我的视线正前方。这短短五六米远的距离，在我看来，比从武康路跑到上海外滩还要艰难。

"小姐，握牢绳索，我要松手了！"章若甫小声提醒道。我凝神屏气，喉咙里"咕咚"了两下，不敢喊出声来，只是微微点了点头。章若甫双手松开，我觉得双臂顿时像是挑了千斤重担，陡然一沉，整个身子已悬在半空，心也随之提到嗓子眼。

多年以后，只要在景区见到观光缆车，我便会不由自主地想起当年的逃生场面。那一个个紧握绳索、悬在半空的逃生者，岂不正像极了往来穿梭的一只只缆车？缆车借助传动装置，轻轻松松地顺着滑轨来回移动。可我们呢？却只能依靠臂力，顺着绳索往前攀爬。现在想起来，我都不知道自己当时哪来的勇气，敢于去冒这个险。至少现在，我是无论如何不敢这样去做的。就像在游乐场，我从来不会去尝试过山车、海盗船。骨子里，我就不是个喜欢冒险的人。

“小姐，抓紧绳索，双手交替着往前挪动！”见我痴痴地悬在绳索上，章若甫不禁有些急了，站在船舷边大声喊道。

其实我非常清醒，凭着自己的臂力，想要攀爬到对面的机帆船上去，几乎是天方夜谭。可事已至此，除了死马当活马医，已是别无他法。我把眼一闭，将心一横，松开左手，往前抓去。待得左手抓牢绳索，身子便前移了十多厘米。可此时的右臂因为吃劲，已是酸胀到不行。我顾不上思考其他，松开右手，再次大着胆往前抓去。朝前移了还不到一米，我已是累得满头大汗。

“很好！非常好！坚持住，肯定没问题！”章若甫站在船舷边，不断地替我鼓劲。

就在我逐渐找到窍门，得心应手之时，越来越酸胀的双臂再也无法支撑着我完成这样的高难度动作。这时，只听身边传来啊的一声惨叫，旁边那位抓着绳索往上攀爬的大叔，失手跌落进大海。我眼前突然漆黑一片，双手随即一松，整个人重重地摔了下去。只剩下粗粗的绳索如弹簧一般，兀自有节奏地晃动着。

那一瞬间，我的头脑一片空白，但有一点我清醒地知道，我如花的生命即将结束在这茫茫夜海里了。

第十二章

海面犹如一张铁板。我重重地摔下去，浑身像是散了架，差不多要晕厥过去。

喝了两三口咸涩的海水，嗓子火辣辣的，整个身子随即浮在海面上。我这才想起，章若甫的军大衣正穿在我身上。厚实绵软的军大衣仿佛一件救生衣，让不谙水性的我竟能漂浮起来，尽管那姿势有些不堪和丑陋。

海水寒凉刺骨，我不禁打了个寒噤，不由自主地想起那件从特等舱舱壁上取下来的橙色救生衣。现在这件救生衣和他的主人钱士铭又在何处？是否像我一样，正如无根浮萍一般漂荡在这夜海之中？想来人生聚散无常，岂非正像那水中漂浮不定的浮萍？

"小姐——小姐——"突然，我感觉有一双温热的布满老茧的大手握住我的手掌。定睛一看，章若甫不知何时出现在我身边，轻声唤着我，满头满脸都是水珠。

"你，你怎么……"我呆愣在那里，一时竟不知道说些什么才好。莫非章若甫和我一样，攀爬那绳索时，失手掉进大海？

"我说过要保护你的。"章若甫将头浮出水面，冲我咧嘴笑了笑。真不知道在这样的情境下，他怎么还能笑得出来。

"你……你竟然跟着我跳了下来？"我的语气里满是不可思议。我和章若甫不过萍水相逢，我也只是将他当作生命中的过客而已。凭着他出色的军人素养，完全可以从从容容地攀过绳索，登上"金源利"。

有什么必要为了我，跳入这无边无际的大海呢？我实在想不出任何理由说服自己，哪怕是一丝一毫的理由。

"男子汉大丈夫，说过的话哪里能食言呢？"皎洁的月光下，章若甫的笑容是那么亲切，一如青梅竹马的邻家大哥哥那温暖的笑意。一阵暖流，冲破寒凉刺骨的海水，流淌进我周身的血液里。

"我们不过萍水相逢，这是何必呢？"紧紧握住章若甫温暖的手掌，我差一点儿感动得滴下泪来，"我不会游泳，我会成为你的拖累的。"

"就是因为你不会游泳，我才更加要保护好你。"章若甫扫视了一眼停泊在不远处的"金源利"，以不容商量的口吻说道，"看，那边有几根绳索，是船上的水手抛下来的。现在什么话也别说，先跟着我游过去。只要抓住绳索，水手会把我们拉上船去的。"

我轻轻点了点头。此时除了无条件服从章若甫的指挥，我还能做些什么呢？

那几根绳索就在十米开外，横七竖八地浮在海面上。几名落水者正死命地抓牢绳索，他们眼里满怀着对生的渴望。章若甫左手拉住我的手臂，右手有节奏地不停划动着，朝着绳索的方向奋力游去。章若甫说的一点儿没错，他的水性果然是极好的。

眼看越游越近，这时冷不防一个浪头打过来。在波峰浪谷之间，无助的我就这么被浪花翻卷着，远远地冲了出去。章若甫抓紧我的手没有松开。我想，如果从空中俯视，我们定然像是两片随波逐流的落叶，不知来处，莫问归途。

待到浪头过去，我勉强睁开被海浪拍得生疼的双眼，只见"金源利"远远地停在那里，看上去竟像是一只小舢板。海面上满是浮尸，看得人心惊肉跳。我知道，海浪已将我们冲到了不知道多远的地方。现在若是再想游向"金源利"，恐怕万无可能。

"你没事吧？"章若甫在一边不停地踩着水，关切地问道。

"没事。"我低声答道。在这茫茫夜海之中，只要能握住这双温热的手掌，前途纵有千难万险，似乎也能变成康庄大道。

"那艘船距离我们太远了，要想游过去，估计体力会支撑不住。"章若甫朝四下望了望，目光定格在不远处，"看，那里有块枕木！看样子是从船上折断摔下来的。现在别说话，跟着我游过去。只要能伏在枕木上，应该能在海上坚持一段时间。"

章若甫一手拉紧我，一手划着水，双足费力地蹬踏着，朝着那块在海面上漂浮不定的枕木游过去。游到近前，章若甫一把拽住枕木，我就势单手伏了上去，另一只手仍被章若甫牢牢地牵着。

"现在，现在你可以松手了吧。"我小声提醒道。刚才手牵着手，那是形势所迫，情非得已，被陌生男人就这样一直牵着手，我委实有些不好意思。

"你不会游泳，我若是松开手，实在太危险了。要是遇上巨浪，枕木随时可能被卷走。我握住你的手，至少安全一些。"章若甫单手伏在枕木上，一张英俊的脸庞和我靠得很近，彼此急促的气息声如朵朵白云，飘荡在眼前。

"谢谢！谢谢！"此时此刻，除了道谢，我简直不知道该如何表达我内心的感激之情。

"小姐，可以冒昧地问一下你的芳名吗？"章若甫紧盯着我的眼神有些炽热。直到这时候，我才想起来，我连他的名字都还不知道。

"我叫朱眉卿，眉毛的眉，卿卿我我的卿。你呢？"迎着章若甫的目光，我只觉得双颊火辣辣的。

"章若甫，文章的章，若无其事的若，杜甫的甫，现在空军第八大队服役。"说完姓名，章若甫自报起家门来。此时若非身处茫茫夜海之中，而是坐在武康路拐角处的那间咖啡馆里，从我们的对话听上去，竟像是一场相亲呢。

"章先生，没想到世界上还有像你这样的好人，我还是头一回碰到。"这句话乍听上去，有一丝恭维的意思，可实实在在是我的肺腑之言。

"朱小姐，你没必要说这些的。"章若甫热烈的目光直视着我的双眸，"我觉得咱俩是有缘之人，要不然在那么多人里面，为什么单单牵错了你的手呢？"

听了这句话，我只觉得心房再次扑腾腾跳个不停。章若甫话中是否另有深意，我无从判断。不过，我素来相信人与人之间的缘分。缘起缘灭，一如这潮来潮落，该来的终究会来，该走的也终究会走。就像我和钱士铭的缘分，不就在这场大海难里走到尽头了吗？

"朱小姐，你在想什么？"见我沉默不语，若有所思，章若甫不禁低声问道。

"没想什么。"我轻轻摇了摇头，随口应答道。

"有个问题，刚才在船上就想问你了。和你一起下到统舱的那个男青年，是什么人？是你男朋友吗？"章若甫嘴里哈出的热气，如袅袅升起的白雾，忽忽悠悠地撞到我的脸上来。

怪不得章若甫在船头问我船上还有没有其他亲人，原来他已留心到钱士铭的存在。这也难怪，当统舱里的那么多人向钱士铭行注目礼的时候，正站在那儿高谈阔论的章若甫，怎么可能没有注意到钱士铭的存在呢？

"是的，他是我男朋友。这次我就是跟着他回宁波订婚去的。"对章若甫，我没有必要隐瞒什么。我不忍诓骗眼前这个如此善良而真诚的男人。何况这是事实，凭谁也改变不了。

"这么说，你和他走散了？你知道他现在去了哪里吗？"章若甫的眼神里显出一丝落寞。尽管他想极力掩饰，仍然被我清清楚楚地看进眼里。

"我和老头子都看出来了，这个小伙子有点儿喜欢你呢。"白萍故作神秘说出的这句话，不禁回响在我的耳际。所谓当局者迷，旁观者清。白萍作为女人，她的第六感看来非常准确。其实，章若甫的绵绵情思，我又怎么会感受不到呢？

"不过，不过现在他也不能说是我的男朋友吧，或者说是前男友更合适一些。"从在俄亥俄州立大学的偶遇开始，我把关于钱士铭的故事，一五一十地告诉了章若甫。章若甫自始至终认真地听着，没有打断我的话头。

我伏在枕木上，不紧不慢地讲述着，心中已全然没有了恼怒和气愤，有的竟是一丝解脱与释然。在这样的一个月色皎洁的夜晚，我和钱士铭的故事应该画上了句号。那么，我和章若甫的故事呢？会不会从今夜才刚刚开始？

"后来，我在原地等了很久，也没见到他回来。再后来，你便牵住了我的手，拉着我拼命地朝前跑去。"讲完故事，我抬起头，仰望着漆黑的天幕。广袤的天幕犹如死神的袍袿，将水波荡漾的海面罩得严严实实。这种强烈的压抑感，令人无处逃避。

面对这场大海难，多少人和钱士铭一样，为了苟活于人世，将高贵的尊严践踏在脚底。他们纵使活了下来，余生不免面临灵魂的折磨，这是一件多么痛苦的事情！又或者，他们只是戴着面具的行尸走肉，压根没有高洁的灵魂。在他们心里，最爱的只有自己。

生命不仅只有长度，更有宽度。终有一天，他们也将走向生命的终点，接受着上帝公平的安排。到了那时，回首往事，一切该是多么的不堪！幸好，幸好还有上帝决定的这一公平安排。除了死亡，世间万物又有什么是永恒的呢？

"如果今后，我是说如果今后碰到他，你们还会重新开始吗？"章若甫轻声问道。我收回目光，只见他的眼神有些迷离，一滴滴水珠顺着睫毛、眼睑，沿着脸颊滚落下来。

我们还会开始吗？我想是不会了。我不可能把自己的一生托付给一个自私自利、薄情寡义的男人。其实，章若甫口中的"如果"根本不可能发生。且不说钱士铭能不能逃出这茫茫夜海，就看看眼下的我，如此狼狈地漂浮在寒凉的海水之中，大难不死已成为奢侈的语汇，又何谈别后重逢？

"你还是舍不得他？"见我没有应答，章若甫若有所失地追问了一句。

就在这时，只听得不远处传来轰隆隆的马达声。我们转头看去，只见"金源利"已调转船头，缓缓驶离江亚轮。和驶过来的时候相比，"金源利"吃水明显深了许多。看得出来，船上搭载的乘客数，已超过载荷的上限。"金源利"像是骄傲的将军，完成使命后光荣地凯旋，去迎接鲜花和掌声。

此起彼伏的哭喊声隐隐飘进耳朵里，听得人心痛欲裂。远远地朝着江亚轮望过去，海面之上，只剩下高高的桅杆、粗壮的烟囱和笔挺的灯柱歪斜在那里，漫涌的潮水已将船体全部淹没。晃晃悠悠的桅杆上攀爬着十多个人。谁也不知道，他们保持住这样的姿势，还能坚持多久。

依稀有几个身影，正如那傲岸的杨柳，挺立在漫溢的海水之中。如果我猜的不错，他们应该正踩踏在那些叫不出名字的机器上，与死神进行着最后的搏斗。

"金源利"越驶越远，马达声渐渐消失在海风之中。死亡来临前的深深绝望，再一次笼罩住海面。

海水仍在不断漫涨。在海风的吹拂之下，涌动的海水发出澎湃而激越的声响，似乎正在流泪呜咽，正在为江亚轮上的人们唱响一曲挽歌。

我无法计算出海水已将露天甲板淹没的高度，但我知道，如果海水再这样肆虐地漫涨下去，要不了多久，那些正苦苦挣扎、拼命与死神搏斗的人们，终将被无情的海水吞噬。

那些身影恍惚而模糊，看不真切。我不知道纪东老夫妇和吴老板父子是否在他们里面。我浑然忘却同样身处险境的自己，一心只是想着能有一艘航船赶紧驶来，然后载着他们离开这凶险之地。有那么一闪念，我甚至想到那只蓝眼睛的波斯猫。不知道小家伙有没有找到主人？有没有和主人一起逃离江亚轮？

"放心，我们会没事的，放心！"章若甫收回视线，语气坚定地冲着我说道。他紧握着我的手一直没松开，眼神里充满着对未来的渴望。

伏在枕木之上，我感觉体力正在一点点耗尽。双腿早已冻麻，失去知觉，整个身子仿佛待在冰窟里，全身如针刺一般剧痛，双唇不自觉地颤动起来。倘若再碰不到救援船只，我想我也坚持不了多久。一旦沉沉地睡过去，便不可能再醒过来。

"坚持住！千万不能睡过去！只要坚持住，就有获救的希望！"就在我的眼皮越来越重，渐渐要合上的时候，章若甫狠命地摇动着我的身子。

"谢谢你！"我气若游丝地说道，"是我……是我拖累了你。我就是个累赘，你不该……不该救我的！"

"你又何必这么说呢？我早说过，认识你是缘分。我想以后一直就这样陪在你身边，你愿意吗？"章若甫说着话时，喘息声越来越大。看得出来，他也是渐感体力不支。

听了章若甫的这句话，我差一点儿流下泪来。面对一个甘愿为了我舍弃生命的男人，我还有什么理由说不愿意呢？可是我无法确定，我们还会有以后吗？

"我娘有个心愿，希望能在有生之年抱上大孙子。现在，她老人家的这个心愿肯定无法实现了。"章若甫喃喃地说道，"我一直觉得来日方长，没想到有许多遗憾，一旦铸成，一辈子也无法弥补。如果有可能，如果来得及，你愿意和我一道回镇海老家，以我未婚妻的身份，见我娘最后一面吗？"

"我愿意——我愿意——"我不假思索地大声喊了出来，两行热泪瞬间夺眶而出。

"傻子，哭什么呢？相信我，我们一定能够逃出去的。我们正年轻，前方还有很长的路要走，还有美好的未来在等着我们。"章若甫松开伏在枕木上的那只手，轻轻地替我拭去眼泪。

听了章若甫的这番话，我更是止不住泪流满面。章若甫的手掌不再温热，抚过我的脸颊时，指尖有些僵硬，动作显得迟缓。我满头满脸挂满了水珠，连我自己也分辨不出，哪些是海水，哪些是泪水。

眼前的这个男人，有着如金子般可贵的灵魂。如果上苍能赐给我一次重新选择爱情的机会，我一定会为他穿上圣洁的婚纱，和他携手走进婚姻殿堂。

"你不会嫌弃我吗？我家里很穷，担心配不上你。"章若甫深情地凝视着我的双眸，低声说道。

我陡然想起父亲不止一次提到过的"门当户对"这句话。以前我一直认为这句话很有一番道理。可是现在，我觉得"门当户对"这四个字简直就是扯淡。只要两个真正彼此相爱的人在一起，又何必管它是不是门当户对呢？那些所谓门当户对的爱情，就像我和钱士铭一样，有多少能真正经受住考验？

"应该是我，是我担心配不上你。"我费力地仰起头，对视着章若甫炽热的眼神，"毕竟，我是一个被爱情伤害过的可怜人。"

"不要这么说，那不是你的错。"章若甫打断我的话头，嘴角弯弯勾起，"我想，如果老娘临终前能见上你一面，她应该可以含笑九泉了。娘一辈子都在做善事，结善缘，她最是希望将来的儿媳妇是个心善的姑娘。娘见到你，肯定非常开心。"

"放心，只要我们能够逃出去，我一定会跟着你回去的。只是我好怕，好怕我会葬身在这茫茫大海里。"我的呼吸声越来越急促，声音也越来越低，仿佛海底正有一股强大的吸力，拼命地将我拉扯进黑洞般的万丈深渊。

江亚轮不断下沉之时，万念俱灰的我已失去了生的欲念。可是现在，和章若甫聊了这么久，我心中燃起对于生的无穷渴望。属于我们的美好人生才刚刚开始，怎么能就此被无情地扼杀呢？

"眉卿，差点忘了，有样东西要送给你。"章若甫说着，艰难地腾出伏在枕木上的那只手，伸进海水中，在我上身套着的军大衣口袋里摸索了一阵，然后小心翼翼地取出一枚戒指，递到我眼前，"这是我家祖传的象牙戒指。娘把戒指交给我的时候，郑重地对我说，以后喜欢哪个姑娘，就把这枚戒指送给她。"

象牙戒指玲珑剔透，洁白无瑕，在月光的映照下，隐隐闪着银光。章若甫轻轻抬起我早已冻僵的右手，替我将象牙戒指戴在中指上。我艰难地将手掌蜷起来，紧紧地握住章若甫寒凉的大手。

不争气的眼泪再一次止不住地汪洋纵横。我多么希望时光就此静止！多么希望此刻成为永恒！

这时，海面上晃晃悠悠漂浮过来一件管状物体，远远地看不真切。伴随涌动的潮水，那物体离我们越来越近。定睛一瞧，竟然是一管洞箫！这是纪东老先生吹奏的洞箫吗？我不敢确定。一颗心猛地往下一沉，顿时想起"人琴俱亡"这个成语。

艰难地扭过头，朝着江亚轮放眼望去，除了极少的幸存者抱紧桅杆，依旧在那里招手呼救，整个露天甲板已全部没入广袤无垠的海水之中，船头那一个个恍惚而模糊的身影，消失得无影无踪。如果这是一部有声电影，那么很快，银幕上就会打上"剧终"这两个字。

"听我说，坚持住，一定要坚持住，会有人来救我们的！我向你保证，未来的岁月里，我会让你成为全天下最幸福的女人！"章若甫一字一顿地说道。他那痴情的眼神，如同一张大网，将我牢牢地捆缚住。

我感动到不能自已，哭得稀里哗啦。但可怕的是，随着时间的流逝，全身越来越麻木僵冷，大脑逐渐陷入空白，意识逐渐模糊起来……我不知道在海水中浸泡了多久。我想，幸亏是穿了那件绵软的军大衣，加之又伏在枕木上，这才坚持到现在。可是，我真的坚持不下去了。

"对不起，若甫，我想睡觉了。可能，永远也醒不过来了。"对于自己目前的状况，我再了解不过。几乎是耗尽最后一点儿气力，我对着章若甫喃喃低语道。我发自心底地喊出了章若甫的名字，我只能以这样的方式，和章若甫作最后的道别。

"眉卿，眉卿！保持清醒，一定要保持住清醒！千万不要睡过去！"章若甫的低唤声，声声传入我的耳际，可眼睑像是被灌了铅一般，再也无法支撑住，重重地合了起来。我已疲惫不堪，必须要好好地睡上一觉了。

"眉卿，我给你唱首歌吧！"章若甫说着，轻声低唱起来。章若甫的嗓音很轻柔，倏然间虏获住我越飘越远的神思。和董燕在豪华餐厅里选择的那首歌一样，章若甫清唱的也是红遍上海滩的流行乐曲："浮云散，明月照人来，团圆美满今朝醉。清浅池塘，鸳鸯戏水，红裳翠盖，并蒂莲开……"

"船！有船来了！"唱了没几句，章若甫突然激动得大声喊叫起来。我勉强微微睁开眼，只见远处果然有一艘大船乘风破浪，朝这边驶了过来。高高耸立的烟囱里飘荡出的白烟，如一道利刃，刺破漆黑孤清的天幕。瞧这艘大船的吨位，和江亚轮不相上下。

后来我才知道，这艘大船正是每天和江亚轮在沪甬两地对开的姊妹轮——江静轮。这一趟江静轮由宁波开往上海。行驶途中，江静轮突然接收到由茂利轮代为拍送出去的求救信号，得知江亚轮出事了，江静轮赶紧开足马力，朝着失事海域风驰电掣而来。

驶近里铜沙海域后，江静轮上的水手们迅速放下两三只小舢板，向着全部淹没在海水中的江亚轮划过去。那十来个抱定桅杆、苦苦挣扎几个小时的幸存者，终于等来"挪亚方舟"，被成功救了下来。劫后余生，痛哭声响成一片。

"还有人吗？还有人吗？"小舢板上的水手们拿着手电筒，强烈的光束射向眼前的这片海域，不停地大声问话。伴着江风，问话声传出去很远很远。可是除了获救者的啼哭声，四周如死一般沉寂，无人应答。

水手们没有放弃努力，他们不停地划动着小舢板，借助手电筒的光亮，在附近仔仔细细地搜寻着幸存者。海面上漂荡着的浮尸里，偶尔还有几个尚未完全僵死过去的落水者。水手们费力地将他们拉上小舢板，送到江静轮上去。

"这边有人！这边有人！"章若甫扯开嗓门，冲着最近的一只小舢板大声喊道。可此时的他已是浑身绵软，那微弱嘶哑的声音，哪里能够传到水手的耳朵里去呢？

这可能真的是最后的求生机会了。章若甫伏在枕木上，拽着我的胳膊，双足不停地蹬踏着，朝着小舢板的方向，拼命地游过去。

"若甫，放开我吧！我会拖累你的。"我再一次用乞求的语气，对着章若甫说道。我只觉得身子越来越沉，如果这样下去，很可能我们俩都会葬身在这大海之中。

"到了现在，我怎么可能丢开你呢？"章若甫停了下来，大口喘着粗气，"再坚持一会儿，看，我们离那只小船已经不远了。"

的确，其中一只小舢板正在距离我们不算太远的海面上晃晃悠悠。可是，章若甫游得越来越慢，体力已逐渐支持不住。就在此时，那道强烈的手电筒光束照向了我们。在这一刻，我知道，我们苦尽甘来，终于获救了。

"看，那边有人！"隐隐约约间，我听见小舢板上有水手兴奋地喊叫起来，"快，快过去救人！"

水手划动着小舢板，朝着我们飞驰过来。我的心头正燃起希望之火，突然眼前一片漆黑，接下来就什么也不知道了……

"小姐，你终于醒了，真是太好了！"当我再次睁开眼时，发现自己已穿着干净的睡衣，盖着棉被，躺在一间宽敞的客舱里。两名女服务员笑盈盈地站在床头，冲着我轻声说道。

"小玲，快把姜汤端过来！"见我苏醒，一名年龄大一点儿的服务员吩咐道。小玲端起桌上热气腾腾的姜汤，笑着递到我面前："快点把这碗姜汤喝了吧，可以御御寒气。"

我虚脱无力地半坐起身，感觉整个身子散架似的，处处关节隐隐作痛。我机械地端过碗，神情恍恍惚惚，像是做了一场噩梦。两口姜汤落胃，身子暖和起来，我突然想起章若甫，急急地问道："这是在船上吗？和我一起掉进大海的那位先生，他被救起来了吗？"

"是的，您这是在江静轮上。那位先生的情况，我们并不清楚。"小玲从我手里接过碗，眼神里流露出几分怜悯，"阿福把您救上来的时候，您已经僵死过去。大副让我们带着您到客舱，替您换掉湿衣服，等醒了赶紧让您喝姜汤。至于其他情况，我们就不知道了。"

"阿福，阿福他人在哪里？"我急得快要哭出来。章若甫，原本只是我生命中萍水相逢的一个过客，可是现在，他已在我的心房占据着最为重要的位置。我低头看了一眼，那枚洁白无瑕的象牙戒指完好无损地戴在右手中指上。几滴晶莹的泪花，一滴一滴落在象牙戒指上。

我默默地祈祷着，祈祷着章若甫正躺在江静轮某一间客舱的床上。我会毫不犹豫地跟着他回宁波。我想，经历过这番生死劫难，迎接我们的一定会是光明而美好的未来。

"小姐，您别急，我去喊阿福过来。"那名年龄大一点儿的服务员说着，转身走了出去。我转头朝向舷窗，只见漆黑的夜幕下，海面上闪烁着点点星火，江静轮正在匀速地行进着。显然，江静轮已离开失事海域，正驶向这趟航班的目的地——上海滩十六铺码头。

从在十六铺码头登上江亚轮开始的那一幕幕场景，如慢镜头般在我眼前一一闪现。欢喜也好，痛苦也罢，我多么希望刚刚只是做了一场梦。梦醒之后，所有爱我的人和我爱的人都能安然无恙。

过了小半刻工夫，一个愣头愣脑的年轻人推门走了进来。"阿福来了！"小玲将年轻人让到床边。原来，他就是阿福，正是他将我从潦原浸天的大海里救上船来。

可是，阿福给我带来的却是犹如晴天霹雳的噩耗。"我划着小舢板靠过去的时候，看到有位先生和您正伏在一块枕木上……"随着阿福一字一句的描述，这段在我记忆里毫无印迹的时刻，历历如在眼前。我的心一次次被揪紧，窒息到无法呼吸。

阿福说，他将小舢板摇到近前时，只见那位先生拼命地挥着手，焦急地喊道："快，快把这位小姐拉上去，她快支撑不住了！"

阿福和水手阿权一起，伸出手来，拉住我的胳膊，将已昏死过去的我奋力地拉上小舢板。随后，他转过身，想要去拉章若甫。不想这时一个浪头猛地打了过来，小舢板剧烈地左右摇晃起来。若不是阿福经验丰富，拼命地摇动双桨使小舢板保持住平衡，小舢板将会被浪头掀个底朝天。浪头过去，阿福再放眼一看，只剩下那块枕木在不远处荡荡悠悠，章若甫已不见了踪影。

"后来，我拿着手电筒，在附近又找了好久，可是再也没能找到那位先生。可能，可能他已经……"说到这里，阿福欲言又止，没有继续说下去。我明白阿福话里的意思，早已泪眼涟涟。是我，真的是我拖累到了他！

"阿福，我想求你一件事。能不能给我一只小舢板，我想划回去。

说不定，说不定还能找到他。就算找不到他，好歹也要找到他的尸体……"我双手掩面，泣不成声。

"小姐，您这是何必呢！"阿福站在那里，笨嘴笨舌地劝说道，"现在我们距离里铜沙已有几十里的水路，您一个姑娘家，怎么可能划得回去呢？"

"是我，是我拖累了他。他水性那么好，如果不是为了救我，是不可能出事的。"我陷入深深的自责，喃喃自语道，"如今他出了事，我怎么能独自活下去呢？"

听我这么一说，阿福更加慌乱起来，忙不迭地劝道："小姐，您可千万不要这么想。您这是大难不死，必有后福啊！"

倒是旁边小玲的一句话，说到我的心坎里："小姐，我想，您的命既然是那位先生救下来的，那么您就更应该坚强地活下去。因为您的命不单单属于您自己，也属于那位先生。您只有勇敢地活下去，才对得起那位先生。您想想看，是不是这个道理？"

听了这句话，我更是号啕痛哭起来。小玲的话一点儿也不错，章若甫为了我，甘愿舍弃生命。为了他，为了他用生命换来的我的新生，我难道不应该好好地活下去吗？

"衣服呢？我的衣服呢？"我突然想起那件厚实绵软的军大衣。那是章若甫给我穿上的。除了象牙戒指，章若甫留给我的念想就只有这件军大衣了。我可能已经永远失去了章若甫。无论如何，留存着章若甫气息的所有东西，我一件也不能失去。

"衣服我们都洗干净，晾在了甲板上。您先睡一觉，明天一早船到十六铺码头，衣服肯定就吹干了。"小玲轻轻托住我的后背，示意我平躺进被窝。我乖乖地躺了下来。小玲替我掖了掖被头，随后道声晚安，和阿福悄悄地退了出去。走出房门时，小玲随手关掉舱内的白炽灯。

四周顿时漆黑一片。闭上眼，刚才发生的那一幕幕惊心动魄的场景，依旧令我陷入深深的恐惧。经历这场生死劫难，我早已身心俱疲，犹如生了一场重病，连胡思乱想的力气都没有了。不一会儿，我便沉沉地睡了过去。

第十三章

　　戴着那枚洁白无瑕的象牙戒指，穿着那身厚实绵软的军大衣，似乎能感应到章若甫的气息。当我随着江静轮如潮的客流，失魂落魄地回到十六铺码头上时，已是十二月四日清晨。

　　江亚轮出事的消息，早已插上翅膀，传遍上海滩。十六铺码头上聚集着不少遇难者家属，当然也少不了喜欢凑热闹的看客。后来我才知道，出于安全考虑，载有大批江亚轮幸存者的"金源利"、茂利轮等几艘轮船，停泊地点被移至靠近十六铺码头的三号码头。那里可以用人山人海来形容，到处哀号一片。相形之下，十六铺码头倒要安静许多。

　　若是以往，阿力必定会驾驶着那辆"庞蒂克"老式轿车，出现在十六铺码头上。霸气的"庞蒂克"往那儿一停，格外惹眼。看到我的身影，阿力便会迎上前来，从我手中接过行李，娴熟地拉开车门。随后，"庞蒂克"发出巨大的引擎声，沿着林荫大道，朝武康路风驰电掣而去。我早已习惯了如此的礼遇，似乎理所当然地必须享受这样的服务。可是现在，"庞蒂克"没有出现在我的视线里，曾经熟悉的场景恍若昨日。

　　若是算上阿力，和我一道登上江亚轮的共有四个人。如今朱剑卿、阿力，包括钱士铭，个个生死未卜，只剩下我孤零零一个人，好不凄惶。岂非正应了古人所说的那句"何事同去不同归"？

　　我不清楚爹娘是否知道江亚轮失事的消息。我想，如果知道消息，他们一定会心急火燎地赶到码头上来的。一双儿女都在江亚轮上，他们真不知道该要如何揪心呢！可是眼前的人流如潮水一般，就算爹娘真在码头上，我又哪能轻易看见呢？

我顺着人流，面无表情地朝前走着。码头外的街道上停着好多辆黄包车。看来，我只能先坐黄包车回家再说了。我朝那一排黄包车瞧了两眼，只见其中有个车夫长着一张国字脸，看上去有些面熟，一时却又想不起来在哪儿见过。

"武康路，去不去？"我坐上那辆黄包车，冲着车夫说道。

"去，当然去。"车夫回过头瞧了我一眼，颇为讶然地问道，"你……你是不是昨天坐我黄包车的那位小姐？你从江亚轮上逃出来了？"

车夫的目光有些惊愕，好像在看什么怪物似的。我猛然想起，他竟然就是将我和钱士铭从武康路拉到十六铺码头的那个车夫！真是人生何处不相逢！我朝车夫微微点了点头，实在不想多说什么。

"和你一起坐车的那位先生呢？他逃出来没有？"车夫没有一点儿眉眼高低，兀自在那里喋喋不休。我不耐烦地挥挥手，说了声"车资照旧"，示意他赶紧拉车。车夫这才住了嘴。黄包车就地转个圈，朝着武康路的方向而去。

过了雁荡路口，我轻轻地将象牙戒指从中指上取下来，放在嘴边亲吻了几下，然后揣进军大衣口袋里。和章若甫的这次邂逅，虽说只是惊鸿一瞥，却注定是我这一辈子内心深处无法抹去的回忆。我不希望家人没完没了地追问象牙戒指的来历。我暂时还没有打算和别人，包括爹娘，分享这段故事。

黄包车停在武康路朱寓门口。下了车，我才想起身上没有现金。我让车夫在门口稍待片刻，转身便朝那扇朱漆大门走去。门半掩着，轻轻推开门，只见两只黄鹂鸟正歇脚在太湖石上，欢快地唧唧啾啾。葛妈搬张木杌，坐在前厅的屋廊下，眯眼打着瞌睡。眼前的一切是多么熟悉，可此时竟突然有了久别重逢之感。

"小姐！小姐回来了！"听见大门的响动声，葛妈抬起头来。见到痴痴站在门口的我，葛妈随即站起身，激动地大喊着，朝我跑了过来。跑到跟前，葛妈拉扯着那件厚实绵软的军大衣，左看右看，眼里竟滚下泪来。

"葛妈，赶紧拿些零钱，黄包车夫还在外面等着呢。"我来不及和葛妈细说些什么，让她先把车夫给打发掉再说。

葛妈抹了抹红通通的眼睛，忙不迭地说"好，好"。随后她走进前厅，拿来一沓金圆券。葛妈从门外回来的时候，我依旧呆愣愣地立在原地。整个院落静悄悄的，没有一点儿声响，似乎没有人留意到我这个不速之客的到来。

"二少爷呢？二少爷是不是跟着你们上船去了？"葛妈见回来的只有我一个人，不禁满腹狐疑起来，"还有钱少爷呢？怎么没见钱少爷一起回来？"

"爹、娘在哪儿？"我有气无力地问道。那是一场噩梦，我实在不想再去回忆。现在我只想扑进爹娘的怀里，放声大哭一场，痛痛快快地、肆无忌惮地大哭一场。

"丁叔陪着老爷、夫人还有二夫人，一同到十六铺码头打探消息去了。你没碰着他们吗？"葛妈一边说着，一边喊来一个小伙计，让他赶紧到十六铺码头去，将小姐回家的消息告诉老爷他们。小伙计答应一声，风风火火地跑了出去。

"要不要喝碗红枣汤，压压惊？"瞧见我神色十分憔悴，葛妈心疼地问道。

我轻轻摇了摇头，朝着前厅走去，不想身子一软，差一点儿跌倒。葛妈紧赶几步，一把搀扶住我。我感激地看了一眼葛妈，只见葛妈的眼角噙满泪水。

出了前厅，走过穿廊，我和葛妈谁也没有说话。葛妈扶着我，朝着我的闺房慢慢走去。来到院子里，只见晨曦之后，满院的白鹃梅郁郁葱葱，生机勃勃。过往的点点滴滴，一时间百感交集，涌上心头。我不禁扑簌簌落下泪来。

葛妈扶着我进了房。我脱去外面罩着的军大衣，露出里面的那件缎子旗袍。在海水里浸泡太久，旗袍原本的猩红色已然褪去，泛成不均匀的水红色。看着这件惨不忍睹的旗袍，我心中一阵刺痛。我将旗袍随手一团，交给葛妈，低声说道："以后不能穿了，还是扔了吧。"

葛妈服侍我上床睡下，然后拿着旗袍，走了出去。刚睡下之时，我感觉头脑里如电影片段一般，不停地闪现着那些令人毛骨悚然的画面。可是很快，身体疲乏的我便昏昏沉沉地睡了过去。

"眉卿——眉卿——"也不知睡了多久，只听有人在轻声低唤我。我睁眼一瞧，只见母亲坐在床头，眼睛肿得如水蜜桃一般。父亲和二娘站在母亲的身后，大家的目光齐刷刷地投射在我身上。

"娘——"我猛地掀开被褥，坐起身，扑进母亲的怀里，号啕大哭起来。多少的委屈，多少的痛苦，多少的不堪，多少的无奈，如翻江倒海般，一股脑儿地发泄了出来。母亲爱怜地抚摸着我的后背，轻声说道："不要哭，孩子，不要哭，一切都过去了，都过去了……"

父亲站在一旁，心疼得也在不停地劝慰道："眉卿，我的孩子，回来就好，回来就好。不要再哭了，当心哭坏了身子……"

我抬起泪眼，环视着床边的每一个人。每个人的脸上都写满了悲戚。二娘嘴角翕动了几下，欲言又止。我心痛得垂下头去。我知道，大家都想从我这里找到他们迫切想要知道的答案。可是没有一个人将那个残忍的问题抛给我。看见我这副痛苦不堪的模样，他们怎么忍心雪上加霜呢？

"小姐，二少爷呢？钱少爷呢？他们怎么没有跟着你一起回来？"倒是丁叔首先向我抛来了这个残忍的问题。我知道，这是一个无法回避的问题。纵使不想面对，迟早也得去面对。

我抬起脸，双颊挂满泪痕。二娘身子微微发颤，双眼红通通的，看得出来，她正竭力控制着自己的情绪。和二娘的目光对视了一眼，我赶紧转过头去，不敢再对视下去。我无法想象，如果爹、娘、二娘知道朱剑卿可能遭遇不测的消息，该是怎样的伤心欲绝？我该怎么把真相说出口呢？

"孩子，怎么不说话呢？不管什么情况，你好歹说句话啊！"母亲紧紧地将我搂进怀里，含泪的双眼凝视着我，目光里充满爱怜，饱含希望。

我再一次放声大哭起来。我怎么忍心讲出残酷的事实？我怎么忍心浇灭大家心头的希望之火？又或者，我仍心存一丝侥幸，海难现场出现过那么多只小舢板，朱剑卿说不定已被好心的水手救起。说不定，几分钟之后，他就会像以前一样，神气活现地出现在大门口。

"小姐！小姐！钱少爷回来了！钱少爷回来了！"葛妈推开房门，急匆匆地跑了进来。满屋子的目光都投向房门处，连我都停止住哭泣。

只见钱士铭跟在葛妈身后，衣衫不整、失魂落魄地走了进来，全然没有了昔日的神采奕奕、风度翩翩。钱士铭的手里抱着一只包裹。我一眼认出，这并不是他临出门时挽在臂间的蓝布碎花褡裢，而是那只绣着鸳鸯交颈图案的赤红色的褡裢。这只褡裢，我在江亚轮底舱见到过。章若瑾当时对我说，褡裢上面的图案是她的老母亲一针一线绣上去的。现在这只褡裢，怎么会在钱士铭的手里呢？我顿时一头雾水，丈二和尚摸不着头脑。

"眉卿，你没事，你真的没事，真是太好了！"钱士铭将褡裢丢在贵妃椅上，兴奋地跑到我的床边来，"真是菩萨保佑，现在一切都过去了，一切都过去了！"

我一言不发，神情漠然地盯着钱士铭。这一刻，我感觉他就像是个好莱坞的大牌演员。不，说大牌演员实在抬举他了，应该说像是上海大世界的杂技小丑。一切都过去了？那些在江亚轮上发生的撕心裂肺的事情，就这么轻易地翻了篇？

"眉卿，你这是……是不是生病了？"见我脸色不大好看，一言不发地靠在母亲怀里，钱士铭有些慌张起来。他回头冲着葛妈问道："有没有给小姐请个大夫瞧瞧？"

葛妈摇了摇头。钱士铭连忙说道："那还不赶紧去请！去请最好的大夫！小姐看起来气色不大好，会不会是生病了？"

"葛妈！"我从母亲怀里半坐起身，斜倚在床头的靠枕上，叫住正准备出门的葛妈，"我没事，不用请大夫。现在我只想一个人静一静，你们都出去吧。"

　　母亲轻轻叹了口气，站起身，朝父亲、二娘努了努嘴。二娘一句话也没有说，抹了抹泪，和丁叔、葛妈一起，跟在父亲、母亲身后，走出我的闺房。葛妈轻轻关上房门，将钱士铭留在了屋里。

　　顿时，屋里的气氛有些压抑。他们不知道我此刻最不想见到的人就是钱士铭。如果知道，我想他们一定不会将钱士铭单独留下来。

　　"眉卿，能见到你真是太好了！我还以为，这辈子再也见不到你了呢！"钱士铭一屁股坐在床边的木凳上，轻轻牵住我的手，竟有些哽咽起来。

　　我冷冷地看了钱士铭一眼，缓缓地将手抽开，侧躺下身去，拉好被褥，将冰冷的脊背对着他。此时此刻，我从钱士铭身上读到的只有虚伪和自私。从今往后，我再也不想见到他，哪怕只是一眼。

　　"眉卿，你这是在怪我吗？你不知道，当我跑回去找到包裹，然后再返回原地的时候，一时间没发现你，我有多着急！一大早从三号码头下船之后，我在一趟又一趟搜救船上拼命找寻你的身影，我简直快要急疯了！"钱士铭俯下身，贴近我耳边，轻声说道，"我这才知道，你对我有多么重要！我始终都找不到你，我以为今生再也见不到你了。后来，我抱着最后一点儿希望，想你会不会已经回了家。真没想到，我们竟然真的重逢了！"

　　钱士铭仿佛自言自语，说着说着竟小声抽泣起来。我一直没有搭腔。面对眼前这个虚伪而自私的男人，我还有什么好说的呢？

　　"眉卿，你是在埋怨我没有及时回头去找你吗？你不知道当时的情形有多危急。"钱士铭以为我因为这件事在生他的气，不停地努力辩解。虽然不想再和他说些什么，但我还是很想知道，他后来究竟跑去了哪里，又是怎么从江亚轮上逃回来的。还有，那只赤红色的褓褓，为什么会出现在他的身边。

　　钱士铭说，当他折回身，心急火燎地朝着八号舱跑去的时候，海水已逐渐漫了过来。他不免有些胆寒，可眼看八号舱就在前头，于是大着胆子，逆着纷乱跑向船头的人流，继续往前跑去。

　　到了八号舱门口，只见舱门大敞着，舱内漆黑一片，耳畔传来哗哗的水流声。钱士铭清楚地记得当时将蓝布碎花褡裢放在了门边左侧的长沙发上，于是蹚着水，小心翼翼地朝舱内迈进一小步，在左侧摸索起来。

随手一摸，钱士铭便摸到一件包裹。想来一定是那只蓝布碎花褡裢，他拿了便走。此时沿着船舷跑向船头的人流越来越密集，钱士铭只能跟在纷杂的人流后面，慢慢地往前移动。

跑了不到两三百米，只听前面传来一片嘈杂之声。钱士铭定睛一瞧，只见一大群乘客正疯狂地将康伯和一个小伙子团团围住，想要扒掉他们身上的救生衣。钱士铭一眼便认了出来，那小伙子正是一度搬进九号舱的康伯的亲戚。

人群越来越疯狂，小伙子被紧逼到栏杆边。随后传来扑通一声，小伙子竟被挤落进大海。钱士铭吓得赶紧缩在立柱边，将手里的包裹丢在甲板上，趁着没人注意，慌手慌脚地将救生衣脱了下来，扔在一边。

当时的心理轨迹，钱士铭是如此刻画的：如果那群疯子见到自己穿着救生衣，个个饿虎扑食围过来，他岂不是要步那小伙子的后尘？没了救生衣，或许还不至于马上就出事；但要是被挤落进大海，十有八九顿时就没命了。

脱掉救生衣后，钱士铭提起包裹，正准备随着人流继续往前挤去，这时只听见包裹里传来哇哇的啼哭声。钱士铭觉得很奇怪，借着惨淡的月光，提起包裹仔细一瞧，哪里是自己的那只蓝布碎花褡裢，赤红色的襁褓里分明裹着一个粉妆玉砌的娃娃！

钱士铭说，直到这时，才知道错拿了包裹。可是事已至此，还能怎么办呢？总不至于将这娃娃给扔掉吧。钱士铭抱着娃娃继续朝前挤了一两百米，这时哗哗的海水从船舷尾部涌了过来，惊慌的人们争先恐后地朝着船头跑去。钱士铭放眼四望，到处都是攒动的人头，哪里有我的身影？

随着如潮的人流，钱士铭抱着娃娃跑上露天甲板。也许已是哭累，娃娃竟沉沉地睡了过去。过不多久，便碰上了前来救援的茂利轮。茂利轮一趟趟地把小舢板放过来。在船员的有序组织之下，妇女和儿童优先登上小舢板，被搭救到茂利轮上去。

钱士铭说，眼瞅着小舢板一趟趟地来来去去，起初自己完全没想过能有资格登上小舢板。直到后来，听见那个胖警察在那里不住声地喊道："还有抱小孩的乘客吗？还有抱小孩的乘客吗？"如醍醐灌顶，钱士铭陡然惊觉，自己怀中不正抱着一个娃娃吗？

钱士铭抱着孩子，赶紧小跑过去，冲着胖警察喊道："还有一个，还有一个孩子！"胖警察瞅了一眼钱士铭，又瞧了瞧他怀里的襁褓，一边埋怨道："抱着这么小的娃娃，怎么还磨磨蹭蹭的，还不赶紧上船？"一边冲着小舢板上的水手吩咐道："这位先生怀里抱着小娃娃，快扶他一把！"

就这样，在水手的搀扶下，钱士铭顺着软梯登上小舢板。直至被小舢板送到茂利轮上，钱士铭这才松了一口气。

茂利轮原本是要停靠十六铺码头的，后来码头上聚集的人群越来越多，几乎都是江亚轮的乘客家属。一大早听说江亚轮失事的消息，大家匆匆忙忙、淌眼抹泪地赶了过来。招商局担心酿成踩踏事件，临时决定，除了江静轮，其他搭载江亚轮幸存者的船只，一律停泊三号码头。

"我能够脱险，真是要多亏了这个孩子呢！"钱士铭暗自庆幸地说道，"只是不知道这是谁家的孩子，怎么会丢在我们住的特等舱里呢？"

我默默听着钱士铭讲述他的逃生故事，一直没有把身体翻转过去。钱士铭想不明白的事情，我大概已能猜到几分。

事发之时，章若甫拉着章若瑾的手，跟随着人流，拼命朝前跑去。刚刚跑过八号舱，兄妹俩不幸被人群挤散。章若瑾被人流推搡着，重重地跌倒在地，挣扎着无法爬起身来。身旁八号舱的舱门大敞着，担心被人流践踏，章若瑾抱着襁褓里的小雯，艰难地爬进舱室躲避。

此时海水正在不断漫溢。浸泡在寒凉的海水里，章若瑾实在没有气力爬起身。她费力地将小雯托举过头顶，保持在水面之上。章若瑾已是欲哭无泪，她只能尽着母亲最后的一份天职，默默祈祷着奇迹的发生。

就在这时，钱士铭跑进舱室拿包裹。四周黑黢黢一片，钱士铭往左侧只一伸手，刚巧抓住包裹着小雯的那只襁褓。钱士铭来不及细细分辨，拿起包裹就走。章若瑾发觉双手顿时没了分量，心头的一块大石头总算落了地。不断漫溢的海水，很快没过她的身体……

虽说并非亲眼所见，但我想当时的情形八九不离十，大抵便是如此吧。章若甫怎么也不会料到，妹妹在生命的最后一刻，给了女儿生还的希望。如果知道外甥女侥幸存活下来，章若甫不知道该如何喜出望外呢！

想到章若甫，我不禁又是一阵心痛，眼泪止不住地流了出来。如果不是碰上章若甫，我早已葬身大海。章若甫不止一次地让我相信他，我们肯定会没事的，彼此美好的未来才刚刚开始。可是现在，我们美好的未来呢？他难道竟要食言了吗？

"这年头实在不太平，小偷小摸到处都是，我担心行李箱太过招摇，特地把银票放在褡裢里，没想到最后还是搞丢了……"钱士铭絮絮叨叨，兀自说个不停。毕竟那只装满银票的褡裢丢在了船上，他显得很是懊恼，可这些话在我听来，简直是玷污了双耳。

"眉卿！眉卿！你没事吧？是不是生病了？还是被吓到了？"见我一言不发，始终将冰冷的脊背对着他，钱士铭不禁再次关切地问道。

"你走吧。我很累了，想一个人好好地静一静。"我干脆将头蒙进被子里，下了逐客令。

"那你先好好休息，我明天再来看你。"钱士铭说着站起身，轻轻地替我掖了掖被头。

"不，不必了。你今后都不用来了。"我语气冰冷地说道。

"你说什么？你说我不用再来了？"对于我的这句话，钱士铭深感意外，他甚至怀疑我是不是脑子出了问题，"眉卿，你怎么说起胡话来了，要不要让葛妈赶紧去请个医生？"

"我知道我该怎么做。在江亚轮即将沉没的那一刻，当我一个人孤零零地站在甲板上的时候，我已经知道我该怎么做了。"我一把掀开被褥，转过头来，寒凉的目光如同一把利刃，直直地刺向钱士铭，"我想，你也不用再问了，你应该知道我为什么会做出这个决定。"

钱士铭呆愣在那里，涨红了脸，嘴唇嗫嚅着，一句话也说不出来。我收回目光，拉过被褥，重新将头蒙了起来。几分钟后，只听钱士铭发出一阵长长的叹息声。随后，便传来轻微的脚步声和关门的声音。

钱士铭走了。这个差一点儿挽着我的胳膊和我走进婚姻殿堂的男人走了。我和他的故事，已经画上了一个句号。我掀开被子，半坐起身，将头深深地埋进双臂，小声抽泣起来……

就在这时，屋内传来哇的一声啼哭。我这才惊觉，钱士铭将那只赤红色的襁褓留在了屋里。我站起身，朝着丢在贵妃椅上的襁褓走了过去。只见裹在襁褓里的小雯正露出红扑扑的脸蛋，在那里哇哇大哭。她不知道，来到人世不久的自己刚刚经历了怎样的劫难。所谓大难不死，必有后福，想来这是个有福气的孩子。

小雯许是饿了。我推开房门，喊了几声"葛妈"。葛妈走进屋，见到襁褓里的孩子，不觉"咦"了一声："这不是钱少爷带来的吗？怎么里面裹的是个孩子？这孩子是哪里来的呢？"

"葛妈，待会儿有空的时候我再和你细说吧。这几天劳烦你先照管照管这孩子。"我对着葛妈叮嘱道。葛妈答应一声，抱着孩子走出屋，关上了门。

我刚准备重新躺回床上，一眼瞥见墙边案几上那只白瓷花瓶里插着的红玫瑰。明艳欲滴的花束，依然透着馨香。和一天前不同，此刻我感受到的不再是柔情似水的浪漫，而是莫大的揶揄和讽刺。我走过去，将那束红玫瑰从花瓶里拿出来，推开门，丢在屋廊下。

躺上床，我又一次昏天黑地地睡了过去。迷迷糊糊之中，只见章若甫站在床前，冲着我含笑说道："眉卿，我是来和你道别的。从今一别，不知道什么时候我们才能相见。你难道不打算送送我吗？"

"别走，别丢下我一个人！"我慌张地叫嚷着，伸手便想拉住章若甫的胳膊。

"眉卿！眉卿！"我猛然惊醒，只听见有人低声唤我。睁眼一看，只见母亲含泪坐在床头，我正使劲地抓紧母亲的双手。见我醒来，母亲关切地问道："是不是做什么噩梦了？"

"没事，没事。"我含糊地应答道，浑身已惊出虚汗。

"告诉娘，剑卿到底怎么了？"母亲温柔地握住我的手，轻声问道，"刚才士铭对我们说，江亚轮爆炸之前，剑卿就在船上失踪了。后来你有没有见过他呢？你爹和二娘正在那里伤心抹泪呢。"

"娘，不要问了，我不知道，我什么都不知道。"我丢开握紧母亲的手，转过身去，掩面而泣起来。母亲轻叹一口气，走出屋去。

我实在不愿意再去回想江亚轮上那撕心裂肺的一幕又一幕，可是围在我身边的人却一次又一次拼命撕扯着我的伤口，让原本已遍体鳞伤的我，更是痛到体无完肤。可这又怎么能怪他们呢？他们只是想寻求最终的答案，我没有任何理由去责怪他们。

日头已过了正午，葛妈将午饭端进屋。我实在一点儿食欲也提不起来，连筷子都没碰一下。走出屋时，葛妈告诉我，刚刚老爷、太太、二太太由丁叔陪着，到码头上打探二少爷的消息去了。

我不禁陷入深深的自责。无论如何，我都该把真相说出来。真相虽然残酷，可毕竟已经发生，任谁也挽回不了。就这么隐瞒下去，说不定给亲人带来的是更大的伤害。我决定等父亲、母亲、二娘回家，就把真相一股脑儿说出来。

我心底依然存着一丝幻想。朱剑卿和阿力虽说一起落入大海，可说不定已被人救了上来，亦未可知。说不定不一会儿，他们便会跟在父亲、母亲的身后，一大家子说说笑笑踏进家门。就像小时候，朱剑卿总喜欢跑到外面疯玩，经常惹得母亲和二娘一起到处瞎找。到最后，还不是每次都把他给找回来了吗？

落日时分，父亲、母亲、二娘一身倦意回到家中，他们的身后只有丁叔。葛妈进屋后，打开白炽灯，把这个消息告诉了我。我披了件外套，翻身下床，由葛妈搀扶着，来到正厅。父亲、母亲正坐在那里唉声叹气，二娘手里捏条手帕，不住地抹着眼泪。

"眉卿——"见到我，二娘赶紧站起身，上前拉住我的手，将我拉到她身边坐了下来。只见二娘好几次翕动着干瘪的嘴唇，一句话也没有说，只是眼泪汪汪地看着我。

我叫了一声"二娘"，便扑进二娘的怀里，放声大哭起来。二娘察觉情形不妙，将我搂在怀里，同样泪流不止。从朱剑卿跟着我们登上江亚轮开始，我把在船上的这番经历断断续续地讲了出来。

讲到最后，听说朱剑卿和阿力一起失足掉进大海，二娘"啊"地大叫一声，往座椅后背上一靠，竟当场昏厥过去。丁叔急忙喊来两个小丫头，先将二娘扶回房，随后慌慌张张跑去请大夫。一直忙了一个多钟头，二娘才逐渐清醒过来。

"菩萨保佑，剑卿不会有事的！菩萨保佑，剑卿不会有事的！"躺在床上，二娘目光呆滞地望着屋梁，不断地重复着这句话。

"二娘，剑卿不会有事的。那么多人被从海里救了起来，相信剑卿也会遇到好心人的。"我一直守护在床头，见到二娘苏醒过来，悬着的心这才落了地。

"眉卿，你饿到现在，哪里吃得消呢。二娘有我们照顾，你先去吃点东西吧。"母亲将我从床边轻轻拉起来，低声说道。

经母亲这么一提醒，我感觉到饥肠辘辘起来，于是随着葛妈来到厨房，喝了一碗稀粥，这才暖和了一些。

回屋后，坐在床沿边，我把那件厚实绵软的军大衣拿在手里，轻轻地抚摸着。爹娘哪里知道，除了朱剑卿，沉没的江亚轮上还寄托着我的另一份深深的牵挂。章若甫，你在哪里？章若甫，你不会有事吧？我在心里默默地念到。

我从军大衣口袋里取出那枚象牙戒指，紧紧地握在手心里，久久不愿松开。似乎这样，我便能感受到章若甫掌心的温度，就好像章若甫就在身边一般。

那个皓月当空的夜晚，在生死一线之间，章若甫说过的每一句话，无不清晰地烙进我的脑海。我突然觉得人类好渺小，好无助，面对突如其来的意外，根本无力与命运抗争。纵有不甘，纵有不舍，又能如何？每一天的太阳依旧会升起，每一天的街市依旧车水马龙。

冥坐许久，我默默地站起身，将象牙戒指小心翼翼地放进梳妆台的抽屉里。今生今世，我一定要好好珍藏这枚戒指。如果有朝一日，我和章若甫还能重逢，只要君未娶我未嫁，我一定要让这枚戒指成为我们圣洁爱情的最好见证。

回到床头，我将那件军大衣折叠起来，放进檀木箱。在檀木箱盖合上的那一刻，这段我永远无法忘却的记忆仿佛瞬间被尘封。

第十四章

　　一连几天，丁叔不断地四处打探消息。从十二月五日下午开始，招商局派出的打捞船一拨又一拨地运回罹难者尸体，安厝在桃源路停尸场。后来，一部分尸体被移至同仁辅元堂代为收殓。

　　同仁辅元堂地处药局弄，是一家慈善机构，多有恤嫠、赡老、矜孤、赊棺、代葬、救生等善举。自打江亚轮罹难者尸骸运来，这座古色古香的院落里人山人海，哭声震天，惨不忍闻。

　　二娘一直病在床上，几乎滴水不进。父亲又要忙着请大夫，又要忙着照应二娘，整天焦头烂额。父亲、母亲原本不同意我跟着丁叔出去打探消息，但禁不住我一再央求，这才勉强答应下来。

　　我之所以不辞辛劳地一趟又一趟地在桃源路停尸场和同仁辅元堂之间奔波，除了朱剑卿之外，还存着另外一点儿心思，便是希望能得到章若甫的确凿消息。除非亲眼看见尸体，否则谁能说他们没有幸存的希望呢？

　　这天中午，吃过午饭，探视完二娘，我便坐上黄包车，和丁叔一起，朝着药局弄而去。连续多日，招商局派出的铁驳船坚守在出事海域，没有停止过打捞。一个星期不到，打捞出水的尸体已将近一千具。这些尸体被一一登记造册，以便家属认领。

　　下了黄包车，我跟在丁叔身后，走进同仁辅元堂。这里原本是药王庙，颇有些来历，供奉的是赫赫有名的药王孙思邈。整座大殿现在已变成停尸房。上午刚运过来的一批尸体正停在东廊下。我跟着丁叔，缓缓走了过去。

听说尸体初出水的时候，个个面目如生，像刚睡熟一般。可是很快，便会肿胀变形，狰狞可怖起来。此时安厝在东廊下的一排尸体，口眼剧变，七窍流血，竟有一些残缺不全的肢体夹杂其中，看得人心惊胆战。

我的视线被触目惊心的一幕牵引过去。只见一具女尸横陈在最外面，被海水浸泡得面容迥异。旁边平躺着两具孩童的尸体，女尸粗粗长长的发辫，正牢牢地拴系在两个孩童身上。很显然，这是一位母亲和她的一双小儿女。

我猛然想起在江亚轮船头，章若甫和我讲过的后大舱里发生的故事。眼前的这位母亲，应该就是章若甫口中描述的那个穿一身灰布花袄、打扮俏丽的少妇吧。在后大舱被海水淹没之前，少妇用粗粗长长的发辫将儿女和自己拴扣在了一起。如今，这位平凡而伟大的母亲的心愿终于实现了，她和一双儿女再也不会分离。

鼻头一酸，两行清泪滚落下来。在江亚轮大海难的背后，有着许多不为人所知的感人故事。现在，这些故事都随着这场骇人听闻的大海难，消散在海风之中。都说被世人彻底忘却，是一个人真正死亡的开始。若干年后的某个月圆时分，只要他们的亲人依然在心底涌起无限的相思之情，于他们来说，应该能获得某种意义上的永生吧。

认尸的死者家属越聚越多，啼哭声此起彼伏，催人泪下。我一眼瞥见唐铮正夹杂在人群中，半蹲在那里，四处张望。我激动地叫着唐铮的名字，朝她走了过去。

听见我的叫喊，唐铮扭过头，迅即站起身朝我小跑过来。她边跑边兴奋地喊道："眉卿，想不到能在这儿遇见你，真是太好了！"

我让丁叔先去查查登记簿，在登记的尸体信息里，能不能发现与朱剑卿相关的线索。横在东廊下的尸体那么多，哪里可能一具具去辨识呢？丁叔答应一声，便查登记簿去了。

"筱筠呢？她没事吧？"我拉着唐铮的手，劫后重逢，喜极而泣。唐铮同样眼含热泪，抓紧我的手，久久不愿松开。

"筱筠……筱筠她可能遇难了。"唐铮低声说道，表情看上去非常痛苦。我默默地拉着唐铮的手，走出东廊，在小花园里的石凳上坐了下来。

江亚轮大爆炸的那一刻，隔壁九号舱里究竟发生了什么？随着唐铮断断续续的讲述，萦绕在我心头的这个谜团终于被揭开。

那声惊天巨响过后，白炽灯随之熄灭，舱室里漆黑一片。唐铮和高筱筠都已洗漱上床。这突如其来的一幕，令躺在床上的两人惊恐不已。

"唐铮！唐铮！发生什么事了吗？"高筱筠吓得从床上哆哆嗦嗦地半坐起身，不停地念叨着，"你说，这船该不会沉掉吧？"

"怎么可能呢？这么大的一艘船，怎么可能说沉就沉呢？"唐铮同样半坐起身，不停地安慰着高筱筠。

随后，江亚轮又是一番剧烈的颠簸，让人心里更觉不踏实。没过多久，黄得佳拿着一盏烛台，推门走了进来，说是锅炉房发生故障，不碍事。黄得佳走后，黑漆漆的舱室这才有了烛火。唐铮侧过脸朝邻床看去，只见烛火映照之下，高筱筠面色惨白，正抱着被褥，缩在床角瑟瑟发抖。

听说是锅炉房出了故障，两人悬着的一颗心放下一半，重新躺下，唠起嗑儿来。只是闲聊了一小会儿，唐铮便听见一片嘈杂之声传来。这声音虽然极细微，但却极是真切。高筱筠也听见了这细微的声响，不禁喊出声来："你听，这片嘈杂声是从哪儿来的？"

就在这时，舱室的门被猛然撞开，一个精瘦的中年男人闯了进来。这个中年男人便是康伯。康伯也不说话，直接奔向舱壁上挂着的那两件橙色救生衣。摘下救生衣后，康伯将救生衣拿在手中，急匆匆跑了出去。

唐铮和高筱筠被这不速之客怪诞的举动惊呆了，面面相觑，不知道究竟发生了什么。此时，嘈杂声如排山倒海，越来越大。紧接着，便听见外面船舷上哄乱起来，熙熙攘攘的人流如潮水一般，哭声、喊声、叫骂声，响彻一片。

"不好！可能真的出事了！"唐铮一骨碌翻身下床，大声叫嚷道，"筱筠，赶紧起来，快跑！"

唐铮说着，麻利地套上丝绒风衣，穿好鞋。高筱筠慌乱地掀开被褥，跳下床，抓起外套，便拉住唐铮的手朝着舱室外跑去。

跑到外面一看，整个船舷上到处都是人。人群蜂拥着拼命朝船头的方向跑去。唐铮和高筱筠手牵着手，跟随人流，朝前奔跑起来。

跑到豪华餐厅外，唐铮脚下一绊，险些跌倒。正是这一绊，唐铮在俯身的一刹那，从立柱的空隙里看出去，只见夜幕之下，两个穿船员服的男青年正蹲在围栏外的船舷边，手忙脚乱地不知道在干些什么。被粗粗的立桩遮挡着，在甲板上急急奔跑的人流，显然无法注意到他们的存在。

唐铮拉了拉高筱筠的手，示意她赶紧蹲下来。透过空隙，定睛看去，原来是船舷边扣着一艘救生艇。那两个男青年正在试图解开救生艇拴系在环扣上的绳索。

唐铮站起身，拉着高筱筠的手，从立柱边绕了过去。一翻身，两人跨过围栏，站在船舷边。唐铮冲着男青年央求道："大哥，能把我们一起捎带上吗？"

其中一个男青年抬起头来，瞧了唐铮和高筱筠一眼，对另一个男青年说道："昌哥，艇这么大，多坐两个人也无妨。看她们怪可怜的，不如就把她们带上吧！"

还没等昌哥答话，唐铮便一个劲儿地直说"谢谢，谢谢"。昌哥抬头瞧了她两眼，低下头去，默不作声，继续专心致志地解起绳索来。唐铮和高筱筠对视一眼，紧张的情绪稍稍缓解了一些。

绳索解开后，救生艇被放到海面上。昌哥一个箭步跳了上去，冲着船舷边的男青年喊道："阿大，还愣着干啥，赶紧上来！"阿大纵身跳上救生艇，随即将手递给唐铮和高筱筠。唐铮感激地看了他一眼，轻轻推了推高筱筠，示意她先上去。

高筱筠抓牢阿大的手，胆战心惊地跳上救生艇。唐铮跟在后面，随即往救生艇上跳去。就在这时，一股浪头打过来。犹如海底水怪作祟，这股浪头掀起的水幕足足有四五米高。唐铮只觉得双脚踏空，一个猛子栽进水里，连着呛了好几口咸涩的海水。

唐铮算是懂一点儿水性，浪头过后，她好不容易将头探出海面。定睛一瞧，只见那只救生艇正底朝天倒扣着，晃晃悠悠地漂浮在不远处的海面上。高筱筠和那两名水手一起，消失得无影无踪。

"后来，我抓住一只木桶，在海面上漂荡了好一阵子，才被搭救上一艘小渔船。上岸后我才知道，那艘渔船是华孚一号。"唐铮说完，陷入深深的自责，"如果不是我发现救生艇，又或者是我先跳上救生艇去，筱筠可能不会有事的……"

看着唐铮痛苦不堪的神情，我实在不知道该说些什么才好。吴老板的那句话又一次回荡在耳边："也许，这一切都是命中注定的。"是的，也许一切早已命中注定。否则，那么多的阴阳差错，又该如何去解释呢？唐铮心中对高筱筠的歉疚，想来与我对吴继超的歉疚一样。世事弄人，让人徒叹奈何！

唐铮告诉我，这些天她每天都要往桃源路停尸场或是同仁辅元堂跑，除非找到高筱筠的尸体，否则会这么一直找下去。唐铮说，她知道救生艇被巨浪打翻，倒扣下来，要想侥幸生还，可能性微乎其微。可是，只要尸体没有被打捞上岸，这微乎其微的可能便还有实现的机会。

随后，唐铮向我讲起高筱筠的先生伍伯衡出事的经过。三言两语讲完，唐铮轻轻叹了口气："他们真是一对苦命的人！如果筱筠果真遇了难，也算是能和伍先生在地下重逢了。对她来说，这称得上幸运还是不幸呢？"

"不要多想了，我们散散步吧。"我拉着唐铮站起身，在小花园里闲逛起来。初冬时节，满目萧索。只有蜡梅已迎寒绽放。一层层，一瓣瓣，冰清玉洁，清香袭人。逛了不多一会儿，心情果然好了许多。

"你后来打探到丈夫的消息了吗？"我关切地问道。在船上，唐铮跟我提起过，她原本跟丈夫赵凯伦约好在江亚轮底层甲板会面，可是后来在船上怎么也没能找到赵凯伦。也不知道赵凯伦后来究竟有没有上船。

"其实，他并不是我丈夫。"唐铮扑闪着水灵灵的大眼睛，故作神秘地说道，"不过说不定，我将来是会嫁给他的。"

"这话怎么讲?"我不禁被唐铮的这句话搅得一头雾水，放慢脚步，侧脸问道。

"这件事说来话长，有些情况现在也不方便告诉你。将来有机会，我再和你慢慢细说。说不定到时候还要请你喝我俩的喜酒呢。"唐铮朝着我笑了笑，语速飞快地说道，"这两天我才打探到消息，赵凯伦果真并不在江亚轮上。江亚轮起航前不久，他在十六铺码头上被国民党特务给抓走了。"

听了这话，我不禁露出惊诧的表情。我和钱士铭、朱剑卿准备经过检票口时，见到过一个庄稼汉被五六个彪形壮汉绑走。莫非那庄稼汉便是赵凯伦?

我道出心头的疑问后，唐铮斩钉截铁地说道："没错，那个人肯定就是他!"继而，她侧过脸问道："当时是不是还有个穿中山装的男子在场? 那个人是赵凯伦的老同事，就是他告的密，带着国民党特务过去抓人的。"

当时的场景立刻浮现在我眼前。难怪赵凯伦看到那个穿中山装的男子后，会露出怒不可遏的表情。现在看起来，正是因为他的告密，让赵凯伦逃过了这场大劫难。听上去，这是多么的可笑，可荒诞的事实便是如此。

似乎有着什么难言之隐，唐铮没有继续深说下去。我也不便再追问什么。翻遍登记簿，没能查找到一条有用的信息。整个下午，我们一无所获。眼看日头已是西斜，与唐铮挥手作别后，我和丁叔乘坐黄包车返回家中。

两天之后，高筱筠的尸体在桃源路停尸场被找到了。可惜当时我不在现场，是唐铮托人传话后，我才知道的。来人告诉我，唐铮准备将高筱筠的尸体装棺运回宁波，这是她能够为闺蜜做的最后一件事。听得我一阵心酸，一个人闷在屋里，哭了好久。

奇迹终究没有发生。十多天后，朱剑卿的尸体也被丁叔找到了。只不过停尸的地点是在四明公所。随着打捞出水的尸体越来越多，在宁波旅沪同乡会的主持下，四明公所也加入了代殓的行列。

我清晰地记得，那一天是十二月十五日。偏巧那一天，母亲的头痛病又犯了。我留在家里照顾母亲，没有和丁叔一道去四明公所。傍晚时分，丁叔失魂落魄地回到家，手里握着一块怀表。我正坐在天井里痴痴地发呆，一眼瞅见那块怀表，瞬间什么都明白了。

丁叔噙着泪告诉我，这是登记造册的人从二少爷的衣兜里找出来的。他们在登记簿上标注信息时，将这块怀表详细地标注了上去。怀表是朱剑卿过十岁生日时，父亲托人从东欧买回来的，阖府谁不知道？看到册簿上那条编号为"一四五六"的信息后，丁叔隐隐便有一股不祥的预感。被人领着过去一看，蜷缩在地面上已肿胀变形的那具男尸，正是朱剑卿！

虽说大家已有心理准备，可噩耗确凿地传来，一家人仍是无法接受，个个哭得死去活来。父亲不停地自责，说那天千不该万不该、实在不应该让朱剑卿去码头送信，"都怪我这个当爹的不好，亲手把剑卿送上了不归路！"

二娘哭天抢地要往外跑，说是一定要去一趟四明公所，陪着宝贝儿子说说话。父亲请葛妈务必照管好二娘，死活不准她出去。丁叔忙着布置灵堂。到处挂起黑幔、白帐，整座朱寓被凄凄惨惨的气氛所笼罩着。

丁叔后来又在几处停尸、代殓场所之间奔波过好一阵子。阿力生不见人，死不见尸，一直让大家悬心不已。一晃好多天过去了，不管丁叔如何努力打探，阿力始终一点儿讯息也没有。细细想想，那么多罹难者尸沉大海，怎么可能都被打捞出水呢？或许，我们连见上阿力最后一面的机会也没有了。

这段日子，葛妈时常会抱着小雯到我屋里来。这个粉妆玉砌的小娃娃长得非常惹人喜爱，一双滴溜溜圆的大眼睛黑亮黑亮的，好奇地打量着这个世界；咯咯咯笑起来，露出两个浅浅的小酒窝。

葛妈悄悄问过我，这孩子到底是哪儿来的。我支支吾吾地说，是个朋友的女儿，朋友在江亚轮上遇了难，只有这孩子被钱士铭给救了出来。葛妈叹息一声，摇头说道："真是一个苦命的孩子，一出生就经受了这么大的磨难。"

"这孩子，你到底想怎么办呢？"一天晚上，母亲在和我聊天的时候，直截了当地说出了心底的烦恼，"你一个姑娘家，还没有结婚，身边就不清不楚地有了孩子，以后这日子还怎么过啊？"

见我低着头没有吭声，母亲道出了她的建议："不如把孩子直接送到育婴堂去算了，反正她现在成了孤儿，那里可能是她最好的归宿。"

"不，不要！"我抬起头，目光里透着坚定的反对，"不要把她送到育婴堂去。可以让葛妈先带着她，我想，她还那么小，我们家不在乎多一双碗筷的！"

"眉卿，你这又是何必呢？如果外面有什么风言风语，你就是跳进黄河也洗不清啊！"母亲好心提醒道。

"我不在乎！大不了，我这辈子都不结婚，守着这孩子相依为命罢了！"我不知道，为什么会好端端地如此情绪激动，说出这般不知轻重的话来。

母亲重重地叹了口气，一言不发，站起身来，慢慢地走出屋去，留下我一个人痴痴地坐在桌边。

我有些神思恍惚。起身坐到梳妆台前，拉开抽屉，我将那枚洁白无瑕的象牙戒指拿在手里，细细把玩，眼泪如断线的珍珠，扑簌簌落了下来。小雯是章若甫在这世上唯一的亲人，我怎么忍心将她送去育婴堂？我的这番心事，又该向何人倾吐？

隔三岔五，钱士铭依旧西装革履，频频登门。大多时候我都在家，不过却是将心一横，再也不肯和他相见。每次钱士铭都是讨了好大的没趣，怏怏而去。

自打海难发生后，我对钱士铭的态度突然来了个一百八十度的大转弯，家人们很是不解。母亲甚至劝过我，既然和人家有婚约在先，怎么能拿出这种小姐脾气来呢！

我含着泪，把江亚轮上发生的关于救生衣的那件事，原原本本地告诉了母亲。母亲听完，露出不可置信的表情，喃喃地说道："真是怎么也想不到，他原来竟是这样的一个人。"

自此以后，钱士铭再次登门，家人便干脆将他拒于门外。连续吃了一个多礼拜的"闭门羹"，钱士铭渐渐不再前来，看来他已是彻底死了这条心。

江亚轮失事后，自从我回到家，家里从早到晚死气沉沉的，让人压抑到喘不过气来。想想以前，朱剑卿整天嬉皮笑脸地跑进跑出，一副玩世不恭、无事忙的模样。可是现在，除了几个下人轻手轻脚地进进出出，从前厅、堂屋，到花园、卧室，几乎听不见说笑声。似乎一切都只是做了一场梦。可惜这场梦永远没有醒来的时分。

二娘病势越来越重，头脑逐渐变得不太清楚。好几次我进屋探视，二娘竟没能认出我来。这次的意外对她的打击实在太大了。朱剑卿就是二娘的心头肉，就是她生命的全部。朱剑卿不在了，二娘的心也就被掏空了。

父亲明显憔悴苍老了许多。中年得子的他，曾将继承衣钵的希望全部寄托在朱剑卿身上。现在，这个愿望彻底破碎。白发人送黑发人，人间至惨至酷的事，恐怕莫过于此！

一晚在餐桌上，父亲对母亲说，他决定这两天就把闸北的那家厂关掉，上海的其他一些产业也会抓紧时间折现变卖，然后带着我们一家人回宁波去。父亲的理由是，现在局势不太平，还是回乡下去保险一些。

"这样也好。"母亲没有多说什么，端着饭碗，默默地扒拉着饭菜。

我知道，局势不太平只是父亲说服自己的一个理由。年轻时到上海滩闯荡，闯荡出这样的一片江山，多么不易，他怎么舍得一股脑儿抛弃？我想，父亲其实是想带着全家早日离开这伤心之地。

一连好多天，我闷在房间里，颇是无聊。每天一大早，葛妈会从街头买来《新闻报》。最近这阵子的《新闻报》上关于江亚轮的新闻铺天盖地，我抱着一丝侥幸心理，希望能在这些新闻里发现章若甫的信息。

果然，我在《新闻报》上读到一条新闻，和章若甫有着那么一丝关联。新闻的标题是"空军第八大队飞行员驾机飞抵石家庄"。章若甫告诉过我，他是空军第八大队的飞行员。看到这则标题，我赶紧往下读去。

新闻里说，空军第八大队飞行员俞渤和战友一起，驾驶 B-24 轰炸机从南京起飞，在飞行六个小时后，于十二月十七日凌晨两点多抵达石家庄，成功在机场降落。

我知道，当时的石家庄已是解放区。我突发奇想，如果章若甫没有接到老母亲病危的电报，不是急着赶回家，是不是会和其他战友一起，驾驶 B-24 轰炸机飞向解放区呢？又或者，和俞渤一起驾机飞向解放区的战友里就有章若甫？会不会章若甫成功逃生后，处理完母亲的后事，立即赶回了部队？

不知道为什么，只要一想起章若甫，我便会心痛不已。冥冥之中，我认定章若甫仍在人世。他是那么善良，他还那么年轻，阎王爷怎么可能忍心将他带走？可是人海茫茫，有什么办法能打探到章若甫的消息呢？

那段时间，天空不时会有战机轰鸣着飞过，有时候竟达到七八架之多，搅得民众人心惶惶。我常常仰望天空，看着那一架架尾部拖着白烟，在云层间疾速穿梭的战机，痴痴地发呆。

章若甫会不会正意气风发地坐在驾驶舱内，娴熟地操纵着驾驶杆，驱动着战机冲破那厚厚的云层？我多么希望能成为一只雄鹰，在蓝天白云间追逐着那一架架战机，自由地展翅翱翔。说不定，便能打探到章若甫的消息。

在几天后的报纸上，我还读到另外一条新闻。这条新闻和钱士铭有点儿关系。原来，中央银行内部职员监守自盗的事情，惊动了高层官员，派来调查组彻查此事。很快，真相水落石出。依据这篇新闻，钱士铭等十多名中央银行的高级职员参与其事，已遭警局羁押；并且这伙人涉嫌谋杀伍伯衡。关于这桩谋杀案，尚待进一步调查。

我不禁深深地后怕起来。万万想不到，和我谈婚论嫁的所谓留学青年、职场精英，竟然是如此一个毫无人性的衣冠禽兽！难怪钱士铭带上江亚轮的那只蓝布碎花褡裢里会装着那么多银票，原来都是不义之财！

我想，如果高筱筠还活着，读到这条新闻，该是多么的欣慰。到头来，善恶终有报。待到这桩谋杀案真相大白的时候，九泉之下的伍伯衡也该瞑目了。

这是我得到的关于钱士铭的最后一条讯息。此后，钱士铭这三个字就彻彻底底地消失在了我的生命里。恰如一场春梦，来去无痕，了无踪迹。

这个年，过得草草率率，悲悲凉凉。虽说除夕之夜，父亲执拗地一定要放震天响，驱驱晦气，可那震耳欲聋的鞭炮、火树银花的烟火，又怎能驱走笼罩在每个人心头的阴霾？

记得有人说过：你若在，便是家；你若不在，家也就没了。如今细细体味，真是一点儿没错。朱剑卿的离去，带走了我们一大家子的欢乐。每个人的心头都被撕扯开一道深深的伤口，可能永远也无法治愈。

正月十五元宵节，厨房里连一碗汤圆也没有准备。我平素最喜欢吃汤圆，可我明白大家的心思。汤圆寓意团团圆圆。在余生的每一个日子里，"团圆"这两个字已成为所有人的奢望。

元宵节一过，我们开始商量动身回宁波乡下的日子。父亲已将家产变卖得所剩无几，连武康路的这所老宅子，也已卖给他人。用父亲的话来说，他这辈子准备就在宁波乡下颐养天年，不会再来上海，留着这所宅子还有什么用呢？

那辆"庞蒂克"当然也转到新主人手里。自从阿力"不辞而别"，"庞蒂克"一直停在院子前，无人问津。车身积满灰尘，早已失去往日的威风。新主人派用人前来取车时，父亲拿块抹布，亲自拭去车身上的积尘。瞧着"庞蒂克"缓缓驶离，父亲重重地叹了口气，眼里噙满泪水。

下人们大多领了盘缠，被遣散回乡，只有葛妈死活不肯走。她流着泪说，自己无儿无女的，没有什么牵挂，情愿长长久久地服侍老爷、太太。母亲被她感动得落了泪，也就答应了下来。

丁叔是含泪离开老宅子的。临走之时，我拉着丁叔的手，恳求他替我完成一个未了的心愿。丁叔说，不管我有什么心愿，他就是拼了这把老骨头也要想办法去完成。

"丁叔，你能不能替我跑一趟南京？我有个朋友，在空军第八大队服役，名字叫章若甫。如果能够碰上他，就请捎句话给他，说我正在想办法找他。"说着，我找来纸笔，写下宁波鄞县的居址，递到丁叔手里。

"章若甫？以前怎么没听小姐提到过有这么一个朋友？"丁叔好奇地问道。

"以前的一个老同学，好久没有联系了。最近才听说他在空军第八大队服役。"我轻描淡写地说道。

"放心，这事包在我身上。有什么消息，我会及时通知小姐。"丁叔爽快地答应下来。

早在一个月前，我已去过一趟潭子湾。记得章若甫在船头聊天时和我提起过，妹婿住在那里。他的妹婿姓甚名谁，当时章若甫没有说，我也没有问。前面写到的"胡阿牛"，只不过是我信手拈来的一个代称而已。人生在世，姓名不就是一个代称吗？

我万分后悔，当时没有问清楚章若甫妹婿的名字。我去潭子湾，不过是想碰碰运气。说不定章若甫脱险后，会去潭子湾找妹婿呢。又或者，我可以打听到章若瑾住在哪里。我怀着这样侥幸的念头，在潭子湾转了两三个钟头，却是一无所获。

动身回宁波的前一天，由葛妈陪着，我去了趟万国公墓。朱剑卿葬在那里。动身之前，我无论如何是要过去和朱剑卿道声"再见"的。

记得下葬的那一天，天空飘着蒙蒙细雨，野风凄厉，别增悲凉。看着墓碑上的名字，父亲老泪纵横，情难自已。父亲原本不想让二娘参加葬礼，可她死活不答应，说是要送儿子最后一程。父亲不忍心，只得点头同意。二娘跌倒在墓前，眼泪早已哭干。一不留神，她双手扒牢墓碑，额头狠命地撞了上去。母亲、葛妈慌忙将二娘拉开，只见她额头已是血流如注。

我曾读过一篇古人的祭文，结尾的一句话大意是，你我难道在这石火电光、瞬息即逝之间有此一段因缘，故此前来完满的吗？朱剑卿去得如此匆促，如此不堪。他的来，莫非正是为了却一段前世的因缘？而他的去，莫非是这段因缘已得完满？

距离朱剑卿下葬已过去一个多月。墓碑后的那棵小青松，看上去挺拔了许多。新培的草坪上，绿油油的小草冒出嫩芽，惹人爱怜。绛红色的大理石墓碑上，朱剑卿正眉毛上挑，朝我微笑着，还是那么一副玩世不恭的模样。

每个墓碑的背后，都躺着一条曾经鲜活的生命，都埋藏着一段被岁月尘封的故事。生与死的距离，就是如此之短，但你我却永远无法逾越。

我特意带上很多朱剑卿喜欢吃的食物。葛妈从食盒里一一取出来，在供桌上摆得满满当当。我将手中的鲜花放在墓碑前，含泪说道："剑卿，明天我和爹、娘，还有二娘就要搬回宁波乡下去了。你要一个人好好照顾自己，不要还是像以前那么贪玩。以后有机会，我一定会常常过来看你。"

说着说着，我已是泣不成声。葛妈扶着我，一步一回首，依依不舍地朝公墓外走去。明天就要离开上海，下次再来，真不知道要等到什么时候。

在公墓门口，我竟意外碰上了何潇。细细算起来，我已有大半年没见过何潇了。眼前的何潇穿着一身深蓝色西服，打着明黄色领结，手里捧着一束白菊花，不再是往日的那副穷酸学生模样。

何潇微笑着和我打招呼。他说今天是母亲的祭日，特意过来祭拜。何潇带给我一个有点儿令人意外的消息：下个月，他会和顾小苓在教堂举办盛大的婚礼。其实，怎么能说是意外呢？在持钟话剧社同仁们的眼里，他和顾小苓原本不就是一对吗？

"怎么样？来不来参加我们的婚礼？"何潇热情地向我发出邀请。可我听在耳朵里，却觉得浑身有些不自在。

"明天，我们全家就要搬回宁波乡下去了。我在这里提前祝福你和顾小苓白头偕老，永结同心。"我像是在背台词，委婉地拒绝了何潇的邀请。

尽管有些失望，何潇仍然大度地祝我"一路顺风"。和何潇道完再见，我挽着葛妈的手，头也不回地走出万国公墓。一阵微风吹过，满树的枝叶拼命地摇动起来。

是的，明天我们全家就要搬回宁波乡下。在上海留下的所有记忆，爱也好，恨也罢；喜也好，悲也罢，一切都让它随风而去吧。

回宁波，我们乘坐的是江静轮，买的还是特等舱船票。站在三台格上，沐浴着江风，看着碧蓝碧蓝的天空，一切恍若隔世。葛妈抱着小雯，朝我走了过来。小雯明显比刚来的时候壮实了许多，一张小脸粉嘟嘟的，让人见了忍不住想要拧上一把。

海面上，几只海鸥展翅高飞。小雯眼珠滴溜滚圆地随着海鸥来回转动着。我从葛妈手中抱过小雯，在她粉嘟嘟的脸颊上亲了一口，轻声说道："小囡，我们马上就要回家了。"

朗月之下，和章若甫站在船头聊天的场景，不禁再次浮现在眼前。我在心里默默念道："若甫，我向你保证，一定会好好照料小雯，抚养她长大成人！如果有朝一日，我们还能重逢，我会把健健康康、快快乐乐的小雯送还你身边！"

父亲早已派人收拾好宁波鄞县的房子。住在乡野村间，少了大城市的喧嚣和繁华，倒是颇为闲适。乡间的空气格外清新，仿佛透着一股沁人心脾的甜味。早晨起床，我喜欢在田埂上跑上几圈，嗅嗅泥土的芳香。傍晚时分，伴着夕阳，我逐渐养成在小河边散步的习惯。落日余晖洒落下来，将河堤上的影子拉得老长老长。

屋后的池塘，依然是孩子们的乐园。我不时看到有小男孩儿拿着竹叉，站在塘边叉鱼。池塘的水很碧很清，瞧见鱼儿游动的影子，小男孩儿挥起手中的竹叉，猛地叉下去，一尾肥美的野鱼便被牢牢地叉住，再也挣脱不得。每每叉到鱼，男孩儿们都会兴奋地大喊大叫。刹那间，我好像又回到小时候，依稀觉得朱剑卿就在这群小男孩儿里面。

故乡的一草一木、一砖一瓦，定格了太多的童年记忆。光阴的流逝，就如那织女指尖穿梭的丝线，快得晃眼。重回故乡，山依旧，水依旧，可人已变。

自打从朱剑卿的葬礼上回家，二娘的这场病便一日重似一日。回到鄞县后，二娘的病势仍旧不见好转。父亲为二娘求医问诊，不知道请来多少大夫，总不见效。二娘终是没有熬过这个寒冬，眼看快到春暖花开的时节，二娘带着满腹遗恨，离开了人世。

父亲的脸上更是难得见到笑容，甚至开始借酒浇愁。一连好几天，父亲在外面喝得醉醺醺地才回家，拍得大门震山响。母亲明白父亲心里的苦，也就不愿意多去管他。母亲坐在堂屋里，经常会无缘无故地唉声叹气。我知道，母亲心里同样也很苦。可是再苦，日子依旧还得过下去。

丁叔托人捎来了消息。来人说，丁叔到南京之后，打探到了确信，空军第八大队官兵在一个月前已全部撤往台湾。至于章若甫有没有同行，丁叔实在没办法打听出来。

听到这个消息，我心头沉甸甸的，如同压着大秤砣。背着父亲和母亲，我托人在上海、宁波的好几家报纸陆续刊登寻人启事，可始终泥牛入海，毫无消息。章若甫似乎从这个世界上突然消失得杳然无踪，连是死是活都不知道。

屋后的栀子花开了，开得满树如雪一般白，远远便能闻到一股馥郁的香味。这天，我正坐在栀子花下发呆，父亲笑吟吟地走了过来。我已经好久没有见到父亲笑得这么开心了。

"刚刚杨叔叔托人来替杨大安做媒。杨大安，就是杨叔叔的小儿子，你以前应该见过的吧？"父亲坐在我旁边的小矮凳上，郑重其事地说道，"你觉得这门亲事怎么样？我觉得门当户对，挺好。"

看见父亲这么开心，我还能说些什么呢？这小半年来，家中发生了这么多变故，父亲已是身心俱疲，鬓边的白发添了不知道多少。我还怎么忍心拂了他老人家的意思呢？不过，父亲口中的杨大安，我实在是一点儿印象也没有。有没有印象又有什么关系呢？只要父亲满意就好，其他的又有什么相干呢？

"爹，我都听您的。您拿主意吧。"我勉强保持着笑容，冲着父亲说道。

很快，杨家的聘礼便送了过来。婚期定在五月二十八日，算命的说这一天是黄道吉日。父亲、母亲开始忙着张罗我的婚事，家里这才好不容易恢复了一点儿生气。

一天晚上，母亲拉着我的手，叹口气说道："照目前的情形，嫁妆恐怕有些廉薄，要委屈我苦命的女儿了。"原来，那两只随同江亚轮一起沉没海底的大皮箱里，装着爹娘为我出嫁精心准备了两三年的妆具和服饰。爹娘原本想趁此机会先带去宁波，放在老宅里。何曾想到，多年的心血就这样一朝付之东流。

"爹爹不是在找裁缝帮我订制红绸衣了吗？"我抚摩着母亲不再柔腻的肌肤，笑着说道，"只要我们以后过得开开心心的，好好孝敬您和爹爹就行了。至于嫁妆什么的，又是多大的事呢！"

眼看婚期一天天临近，我觉得无论如何，都得在大喜之日前去一趟镇海。那里是章若甫的老家。章若甫不管是生是死，好歹我要尽最后一点儿努力，看看能不能打探到他的消息。

我对父亲扯了个谎，说是有个初中女同学住在镇海，想到她家去散散心，住上两天。女孩子一个人出远门，父亲自然不放心，便让葛妈陪着我去。

镇海离鄞县有五十多里路。幸亏父亲雇了辆马车，我们这才顺利地来到镇海。镇海地方那么大，章若甫家到底在哪里呢？一连两天，葛妈陪着我走村串巷，将大半个镇海都跑了下来，也没能打探到一点儿消息。

"小姐，这么找下去，也不是办法。我们不如先回去，另想他法吧。"走到一座破庙前，葛妈打起了退堂鼓。

事已至此，我也实在没了主意。谁知道章若甫住在哪个犄角旮儿，就这么漫无目的地找下去，何时才是尽头？葛妈说得也对，不如先回鄞县再说。

葛妈扶着我，一起上了马车。就在车帘垂下来的一刹那，我从帘缝间一眼瞥见，阿力手里拿块烧饼，衣衫褴褛地朝着这边走了过来！

我掀开车帘，几乎是蹦着跳下马车，冲着阿力大声喊道："阿力！阿力！"

听见喊声，阿力猛一抬头，见喊他的人是我，不禁呆愣在那里。手中那块啃了一半的烧饼，掉落在地上。

第十五章

"阿力,能见到你真是太好了!没想到你竟还活着!"我朝着阿力奔过去,抓住他脏兮兮的双手,拼命地摇晃着。

"大小姐,原来你也没事!这实在是太好了!"阿力慌忙将手缩回去,不好意思地冲我憨笑着。

"阿力!"葛妈激动地跳下车,跑了过来,左右端详着阿力,泪水在眼眶里滚动。葛妈看着阿力从小长大,早已将他视作自己的孩子。

"既然没事,你怎么不回上海找我们呢?"意外碰上阿力,我有许多问题想要问,有一肚子话想要说,可是一时之间却又不知从何提起。

"唉,真是一言难尽!"阿力说着,在破庙前的门墩上坐了下来。我和葛妈静静地站在庙前的空地上,目光齐刷刷地投向阿力。

"二少爷试着攀爬防水门,没想到不小心失了手,掉进茫茫大海。当时可把我急坏了,往前紧跑几步,想要一把托住二少爷,不想跟着他一起坠入了大海……"随着阿力的讲述,小半年前的那个夜晚的凄惨一幕,再一次令我感受到撕心裂肺的痛楚。

和我一样,朱剑卿也是旱鸭子。落水之后,他在前方不远处使劲扑腾着。阿力拼命挥动着双臂,朝着朱剑卿游过去。游到近前,阿力奋力托住他的身子。这时朱剑卿已呛了好几口又咸又涩的海水,一个劲儿地咳嗽起来。

"二少爷!二少爷!你没事吧?"阿力大声问道。

"没事。谢谢你，阿力！"朱剑卿勉强将头探出海面，冲着阿力感激地说道。

"二少爷，先别说话，那边浮着一扇门板，我带着你游过去。只要爬到门板上就没事了。"阿力说着，拉扯着朱剑卿，游向那扇门板。好不容易，两人扒牢门板。阿力将朱剑卿死命地推了上去。

硬实的门板像是一艘小木筏，随着波峰浪谷，在海面上起起伏伏。朱剑卿吓得抓牢板壁，一动也不敢动，生怕被翻卷的海浪颠到大海里去。阿力灵机一动，从身旁的一具浮尸腰间解下长长的裤带，一比画，正好可以绕着门板扎上一圈。阿力将朱剑卿结结实实地绑在门板上，自己在一旁护着。如此一来，可保万无一失。

"阿力，你要不要也爬上来？"朱剑卿担心阿力漂在水面上，体力会逐渐耗尽，不断地轻声催促着。阿力摇了摇头，没有接受朱剑卿的好意。他知道，小小的门板很难承受得住两个人的重量。

阿力护着门板，随着海浪在海面上进进退退。不知不觉间，离着大半沉没的江亚轮已越漂越远。耳畔除了沸腾的涛声，几乎听不见其他声响。一轮朗月洒下清辉，将海面照得如同白汀，闪耀着鱼鳞般的光。

"二少爷，你应该是和大小姐、钱少爷一起上船的吧？怎么不待在特等舱，反而跑到四等舱里来呢？"阿力好奇地打探道。这个问题已萦绕在他心头很久。自从在防水门那里碰到朱剑卿，他便想一问究竟，只是一直没有机会问出口。

"我的确和他们一起登上的江亚轮，至于为什么会出现在四等舱，唉，这事可就说来话长了。"平躺在门板上，朱剑卿尽量将四肢舒展开。他轻叹一口气，道出事情的原委。

原来，我和钱士铭随着唐铮一起前往底层统舱后，朱剑卿很快便用完餐，回到九号舱。打开舱顶的水晶灯，舱室顿时亮如白昼。

实在闲得无聊，朱剑卿从书报架上抽出几本画报，斜倚在床上，对着封面的摩登女郎细细地品鉴一番。看了不多一会儿，朱剑卿昏昏欲睡起来，随手将画报丢在一边。就在这时，突然传来"砰砰"的敲门声。

朱剑卿很不情愿地起身开门，只见门外站着的是茶房康伯的那个远房亲戚。朱剑卿当然不知道这个远房亲戚的名字，自然也就不会和阿力说。不过依照我的判断，来者应该是后来康伯在船上苦苦寻找的大军。

朱剑卿以为大军事后反悔，想要继续住进这间特等舱，赶忙说道："我姐夫不是把房费双倍退还你们了吗？你还过来干什么？"

"不是，我不是这个意思。"大军看起来很是焦急，"我的怀表不见了，会不会落在这舱里了？"

大军说着走进舱室，四处找寻起来。朱剑卿的怀表正放在桌上。大军见了，以为是自己的那块，兴奋地跑过去，一把抓在手里。朱剑卿刚想解释，大军已瞧出不对劲，一边喃喃自语道"这不是我的那块"，一边将怀表放回桌上。

将舱室找了个遍，大军也没能找到怀表，急得额头冒出汗来。想破脑袋，他也想不出怀表究竟丢在了什么地方。倒是朱剑卿提醒了他一句："船上那么多人，挤挤挨挨的，会不会被小偷给偷了去？"

听了这话，大军倒也觉得有几分道理，顿时像是瘪了气的皮球，无精打采地和朱剑卿道别，说是再到别处找找看。说话间，大军已走出舱去。

朱剑卿睡意全无，干脆坐在床头，重新抓过那几本画报，信手翻看起来。看了不多一会儿，康伯敲开门，提着茶水铫走了进来。续上茶水后，康伯笑着说道："一个人若是坐在舱里闷得慌，倒不如去甲板上走走，散散心。"

康伯走后，朱剑卿想想也是这么个理。实在闲得无聊，又不想这么早休息，不妨到甲板上去透透气。他丢开画报，一骨碌爬起身，端起茶杯喝了一口，抓过桌上的怀表塞进兜里，一把推开舱门。他想着不过一小会儿便回舱，水晶灯也就没有关上。

朱剑卿来到甲板的时候，只见那里三五成群，依稀围聚着一些乘客。虽说江风有些猛烈，吹在人身上寒意顿起，可毕竟身处皓月当空的海上之夜，人们又怎会轻易抛却欣赏夜景的兴致？

　　沿着围栏，朱剑卿不紧不慢地朝前踱着步，想着走上一小会儿便回舱去。蓦然间，只见前方不远处一个衣冠楚楚的年轻人正将身子紧贴住一位穿着长袍马褂的中年男人，右手如闪电一般，伸进中年男人的衣兜，不知从里面夹出什么东西。得手之后，那年轻人将东西拿在手里，轻手轻脚地转头就跑。

　　朱剑卿陡然想起，眼前这位被偷的中年男人曾在家里见到过，竟是父亲的好朋友董老板。董老板倚在围栏上，笑吟吟地和一名打扮得花枝招展的贵妇人聊着天，浑然不知已遭窃贼光顾。

　　大军丢失不见的那块怀表，会不会也是这年轻人偷走的？朱剑卿顿时热血沸腾起来。来不及和董老板打招呼，他一边大喊"抓小偷"，一边毫不犹豫地追了过去。董老板一时间不知道发生什么事，和甲板上的众人惊呆在那里，竟无人上前帮忙。

　　那小偷见有人追他，忙不迭地顺着舱梯，撒腿朝下一路狂奔。朱剑卿不依不饶，紧追不舍。他追到底层甲板，只见那小偷身形一闪，竟消失得无影无踪。朱剑卿不禁有些垂头丧气，本想回舱去，可又觉心有不甘。

　　我知道，朱剑卿平素最痛恨小偷。一次，和我在霞飞路逛街，他兜里的皮夹被小偷偷了去。皮夹被偷倒还无所谓，可里面放着一张朱剑卿周岁时拍的全家福，是家中的"绝版"。朱剑卿急红了眼，立时便想到刚才那个和他迎面擦肩而过的年轻人。那年轻人差一点儿要撞在他身上，看起来嫌疑最大。朱剑卿当时狠狠瞪了他一眼，对他的面庞依稀有些印象。一连好几天，朱剑卿执拗地徘徊在霞飞路一带，后来竟真的碰上了这个年轻人。在路人的帮助下，年轻人被扭送到警察局，皮夹果然就是他偷走的。

　　或许每个男孩子都想成为一名福尔摩斯。朱剑卿一心想要揪住这个小偷，于是沿着船舷，透过装着铁质栅格的舷窗，一间舱室一间舱室地看过去。连续走过好几间舱室，来到靠近船尾的一间四等舱外时，朱剑卿透过舷窗，一眼看见那个衣冠楚楚的年轻人正神情自得地半坐在下铺床头，手里掂量着一只黑布袋。直到此时，朱剑卿才看清楚这小偷的面容，只见他嘴角有颗黑痣，分明就是刚上船时碰见的那个在人群里行窃未遂的"吊梢眼"！

朱剑卿顿时气不打一处来。他沿着船舷，走向舱门，随后便朝着那间四等舱小跑过去。进了舱，朱剑卿也不言语，一把带上舱门，径直走向"吊梢眼"，朝他床头一站。"吊梢眼"一抬头，见面前站着的是紧追自己的那个小少爷，不禁呆怔在那里。

"把东西交出来！"朱剑卿铁青着脸，以不容商量的威严口吻，冲着"吊梢眼"命令道。

"什么东西？""吊梢眼"还在那里装傻。

"刚才你偷的那位先生的物品！还有，还有一块怀表！"朱剑卿怒不可遏地斥责道，"看你这模样，也不像是个坏人，为什么要做这种下三烂的事呢？"

舱里不少人围拢过来看热闹。有位老者一眼便认出"吊梢眼"来，诧异地问道："你不是去上海跑单帮的单小哥吗？怎么干起这个营生来？"单小哥红着脸，叹口气，轻声说道："现在物价飞涨，赚的一点儿钱，赔得血本无归，债主天天逼债，这日子眼看就过不下去了。"

"日子再怎么难，也不能去当小偷呵！"有人提议，不如把警察喊过来再说。单小哥一边大声叫嚷着"不要"，一边用哀求的口吻对朱剑卿说道："兄弟，放俺一马，俺下次再也不敢了。"

"你到底有没有偷过怀表？"朱剑卿逼问道。

"这里，给你。"单小哥说着，从兜里掏出一块怀表，交到朱剑卿手里。虽说没见过大军的那块怀表，但直觉告诉朱剑卿，十有八九便是这块。

朱剑卿刚准备再问董老板被偷走的是什么东西，这时，那场骇人听闻的大爆炸突然发生。江亚轮一阵剧烈震动之后，舱顶的白炽灯随之熄灭。大家不知道发生了什么事，个个惊愕不已。瞅准这个机会，单小哥从床铺上一骨碌爬起身，朝着门口的方向夺路而逃。

借着舷窗透进来的光亮，朱剑卿眼疾手快，一个箭步紧跟过去。单小哥跑得挺快，三步并作两步，一转眼已跑到舱室门口。只见他拼命地推搡着舱门，那扇大铁门竟像生了根一般，任凭如何用力，始终无法推开。

朱剑卿赶过去，一把扯住单小哥的衣领，将他拉回舱。舱内众人已无暇关注这桩闲事，纷纷在那里窃窃私语，讨论震耳欲聋的爆炸声究竟从何而来。

就在这时，江亚轮再次剧烈地抖动起来，随后鸣响汽笛。大家分明能感觉到船尾正在渐渐下沉。紧张到令人窒息的气氛，随之笼罩在四周。抬眼朝舷窗外望去，只见不少人惊慌失措，正沿着船舷如潮水般往前涌去。

众人深知大事不妙，纷纷跑到舱室门口，拼了老命拍打着舱门，大呼"救命"。舱门被撞得摇摇欲坠，可就是无法被撞开。众人抓耳挠腮，想破脑袋也想不明白，好端端的，舱门怎么竟会打不开呢？

"大家快看，这扇门已被炸得变了形，恐怕不大容易撞得开！"思忖半晌，朱剑卿看出了端倪。在强大冲击波的作用之下，那扇铁门和门框已然扭曲着绞合在一处！

就在大家彷徨无措之时，单小哥发现舱尾有扇小门。众人推开门，提心吊胆地在暗夜里摸索着，朝向船尾缓缓走去。走到船尾，横亘在面前的是扇防水门。推开防水门，外面竟是碧波万顷的茫茫大海。

接下来发生的事情，章若甫已在江亚轮船头聊天时告诉了我。终于，我解开了萦绕心头已久的困惑——原来，朱剑卿是为了抓小偷而下到四等舱。当初我竟错怪了他，以为他又跑到哪里鬼混去了。我不禁着实恼恨起自己来。

"二少爷平躺在门板上，和我聊了很久很久，聊到很多童年时大家在一起玩耍的事情。"阿力说着说着，目光黯淡下来，"我以为，有门板保护，二少爷会没事的。可没想到——"

阿力说，大约过了半个多钟头，只见海面上漂浮着数不清的柑橘，金灿灿一片。连续灌了好多口海水，阿力觉得嗓子辣辣的，便随手捞起两只柑橘，剥开后将一只送到朱剑卿嘴里，另一只自己吃下肚去。

就在这时，有个年轻人划着水，朝这边游过来，看样子已是精疲力竭。游到近前，那年轻人冷不防地扒牢门板，大口喘着粗气，想要迈腿往上爬。

"是你？"朱剑卿冲着那年轻人喊出声来。听见喊声，年轻人怔了一怔。求生的本能，让他没有放慢攀爬的动作。阿力刚想一把推开眼前的这个不速之客，只见门板马上就要侧翻过去。

阿力忙不迭地打算扶住门板，岂料那年轻人死活不肯撒手。正在拉扯之际，一阵浪头突然卷过来，那扇门板就势翻转过去，重重地砸在海面上。阿力疯了似的挥起老拳，对着年轻人的面门便是狠狠一拳。

直到此时，阿力才看清楚，眼前的这个年轻人刚才竟在防水门那里碰见过。瞧他的长相，特别是嘴角的那颗黑痣，分明就是朱剑卿碰上的小偷——单小哥！

单小哥哪里吃得消这记老拳，"咕嘟咕嘟"吞了几口海水，整个身子慢慢沉了下去。阿力深吸一口气，费力地将门板翻转过来，只见门板上空空如也。纵目四望，朱剑卿已没有了踪迹。

"我想，一定是我没有系牢那根裤带。如果系得再紧一点儿，二少爷又怎么会出事呢？"阿力将双手深深地插入浓密乌黑的头发，小声哽咽起来。

这又怎么能怪阿力呢？面对这场惨绝人寰的大海难，他没有选择一个人独自逃生，已属难能可贵。他已经尽力了，真的尽力了。

"你既然逃了出来，后来怎么不去上海找我们呢？"我俯下身，拍了拍阿力的肩膀，轻声问道。

"我也不知道在海上漂浮了多久，直到后来被一艘小渔船救了上去。那艘渔船是开往宁波的，船老大就将我直接带回了宁波。"阿力说，一来包裹丢在江亚轮上，身边缺少盘缠，没办法买票回上海；二来没能保护好二少爷，更是没脸回上海。这几个月，他一直流浪在宁波乡间，靠给人家卖苦力做点小工维持生计。

接着，阿力和我们说起出事的那天，他上了江湖郎中的当，登上江亚轮的经过。"如果让我再碰上那个混账的江湖郎中，非得给他一顿老拳，把他的山羊胡子一把薅掉不可！"阿力捏紧拳头，恨恨地说道。

"阿力，老爷全家都搬回鄞县了，不如你跟我们回去吧。"葛妈温柔地劝说道。

"不，我不打算再回去。出了这么大的事，我还有什么脸回去呢？"阿力身子连连朝后退缩着。

我们又劝说了好一阵子，见阿力态度如此坚决，也就不再勉强。临上车前，葛妈从包袱里掏出四五枚银圆，塞进阿力手里。我一再叮嘱阿力，如果日子太艰难，过不下去，一定要记得来找我们，朱家的大门永远会向他敞开。

马车跑出不多远，我掀开车帘，想再好好看几眼章若甫从小生活的这片土地。马车跑得很快，尘土飞扬。土路边的一间间老屋、一棵棵大树，仿佛都深深地烙印着章若甫的气息。

只是一晃之间，我瞥见一名身材窈窕的女人牵着一个小女孩儿的手，正站在一间瓦房旁。虽然没有看真切，可瞧那身形，分明就是吴夫人！我急忙喊叫停车。车夫停下车来，葛妈扶着我跳下车，跑到土路边。可是回望过去，路边哪有这对母女的身影？一时间，我不禁怅然若失。

五月二十八日这一天，我和杨大安的婚礼如期举行。僻处乡间的我们不知道，三天之前，宁波老城到处一片欢腾，因为中国人民解放军来了，宁波解放了。当我得知这个消息，已是婚礼之后两天。

记得洞房花烛夜的那个夜晚，我盖着红盖头，上了花桥，被人群簇拥着，抬到一村之隔的杨家。杨家高朋满座，宾客盈门，可这份热闹并不属于我。有那么一刻，我甚至在想，如果不是登上江亚轮，盖着红盖头的我是不是已经嫁给钱士铭，成为钱家的媳妇？

父亲说我小时候和杨大安见过面，可我实在一点儿印象也没有。红盖头被挑开的一瞬间，映入我眼帘的是一张清秀的面庞，白皙的皮肤，含情的双目，高挺的鼻梁上架副黑框眼镜。我知道，眼前就是将会和我共度余生的男人。

喝完合卺酒，我们早早上了床。躺在红缎锦被里，我们聊着聊着，不知怎的，话题便聊到了江亚轮海难。杨大安说，当时要不是被人踩住脚跟，将怀里的收音机摔坏，他差一点儿便上了江亚轮。

杨大安犹自喋喋不休，我却不觉惊呆了。我顿时想起在十六铺码头上目睹到的那一幕。我怎么也无法想象，杨大安竟然就是那个抱着收音机打算登船的富家子弟！这个世界真是太小了。

"你知道吗？那个家伙原本和我约好，第二天一早到警察局谈赔偿的事情。可一觉醒来，江亚轮失事的消息传遍上海滩。我不禁惊出一身冷汗，马上找到那个家伙，拉着他上馆子，好好地庆贺了一番。你说，要不是他踩住我的脚跟，我说不定已变成江亚轮上的冤魂了呢！"杨大安眉飞色舞地说着，颇有一点儿幸灾乐祸的意味。

我没有和杨大安提及当时我就在现场，也没有和他说起我差一点儿就变成江亚轮上的冤魂。我不想再和别人谈论有关江亚轮的任何事情。这场大海难来得毫无征兆，就让一切都毫无征兆地过去吧。

新婚没几天，我就知道这不会是桩好姻缘。杨大安竟然染有烟霞癖，起初不过一个人躺在房间的方榻上吞云吐雾，后来竟然不再避我，当着我的面快活似神仙起来。私下里，有个仆妇告诉我，杨大安因为吸食鸦片，败光了杨家在上海滩半条街的铺子，杨老爷一气之下，这才变卖家产，搬回宁波乡下。

我只能自叹命薄，没人的时候一个人躲进房里默默流泪。父亲一直说要"门当户对"，结果到头来，还不是月老牵错红线，配错姻缘？

自从我出嫁之后，父亲酗酒越发严重。有两次回娘家，母亲哭天抹泪地跟我说，这日子真是没法过下去了。我听得辛酸至极，可是又有什么办法呢？唯一可感欣慰的是，在葛妈的精心照料之下，小雯正在一天天地健康长大，转眼已到牙牙学语的年纪。

对杨大安的行径，父亲也已有所耳闻，常常在我回家之时，对着我长吁短叹，说自己老眼昏花，亲家没结成，倒结了个冤家。我反过来拿些话头劝慰父亲。毕竟我已怀了杨大安的骨肉，为了腹中的孩子，这日子也得继续过下去。

一日，我突然接到家中的讣闻，父亲酗酒后，不慎跌倒，半夜猝亡。等我慌里慌张地和杨大安一起赶回家时，灵堂已布置好。父亲的遗像挂在堂中，正冲着我微笑。我跪倒在父亲的灵前，几乎哭晕过去。

望着日渐萧然的家境，我不禁悲从中来。我甚至在想，如果从来没有认识过钱士铭，没有登上那趟江亚轮，朱剑卿没有出事，是不是后来的一切就都不会发生了呢？江亚轮改变的并不仅仅只是船上所有乘客的命运，和他们的人生有着千丝万缕联系的无数人的命运，都因为这场大海难发生了改变。

如果不是这场海难，至少我还有机会站在舞台上，从事心爱的话剧表演。父亲一直打算送我留洋，这个计划或许也早实现了吧。可是现在，我刚刚如鲜花一般绽放的人生却犹如一艘抛锚的航船，在茫茫大海里逐渐迷失了方向。

父亲意外去世之后，母亲的身体状况每况愈下，偏头疼不时发作，有时神智变得模糊起来。我回家探视母亲的次数逐渐增多，没想到竟惹来杨大安的好大不痛快。起初不过是甩甩脸子，后来干脆将我锁在屋内，不准我随意出门。

葛妈见我一连几天没有回家，便跑到杨家来一探究竟。杨大安碍着亲戚的情分，让我和葛妈见了面。杨家的下人们在场，我也不能露出过分的悲伤，只得强颜欢笑，请葛妈放心，过两天自己便回去。葛妈走后，杨大安很是恼火，狠命地推搡了我一把，将我重重地推倒在地上。

不久后，村上传出风言风语，说小雯的身世不清不楚，十有八九是我的私生子。我从葛妈那儿得到这个消息，简直是瞠目结舌、胆战心惊。都说"三人成虎"，若是这话传到杨大安耳朵里，我岂非跳进黄河也洗不清？

害怕来的往往总会到来。这话竟真的被杨大安听到了。那天晚上，他喝醉酒回到卧室，对着我便是一顿拳打脚踢。我一时小腹绞痛，豆大的汗珠滚满双颊，昏死过去。等我醒来时，已躺在医院的病床上。医生说，我刚刚流产，让我务必注意身体，好生调养。那一刻，我的心彻底死了。我决定结束这如坟墓一般的婚姻。

母亲挨过来年新春，在正月里静静地离开人世。在守灵的那个夜晚，母亲的灵前只有我和葛妈。我把想早点结束这段婚姻的念头告诉了葛妈。葛妈先是吓了一大跳，后来抚摩着我的双手，含着泪说："我苦命的小姐，你过得实在太憋屈。无论你做什么决定，葛妈都支持你。"

葛妈说，在得知爹娘为我精心准备两三年的嫁妆随着江亚轮沉入海底的那一天，她就隐隐为我的婚姻担起忧来，因为这实在不是一个好兆头。特别是在像她一样的农村人眼里，犹如是倒了血霉的魔咒。

葛妈的话听上去似乎有几分道理。看起来，难道这一切的一切，冥冥之中自有天意？

母亲出殡的那一天，天空飘着小雪。我手捧母亲遗像，披麻戴孝地走在队伍的最前面。葛妈没有来送母亲最后一程。我跟葛妈约好，母亲出殡后，我和她还有小雯，一起离开宁波乡下。至于去哪里，并不重要。只要离开这伤心之地就好。

葛妈在家中收拾好金银细软，带好随身换洗衣服。我和杨大安说好，今晚在娘家再住一宿，第二天一早便回家。杨大安对我原本并不十分上心，加之万万不会想到我竟存了逃跑的念头，自然一口应允。

入夜时分，葛妈抱着小雯，我挽着装有金银细软的包裹，将象牙戒指塞进衣兜，趁着夜幕冒雪出了门。还能去哪里呢？除了宁波，最熟悉的地方便是上海。我已拿定主意，先到上海去找唐铮，说不定她有办法帮到我。

由水路辗转来到上海，我和葛妈最先去了万国公墓。距离上一次到公墓探望朱剑卿，一晃过去整整一年。短短的一年时间，发生了那么多不堪回首之事，一切早已物是人非。站在朱剑卿的墓前，抚摸着墓碑上的照片，我不禁泪如雨下。

遥想一年多前，一家人和和美美，团团圆圆，何等开心快乐！谁曾想一转眼便是阴阳相隔，如今只剩下自己孑然一身。真是欲哭无泪，欲诉无言！

离开公墓之时，我竟再次意外碰上何潇。只不过，这次何潇是和顾小苓一起过来的。我这才想起，这一天是何潇母亲的忌日。

何潇告诉我，他和顾小苓已喜结连理。我忙不迭地恭喜他俩终于修成正果。顾小苓羞红了脸，嗔怪我在有意打趣她。瞧得出来，她和何潇非常恩爱。我打心底里为她觅得真爱而高兴。

何潇说，自己有个亲戚在东北沈阳，前阵子写信过来说，东北正在大力发展重工业，配套建设了几所工人子弟学校，教师力量奇缺。他和顾小苓准备坐火车去沈阳，投入东北的建设热潮之中。他们已买好几天后的火车票。

我听后，不禁有些心动。能成为一名光荣的教师，是我一直以来的夙愿。我便向何潇说出了想法。何潇爽朗地笑着发出邀请："你想去那真是太好不过了！不如我们结伴同行吧！"

我看了一眼顾小苓，担心她生出什么其他的想法。顾小苓显然看出了我的心思，微笑着说道："去吧，我们都很欢迎你！"

就这样，我和葛妈带着小雯，与何潇、顾小苓一起，坐上飞速前行的北上列车。临行之前，我专程去了趟武康路，想再看一眼那座曾经定格过无数欢声笑语的老宅。老宅已换了新的主人。听我说明来意，主人友善地将我迎进门，让我随便逛逛。

走进院子，我一眼便看见白鹃梅，一丛丛，一簇簇，依旧郁郁葱葱，生机勃勃。虽说花期已过，可白鹃梅姿态饱满，正孕育着下一个花季的期望。我采摘了一些白鹃梅的种子，小心翼翼地用手帕包好。这里面饱含着我特别的江南记忆，我想把这份记忆带去北国。

我顺利实现了儿时的梦想，成为一名小学教师。没过两年，铁西工人村在沈阳拔地而起，我有幸成为工人村第一小学的首批教师。

我将白鹃梅种在屋檐下。没想到在南方生长得蓬蓬勃勃的白鹃梅，到了北国依旧显出格外的生机。每逢花开时节，我会搬把小凳，坐在屋檐下，眯着眼前洁白无瑕的花海，陷入无穷无尽的思绪之中。花落时节，看着那随风飘落的朵朵花瓣，又不免惹来另一番感伤。远在江南的知交故友，你们是否一切安然？

后来，我只回过一趟江南。那是一九五九年二月。早在两年多前，沉没于里铜沙海域的江亚轮被上海市人民政府打捞出水。经过修复之后，焕然一新的江亚轮再一次停泊在上海滩十六铺码头，等待新中国成立后的首航。这次首航聚集了四百多名当年的幸存者以及罹难者家属。听说这一消息，我几天前便从沈阳坐火车赶回上海。

二月四日，巍峨的江亚轮停泊在十六铺码头上，一切恍若十年之前的模样。船身簇新，亮丽的乳白色船体在一轮艳阳的照射之下，闪耀着万丈光芒。一时间，我竟有了时光穿越之感。

和十年前的那次航行一样，这一天依旧是风和日丽的好天气。江亚轮乘风破浪，经过里铜沙海域，驶向宁波港。十年前的宁波港，没能在清晨时分等来江亚轮靠岸的汽笛声。而这一等，便是整整十年。

在船上，我意外地碰见好几个熟人。故人相见，自是不免一番唏嘘。

董杰，当年的那个董家二少爷，胡子拉碴，看上去沧桑了许多。礼节性地寒暄几句后，我便关切地问起董老板、董熙、董燕他们的情况。董杰含着泪对我说，一家人现在就只剩下他和董燕。董燕虽说幸免于难，可因为受了太大刺激，已是精神失常。

闲聊中，我随口问起，当年董老板在船上是不是碰上了小偷。董杰很是惊诧，问我怎么会知道这件事。我苦笑着说，弟弟就是因为追小偷，一直追到下面的四等舱，再也没能活着上来。董杰听了，沉默许久，开口说起当时的情况。

董老板饭后在舱里休息了不多一会儿，便执意要到外面去散步，这是他多年来养成的生活习惯。于是，二姨太陪着董老板一道去了甲板。过不多久，两人回舱，二姨太一惊一乍地嚷嚷道："刚刚真是吓死人，船上竟然有小偷！"直到这时，董老板一摸口袋才发现，兜里揣着的两根金条连同装金条的黑布袋已是不翼而飞。

后来发生了一些什么，董老板、董熙他们究竟是怎么遇难的，我没有追问下去。时隔十年，累累伤痕或许已悄然结痂，我又怎么忍心再去勾起董杰的伤心往事呢？

倚在三台格的围栏边，沐浴着海风，董杰岔过话头，和我提起在江亚轮顶层的豪华餐厅里度过的美好时刻。刹那间，董杰伴奏、董燕演唱那曲《秋水伊人》的场景，再一次浮现在眼前。那是多么优美动人的旋律！

"想想真可笑，当时我还真是有点儿吃醋呢。"董杰笑着告诉我，当听说我准备回宁波订婚时，心里老大不痛快，便提议和董燕一起登台表演，也算是在我面前露一手。说这话时，董杰对往事早已释然。

"朱小姐，你现在过得好吗？后来有没有和船上的那位先生结婚？"董杰随后把这个问题抛给了我。

我轻轻摇了摇头，没有说话。董杰有点儿丈二和尚摸不着头脑。不过，他还是和我讲起了另一段当年在江亚轮上发生的故事。

董杰说，当时一大家人住了两间一等舱，董老板和他们兄弟俩住一间，董夫人、两房姨太太带着董燕住另一间。大爆炸发生的时候，董夫人和董燕已经就寝，三姨太抱着那只她最心爱的波斯猫，与二姨太一起，在隔壁舱里陪着董老板聊天。

巨响过后，舱室里漆黑一片，众人不知道发生了什么事，无不胆战心惊。这时只听船舷上人声鼎沸，"救命"声一浪高过一浪。董老板预感大祸临头，忙招呼大家往舱外跑。出了舱，董熙说是要去隔壁舱喊上母亲和妹妹，让董杰护着父亲和两位姨太太先走。

随着人流往前跑了几十米，董杰回头一看，父亲和二姨太不知何时已没了踪影，只有三姨太抱着波斯猫，花容失色、发髻散乱地跟在身后。

船舷上的人流越来越密集。董杰意外地发现钱士铭正提着一只包裹，挟裹在人流之中。跑了没多远，只见前方有人在拼命争抢两名男子身上的救生衣，场面极其混乱。担心不慎跌倒被人群践踏，董杰一把拉住三姨太，暂避到旁边的立柱边。不想钱士铭也在立柱边停住脚。只见他将包裹扔在甲板上，三下五除二，便脱掉身上穿着的救生衣，随后一把拎起包裹。

这时，包裹里突然传来婴儿哇哇的啼哭之声。钱士铭微微一愣，低头瞧了一眼，随即将包裹扔在地上，拔腿就走。董杰顿时便来了火，一个大男人，怎么能只顾自己逃难，将孩子随便扔掉呢？他一个箭步上前，扯住钱士铭的胳膊，指着地下的包裹，厉声斥责道："这么小的孩子，你怎么忍心把他扔掉！"

钱士铭正想解释什么，只听得有人大喊"海水漫过来了"。钱士铭忙不迭地俯身拾起包裹，随着人流，拼命地朝着露天甲板跑去。正是在奔跑过程中，三姨太不小心被人流挤跌在地，再也没能爬起来。三姨太倒地的瞬间，波斯猫从她怀中猛地蹿了出去。

我万万想不到，阴差阳错侥幸获救的小雯，竟然险些被钱士铭再次遗弃在船上！刚刚出生，便遭遇这么多劫难。看来，这孩子真是命途多舛。

这件事，钱士铭压根没有跟我提起过。听了董杰的讲述，我对钱士铭的鄙视不禁又添了几分。可是，再多的鄙视现在还有什么意义呢？我的生命里已经彻底没有了这个人。甚至，连他的模样也逐渐模糊起来。

"那孩子是你和那位先生的吧？孩子现在还好吗？"董杰又一次提出的问题，实在令我尴尬。

"挺好的。"我从唇间快速蹦出的这三个字，算是对董杰的回答。我实在没有兴趣，也没有必要将整件事的来龙去脉再说一遍。

我还碰上了唐铮。唐铮笑着把同行的两个男人介绍给我，年龄大一点儿的是她的丈夫赵凯伦，小一点儿的叫刘存建。得知唐铮已和赵凯伦结婚，我向她送上诚挚的祝福。

唐铮说，她和赵凯伦其实都是中共地下党员。新中国成立前夕，政治形势错综复杂。听说国民党的达官贵人们经常乘坐江亚轮，于是上级指派她和赵凯伦假扮夫妻，负责上船收集情报。赵凯伦当时在利群出版社工作。利群出版社遭国民党当局查封后，一大批进步青年身陷囹圄。赵凯伦当时正巧去外地执行任务，得以避过风头。可没想到因为叛徒的出卖，最终他还是在登船的那一刻被抓进监牢。直到新中国成立，他才重获自由。

唐铮又指着刘存建告诉我，别看他年纪小，当年也是利群出版社的一名编辑，只可惜待在江亚轮底舱时，她和刘存建并不认识。江亚轮出事的时候，刘存建身处后大舱，经历九死一生，才被人救了出来，可惜他的几个同事都不幸罹难了。

我立时想起章若甫在船头向我讲述脱险经历时，曾提到过一个利群出版社的年轻人，便问刘存建是不是被人从一个大窟窿里拉出来的，刘存建诧异地点点头，问我是怎么知道的。

"救你出来的，一个是我哥哥，另一个是我未婚夫。"我对着刘存建一字一顿地说道。刘存建听我这么一说，忙不迭一个劲儿地致谢。

"你还有个哥哥，我怎么不知道？当年他也在江亚轮上吗？"唐铮连珠炮似的问道，"你和那个未婚夫现在怎么样了？"

"下次有机会，我再慢慢和你说。"我朝着唐铮笑了笑，匆匆结束了我们的聊天。唐铮哪里知道，我所说的哥哥，便是从小和我一起长大的阿力；而未婚夫，则是我朝思暮想的章若甫。

在船上，我还碰到了黄得佳。黄得佳穿上新式制服，成为江亚轮上的一名服务员。与十年前相比，如今的黄得佳没了当年的青涩与腼腆，成熟老练许多。黄得佳认出我来，激动地跑进餐室，拿来两杯香槟，一定要和我喝上一杯，以示庆贺。

黄得佳同样和我聊起当年江亚轮上的故事。对所有幸存者来说，还有什么事会比这更让人刻骨铭心的呢？黄得佳不无遗憾地说，爆炸发生后，如果船员们不是只顾着自己和亲友逃命，而是按沈达才船长吩咐的那样，放下救生艇或是救生筏，组织救生，或许不会有那么多人死于这场海难。

江亚轮驶达宁波，我下船后做的第一件事，便是跑去父母的坟前，哭着祭奠一番。随后我悄悄进村，四处打探杨大安的近况。原来，不消几年，杨家已是彻底败落。杨老爷去世后，老宅典与他人，杨大安不知流落何处。听到这个消息，我心里着实不是滋味。

父亲购置的那幢老宅依然矗立在那里，只是早已结满蛛网，凋敝不堪。我托人变卖掉老宅。我想，有生之年，我可能再也不会回来了。收拾老宅的时候，我只带走一件物品，就是压在箱底的那件厚实绵软的军大衣。

从上海动身返回沈阳之前，我又去了趟万国公墓，在朱剑卿的墓前送上一束鲜花。何潇特意叮嘱我一定要代他到父母的墓前祭扫一番。我帮他完成了这个心愿。

我还去了一趟永安公墓，那里有一座江亚轮死难者的墓地。江亚轮重见天日之时，很多罹难者的遗骸同时被打捞出水，集体安葬在永安公墓。我在墓前深深地鞠上一躬，对罹难者致以最深切的哀悼。

公墓旁有一面大理石墙，上面密密麻麻镌刻着遇难者的名字。我一行一行仔细看过去，朱剑卿、高筱筠、董熙、吴继超、纪东、白萍……每一个熟悉的名字的背后，都有着一张鲜活的面孔。一时间，我不禁再次泪流满面。

我甚至在大理石墙上发现了章若瑾的名字。那一刻，我的心脏剧烈地跳动起来，非常害怕那个魂牵梦萦的名字会残忍地跳入眼帘。可找来找去，我在大理石墙上终是没有找到"章若甫"这三个字。他并未罹难？还是尸骸仍沉于海底？抑或因为尸骸无人认领，成为无名男尸？答案已成为一个谜团。

我曾猜想，章若甫可能随着溃败的国民党军队去了台湾。回到沈阳之后，我辗转联系上定居美国的堂姐朱曼卿，请她务必托人去台湾打探章若甫的消息。一个多月后，朱曼卿带来的消息令我失望透顶。她说，请了好几个朋友千方百计去查，可一直查无此人。

当年江亚轮究竟为什么会突然爆炸？这个问题萦绕在我心头好久好久。我为此查阅过一些资料。有的说是锅炉房爆炸，有的说是江亚轮误触水雷，有的说是船上私运的军火发生爆炸，还有的说是国民党的一架飞机飞过上空，挂在机翼上的一颗炸弹不慎脱落，引发这场大海难……

探究真相又有多少意义？就算查清楚事实真相，那些冤死的人们还能再活过来吗？那些经历亲人遇难之悲的家庭还能重拾往日的欢笑吗？

后来，江亚轮航行在上海到武汉的长江航线上；再后来，听说这艘轮船改名为"东方红八号"；一九八三年"东方红八号"正式退役。

最后一次听说江亚轮的消息，是新世纪初。"东方红八号"辗转卖给温州一个拆船个体户。不料，船上工作人员在拆卸作业时，不慎引燃机舱内的油污引发火灾。整艘轮船被烧得体无完肤，只剩那只木质舵盘完好无损地保存了下来，安放在宁波浙东海事民俗博物馆。

有机会，我一定要再去一趟宁波，在父母的墓前培一抔土，去浙东海事民俗博物馆看一眼江亚轮上的木质舵盘。

我的眼前又浮现出当年江亚轮在海面上高歌猛进的画面。木质舵盘快速地转动着，海水欢快地翻腾着，江亚轮的身影，逐渐消失在水天交界的地方……

偶尔无人的时候，我会从檀木箱底翻出军大衣，找寻一段丢失在风中的记忆。在那个特殊的年代，一旦被人发现家中藏着一件国民党士兵的军大衣，将是多么危险而可怕的事情。知晓整件事的来龙去脉后，葛妈好多次劝我赶紧把军大衣丢弃或是烧掉，以免惹祸上身。可我怎么能这样做呢？我就算舍弃生命，也绝不会做出这样的事来。

清晨时分，我还会常常坐在窗前，将那只象牙戒指戴在无名指上，久久端详。迎着晨曦，洁白无瑕的象牙戒指折射出五彩的颜色，光影斑驳。春依旧，人空瘦。遥不可及的你，一切是否安好？

屋檐下，白鹃梅正恣意地开放着，开得那般无拘无束，桀骜不驯。微风拂来，一股清香在小院里四处弥散……

尾　声

从宁波的一家游艇俱乐部租来游艇，我这才到达里铜沙海域。

游艇出海之后，阳光格外火辣，皮肤顿时有种强烈的灼热感。此次从北国来到江南，除了替母亲完成未了的遗愿，我还想寻一个久远的梦。一路行来，所见所闻，所想所思，令我时时感觉到一股热血在胸膛里奔涌。那段久已被岁月尘封的日子，仿佛并不曾走远，真真实实地存在于江南的一草一木、碧海蓝天之间。

宁波、上海两地间的轮船停航已整整二十年。现代化的交通格局，让很多传统出行方式定格成泛黄书卷里的风景。今天，当我们乘坐高铁享受风驰电掣的快感时，谁还能够想象，当年从上海到宁波，非得要乘坐每天一趟、挤得像沙丁鱼罐头一般的轮船？

乘坐游艇逍遥而快意。眼前的海面一碧千顷，水波不兴。我实在无法想象，七十多年前在那样的一个皓月当空的夜晚，这片海域发生过中国海难史上最为惨绝人寰的惨案。眼前看起来无比温柔平滑的海面，无情地吞噬掉一个又一个鲜活的生命。

那个飘雪的冬夜，坐在书桌旁，就着台灯柔和的光线，我一气呵成读完小说《江亚轮》。小说里的那些惊心动魄、荡气回肠的故事，令我热泪盈眶，欲罢不能。我怎么也不会想到，母亲写就的这部小说稿本里，竟然藏着我的身世之谜。我竟是江亚轮海难事故里年纪最小的幸存者！

如果母亲没有将小说稿本交给我，恐怕我的身世之谜永远无法解开。人的一生充满着太多的不确定性。假使没有那一次次的巧合与偶然，恐怕我和江亚轮上的两千多名遇难者一样，早已葬身茫茫夜海。活到像我这把年纪，已然看淡一切，心底波澜不惊，可我依旧要感恩命运，是命运之神拯救了我的生命，让我能够蒙受神祇的庇护，平平安安地存活下来。

母亲朱眉卿对我的这分爱是无私而伟大的。虽说她不是我的亲生母亲，她却将全部的爱都给了我，让我和同龄的孩子一样，沐浴着母爱健康快乐地成长。记得小时候，我非常羡慕人家的孩子有父亲陪伴。我曾不止一次地问过母亲，父亲去了哪里。母亲总是幽幽地对我说，你父亲去了很远的地方，很远很远的地方。

我终于知道，母亲为什么给我取名为朱慕章。虽说在江亚轮上仅仅相处了一个夜晚，不，应该是相处了几个小时，可母亲对章若甫的那分爱，已如炽热的血液，流淌进每根毛细血管。细细想来，章若甫的这分爱，难道不值得她用一辈子的时间去回味、去记取吗？

定居沈阳之后，母亲没有再婚。虽然不断地有好心人想要说媒，母亲总是微笑着一口回绝。现在我才明白，原来母亲的心里一直住着一个人。哪怕只是守着一份痴痴的等待，只要心中有爱，未来便有希望。

在我看来，章若甫，我的舅舅，十之八九已在那场大海难里不幸罹难。要不然，何以始终音讯杳然？母亲显然不愿意承认这个事实，所以在小说结尾，依然让每名读者抱有重逢的幻想。这么多年来，哪怕日子过得再艰难，母亲咬咬牙，总是一个人硬扛下来。我想，终有一日与章若甫久别重逢，或许是支撑着她一路踽踽独行的理想和信念。

母亲笔下的那么多人物，我只认识葛妈、何潇和顾小苓。

打小起，我由葛妈一手带大，我一直喊她"姥姥"。母亲对葛妈非常和善，也很敬重。母亲对我提起过，葛妈是她的远房亲戚。至于什么亲戚，我从来没有想过要刨根究底。不过我一直想不明白，作为亲戚，葛妈为什么会长期住在我们家。如今，我才终于得知真相。

无论饮食还是起居，葛妈对我照顾得无微不至。葛妈精于厨艺，特别是她烘烤的千层饼，定格了我童年满满的回忆。千层饼烙熟后，外焦里暄，酥软油润，入口松脆香甜。这次来到江南我才知道，原来千层饼是宁波的特色小吃。对葛妈来说，无疑是难以忘怀的家乡的味道。

大约在我读小学三年级的时候，葛妈患了场重病，久治不愈，在白鹃梅含苞待放的初春撒手人寰。母亲为葛妈购置了墓地，也算是替她养老送终。

何潇和顾小苓，从我打小有记忆起，便是紧挨着我们家的邻居。每次见面，母亲都会让我喊"何伯伯""顾阿姨"。何伯伯、顾阿姨对我非常疼爱，对母亲也很照顾。记得在我很小的时候，家里有什么繁重的体力活，总是何伯伯上门，乐呵呵地忙前忙后。每逢大年三十，何伯伯、顾阿姨都会邀请我们过去吃团圆饭，并且会用红纸封包好压岁钱，塞到我手里。

何伯伯、顾阿姨虽说一直没有孩子，感情却是非常好。哪怕到了暮年，每天晚饭过后，他们仍会像年轻时一样，手挽着手出门散步。平时兴致来了，他们会在街心小花园排场话剧过过戏瘾。母亲每每会被邀请过去，在剧里演个角色。我和街坊邻居也就凑个热闹，充当起观众来。

记得有一次，他们排演的话剧是林语堂先生的《子见南子》。为了谁演女主角南子，母亲和顾阿姨还左推右让了好一阵子呢。现在我才知道，原来年轻的时候，母亲和何伯伯、顾阿姨一起加入过持钟话剧社，有着丰富的表演经验。难怪他们表演起来舞台范十足。所谓"老有所为，老有所乐"，大抵便是如此境界吧。

前几年，何伯伯、顾阿姨相继染病身故。母亲为此黯然神伤了好一阵子。多年以来，身处异乡的他们互相扶持，已结下深厚的友情。学生时代彼此间懵懂的情感纠葛，早已被岁月洗涤得纤尘不染。

朱剑卿、黄得佳、唐铮、高筱筠……小说里还有那么多人物，虽然与我素未谋面，可合上书卷，那一张张陌生而又熟悉的面孔，一一浮现在眼前，恍若生命里激荡起的朵朵浪花，如此这般似曾相识。和我一样，他们的人生也因为江亚轮海难而演绎出无数的悲欢离合。一整夜，我辗转反侧，久久难以成眠。

第二天清晨，我起了个大早。梳洗已毕，我便跑去母亲的房间。没想到母亲已半坐在床头，似乎正等着我的到来。

"慕章，小说看完了？"母亲微笑着拉着我的手，将我拉近她的身旁坐下。

"妈！"我刚想说些什么，眼泪已不争气地流了下来。

"看来你一切都明白了，那就什么也不用说了。"母亲掏出手帕，替我拭去眼中的泪水，"我不知道把这件事告诉你，究竟对还是不对。本来，我是不想告诉你的……"

母亲说着说着，竟也哽咽起来。母亲说，在我很小的时候，她不敢说出我的真实身世。那是一个特殊的年代，她害怕别人知道我有个曾在国民党空军部队服役的舅舅，让我在政治上受到牵连。那段动荡的岁月过去之后，人们久久仍是心有余悸，母亲依旧不敢轻易捅破这层窗户纸。再到后来，母亲好几次想要对我说清楚这件事，一时间却又不知从何说起。

"有时我想，知道真相又有什么意义呢？也许知道真相之后，只会带来无穷无尽的痛苦。"母亲轻轻地拉着我的手，眼神迷离，若有所思。

我能理解母亲的想法和心情。如果换作是我，也许也会做出和母亲同样的选择。人生天地之间，若白驹之过隙，忽然而已。又何必事事明明白白？难得糊涂，少却一些忧愁烦恼，岂非是另一层人生境界？

母亲最近身体越来越虚弱，自感可能来日无多，纠结了很久很久，这才决定把真相告诉我。"我不知道这样做是不是正确，但我至少可以说服自己，这绝不会是个错误的决定。"母亲的目光里充满慈爱。正是沐浴在这样的目光里，我走过一年又一年春秋冬夏。

第二年初夏，在白鹃梅含苞待放的时节，母亲走完了自己九十岁的人生。母亲走得很安详，躺在医院的病床上，就像熟睡一般。料理完母亲的丧事，我决定只身一人，带着母亲未了的遗愿，前往魂牵梦萦的江南。

一串清脆的鸟鸣，打断我的思绪。抬眼望去，两三只水鸟欢快地掠过海面，腾跃翻飞。眼前便是里铜沙海域。海岸线和天际线重叠在目光深处，一望无垠。没有风，海面碧蓝碧蓝的，平静得像是一面大镜子，又仿佛一块光莹剔透的宝石。

在浩瀚的大海面前，人类是多么的渺小！若不是怀着满腹心事，我差不多就要高声赞叹起大海的伟大与包容了。

打开随手携带的包裹，我小心翼翼地取出一只金丝楠乌木骨灰盒，里面装着母亲的骨灰。临终前，母亲躺在病床上，大口地喘着粗气，一再叮嘱我，一定要将她的骨灰撒在当年江亚轮出事的地方。母亲说，这是她的遗愿之一。

我肃穆地双手掬起骨灰，一捧一捧地伴着玫瑰花瓣，撒向澄澈的大海。一阵微风吹过，海面卷起层层浪花，发出呜咽的声响，仿佛正在奏响一支安魂曲。安息吧，我亲爱的母亲！我能理解母亲的这个决定，眼前的这片海域，应该是她最好的归宿。

母亲还有一个遗愿，就是将象征着美好爱情的信物象牙戒指，随着骨灰一起抛向大海。母亲说，只有这样，她才能和章若甫长长久久地欢聚在一起，永不分离。

我缓缓地将手伸进衣兜，掏出那枚象牙戒指，放在掌心。阳光有些刺眼，象牙戒指在阳光的映射下，光彩夺目。这枚小小戒指，见证过蹉跎的岁月、蹉跎的青春、蹉跎的爱情。这一切，究竟是谁之过？

犹豫许久，我将戒指依旧放回兜里。亲爱的母亲，请原谅我没有遵从您的这个遗愿。因为我笃定地认为，章若甫，我的舅舅，那个曾在国民党空军第八大队服役的军人，正带着无尽的思念，生活在海峡的另一边。自从那天在宁波浙东海事民俗博物馆的游客留言簿上看到那个刻骨铭心的签名，我便这样笃定地认为。

记得当时我急着追问将我带去留言的那个声音很是甜美的小姑娘，认不认识签字的那位老先生。小姑娘望了望我，凝神想了半晌，猛然想起什么似的说道:"噢,有点儿印象,大约一两个礼拜前吧,这位老先生和家人一起来到我们馆,老先生在江亚轮的那只舵盘前停留了很长时间。是我邀请他在留言簿上留言的。"

至于老先生的其他讯息,小姑娘一概不知。这也难怪,每天游客人来人往,川流不息。作为一名工作人员,她又怎么可能知道、怎么可能在意每一名游客的具体讯息呢?

凝视着留言簿上的签名,我立时心潮起伏,如惊涛骇浪,久久不能平抑。我笃定地认为,章若甫,我的舅舅,他还活着,只是我无法知道,当年他是如何逃离那场大海难的,后来他到底有没有想方设法寻找深深挚爱着的我的母亲?这么多年以来,又为何一直音信杳然?

我从小姑娘手里接过笔,在留言簿上写下这么一行文字:"心若在,爱永恒。迷航的船只,终有靠岸的一天。"

"那位老先生是您什么人?下次如果见到他,我一定会替您捎句话给他。"小姑娘仿佛看穿我的心事,递过来一张便笺纸。

"这位先生是我在这世上最亲最亲的人。"我接过便笺纸,飞速地写下手机号码,交到小姑娘手里,"下次如果再见到这位先生,请把这张纸条交给他。"

我没有遵从母亲的遗愿,将象牙戒指抛进大海,我想九泉之下的母亲,应该不会怪我吧。我相信,终有一天,我会替这枚象牙戒指找到失散多年的原主人,然后亲手把戒指交到他手里,替母亲道上一声:"好久不见,别来无恙!"我相信,这一天不会太遥远。

从宁波回到上海,我专程去了趟十六铺码头。那里早已不再停泊客轮。几艘游轮靠在码头上,不时有游人三五结伴登上游轮,感受黄浦江迷人的风情。黄浦江以西,是风格各异的外滩万国建筑群,黄浦江以东则是充满现代化气息的陆家嘴金融区。待到夜幕降临之时,两岸灯火璀璨,更显美轮美奂。倏然逝去的岁月如同一双柔滑的大手,悄然抹平曾经的沧桑印痕。那些关于时光的足迹,早已尘封在城市的记忆之中。

走在武康路上,道路两侧参天的法国梧桐,无言地诉说着光阴的故事。路边的一幢幢洋房，令人恍若置身二十世纪中叶的老上海。高高的围墙内，深深的院落里，隐藏着多少鲜为人知的故事？究竟哪一座院落，定格过母亲青春曼妙的身影？

我想到要去祭奠亲生母亲章若瑾，可她的墓地位于何处，我一无所知。于是，我便想去那座安葬江亚轮罹难者遗骸的永安公墓凭吊。那里的大理石墙上，镌刻着亲生母亲的姓名。令我没想到的是，在街头一连问了几个"老上海"，都没问出永安公墓的具体位置。还是后来碰上一位老伯，这才知晓，永安公墓原本位于古北路上，可惜在十年浩劫中被毁掉了。

我不禁想起曾在报纸上读过的一篇文章。当年仗义出手救助江亚轮落难乘客的张翰庭，一年之后在家乡温岭被以劣绅身份镇压，为世人留下谜一般的人生。作为新中国成立前江亚轮的唯一一任船长，沈达才一九四九年二月在香港招商局任"登禹轮"船长，并于次年一月率"登禹轮"起义，冒着隆隆炮火，归航广州。

俱往矣！

昔日的倜傥风流，恩怨情仇，一切都过去了！舍得也好，不舍得也罢，许许多多爱与被爱、幸与不幸的故事，如微尘一般散落在风中，不能留下一丝影踪。而我，当年乘坐江亚轮时尚在襁褓之中的婴儿，转眼已届耄耋之年，岂能不慨叹流光容易把人抛，红了樱桃，绿了芭蕉！

记得宋人蒋捷有一阕《虞美人》，词中这样写道："少年听雨歌楼上，红烛昏罗帐。壮年听雨客舟中，江阔云低、断雁叫西风。 而今听雨僧庐下，鬓已星星也。悲欢离合总无情，一任阶前、点滴到天明。"寥寥数语，真是写尽人生况味。人之一生，不过是一趟单程旅行，沿途歇歇脚、看看风景就好。倘若少了看风景的心情，人生也便索然无味许多。

从北国动身去江南之前，我已联系好一家出版社，将母亲的小说文稿寄了过去。坐在返回沈阳的火车上，出版社责任编辑小刘打来电话，告知出版合同已快递寄出，这两三天内即可寄达沈阳。

　　将小说付梓印行，这是母亲临终前的最后一个心愿。母亲说，她不想让这段故事随着岁月的流逝而湮没，她想让更多的人知道当年的江亚轮上，曾有过这样一段爱与被爱的故事。

　　回到沈阳，出版合同已寄至家中。小说进入出版环节后，一切进行得非常顺利。大半年之后，新书上架销售。面市第一天，小刘兴奋地打来电话，说市场反响异乎寻常的好。我想，母亲若是泉下有知，该是何等欣慰与开心。

　　日子一天又一天，循环往复。在这循环往复之间，我激动的心情逐渐平复下来。含饴弄孙，原本就该是像我这样的老人所应拥有的桑榆之景。

　　那是一个残冬将尽的午后。我像往常一样，正打算午休片刻，编辑小刘突然打来电话。电话那头，小刘激动地对我说："我在编辑部刚刚接到一个电话。打电话的是位老先生，他说他就是小说《江亚轮》里的主人公，电话是从台湾打过来的……"

　　刹那间，我几乎无法控制住内心的情绪，手微微颤抖，差一点儿跌坐在床沿。

番　外

一年多之后，出版社决定重印小说《江亚轮》。责任编辑小刘打来电话，希望我能在后面增补一篇"番外"，写写刚发生的故事。

挂断电话，我的心情非常矛盾和纠结。若是想给读者多留一些想象的空间，实在没有必要写篇"番外"，狗尾续貂。可转念一想，读者大抵希望能有个大团圆的结局，既然关于"江亚轮"的故事已有完满的结果，为什么不将它写出来，与读者诸君分享呢？

"番外"的故事，要从我怀着极度忐忑的心情，再次踏上南下的列车说起。这次，我没有执拗地拒绝儿子王君的好意。王君专门请了年假，陪着我南下上海。

正值初春时节，江南处处春意萌动，绿意撩人。坐在武康路的一家西餐厅里，我第一次与章若甫见了面。虽已年逾九旬，章若甫腰板很是硬朗，看上去精神矍铄，神采飞扬。只是头发已稀疏斑白，皮肤布满皱褶。所谓岁月不饶人，这亦是无可奈何之事。

章若甫是在小孙女楠楠的陪同下，专程从台北赶到上海与我见面的。我们约在武康路的那家西餐厅碰头。我和王君刚刚坐定不到十分钟，就看见一个少妇挽着一位穿中山装的老者，缓缓走了进来。我一眼认定，这老者便是我失散多年的舅舅章若甫！王君扶着我迅速站起身，迎上前去。

章若甫微微一愣，由楠楠挽着，紧走几步，激动得紧紧握住我的双手，尚未开言，已是老泪纵横。我也不禁泪眼婆娑。这分血浓于水的亲情，怎会因时光的飞逝、海峡的隔阻，减少一丝一毫？

"知道吗，你的名字叫沈雨桐，这名字还是我替你取的。"坐定后，章若甫久久握着我的双手，不愿松开，目光贪婪地在我的脸上游走着，饱经风霜的面庞早已满是泪痕。

我还是第一次知道自己的姓名，犹如嘶吼的巨浪猛烈地拍打着岩石，在内心深处激起一股强大的冲击波。雨桐，多么充满诗意的名字。我想，含辛茹苦将我拉扯成人的母亲，也就是朱眉卿，一定并不知道我原先的这个名字，否则她没有理由不写进小说里去。

几句寒暄之后，楠楠递过餐巾纸。章若甫拭了拭泪，向我讲述起七十多年前的那些惊心动魄的往事。聆听着章若甫翕动的双唇里吐出的一字一句，那些久久萦绕在我心头的疑问，随之一一解开。

茫茫夜海之中，阿福摇着小舢板驶过来的时候，朱眉卿已是体力不支，昏死过去。章若甫急得大声叫嚷着，拜托阿福快点将朱眉卿拉上小舢板。朱眉卿获救之后，阿福伸出手，准备去拉章若甫，就在这时，突然一个浪头打来。章若甫顿时觉得眼前一片漆黑，瞬间似乎就被深不见底的黑洞所吞噬。巨浪挟裹着章若甫，拍出去好远好远。连续呛了好几口海水之后，章若甫仗着水性不错，勉强将头浮出海面。

抬眼望去，只见闪烁着灯火的江静轮距离自己已非常遥远。若是想要奋力游过去，凭借虚脱的身体，完全不可能做到。章若甫的眼神不禁黯淡下来。在他黯淡的视线里，江静轮突然鸣响汽笛，烟囱里升腾起滚滚浓烟，犹如一头在草原上撒开四蹄扬鬃欢跑的野马，迎风破浪行进起来。朱眉卿应该正在江静轮上吧？想到这里，章若甫的嘴角不禁浮现出一抹欣慰的笑容。

借助海水的浮力，章若甫将双手伸直，平躺在海面之上，不时蹬踏着双腿，保持着身体的平衡。就这样随波逐流，也不知道过了多久，渐渐感到困倦不堪的章若甫被一艘小渔船救了上去。这艘渔船是开往舟山渔场的。章若甫千恩万谢，谢过船主人，换上干爽的衣裤，随着渔船一道去了舟山。

下船之后，章若甫从附近码头上叫来一只小木筏，风风火火地朝宁波镇海赶。作为家中的长子，又是唯一的男丁，章若甫知道，若是不能和病危的老母亲见上最后一面，这个遗恨一辈子也无法弥补。至于妹妹和外甥女的下落，只有暂时先放在一边再说。

赶回镇海老家时，缠绵病榻数月之久的老母亲，也就是我的外婆尚有一口气。外婆已不能言语，身子挺直在那里，枯涩的眼神直勾勾地望着屋顶。章若甫推开屋门，半跪着爬到病榻前，撕心裂肺地哭喊道："娘，不孝的孩儿来了！"

两行清泪，从外婆皱瘪的脸颊上滚落下来。外婆抬了抬指尖，双唇翕动着，似乎想要说些什么。章若甫赶紧握住外婆枯槁的双手，将头凑近她的唇边。只见外婆的嘴唇哆嗦了几下，发出"咕咕"的喘息声，完全说不出一个字来。

"娘，您什么也不用说了，我知道您想要说什么。本来，本来我是要把一个女孩儿带回家看望您的，那只象牙戒指我已经送给了她。"章若甫将外婆的双手放在自己的脸颊边，轻声说道，"等您病好了，我就和她举行婚礼，您就快抱上大孙子啦！"

"好！好！"外婆突然张开嘴，连说了两声"好"，一双浑浊的眼睛紧紧地盯着章若甫，如枯叶似的皱巴巴的脸上绽放出神采来。章若甫刚想再说些什么，外婆的双手滑落下去，随后紧紧闭上了双眼……

街坊邻居们都说，外婆这是在等着儿子回来，才肯瞑目啊！他们哪里知道，章若甫刚刚经历九死一生，刚刚经历和亲人、爱人分离的彻骨之痛，现在却又要遭遇丧母之悲。这是人世间多么无情的打击！

第二天下午，我的父亲沈晋宇急匆匆地从上海赶了过来，出现在披麻戴孝的章若甫的面前。就像刚刚知道我的姓名一样，通过舅舅章若甫的讲述，我这才知道父亲原来叫沈晋宇。

沈晋宇平时在河南中路上的一家杂货铺帮工，以此维持全家生计。江亚轮出事的那天傍晚，沈晋宇拖着疲惫的身体回到潭子湾，只见家里黑灯瞎火的。摸索着点亮蜡烛，沈晋宇一眼就看到了章若瑾给他留下的那张纸条。想着不过几天的光景，妻子便会回家，沈晋宇也就没有多想什么，胡乱对付了晚饭，上床呼呼大睡去了。

第二天一大早，江亚轮途中失事的消息传遍上海滩。沈晋宇正准备去杂货铺上工，路上听闻噩耗，犹如五雷轰顶。他知道，从上海到宁波除了坐船，没有更好的交通工具，前一天下午开往宁波的航船只有江亚轮这一趟，妻子很可能带着女儿就在失事的江亚轮上。沈晋宇慌里慌张地向老板告了假，好不容易搭上一艘小渔船，心急火燎地赶往宁波。

见到风尘仆仆的沈晋宇，章若甫不禁眼圈一红，落下泪来。他抓住沈晋宇的手，哽咽着说出事情经过。"都是我，都是我不好，没能保护好若瑾和雨桐……"章若甫陷入深深的自责。

听说妻子、女儿可能已然身遭不测，沈晋宇当场晕厥过去。章若甫吓得赶紧喊来邻居，七手八脚将沈晋宇抬上床，并请来大夫救治。半个多钟头后，沈晋宇苏醒过来。他一骨碌爬起身，去外婆灵前磕上三个响头，随后急匆匆赶回上海打探消息去了。

料理完外婆的丧事，已是一个礼拜之后。章若甫失魂落魄地乘坐江静轮赶往上海。途中经过里铜沙海域时，远远望去，只见碧蓝的天幕下，江亚轮犹如一头巨鲸漂浮在那里，烟囱、桅杆高高地耸立着，露天甲板依然浮出在海面之上。四五艘打捞船正在现场作业，紧张地打捞着罹难者遗骸。

想起一周前在江亚轮上的那段惊心动魄的经历，章若甫依旧心惊肉跳，感觉像是做了一场噩梦。章若瑾、沈雨桐、朱眉卿……一张张熟悉的面孔在脑海里不断闪现。冥冥之中，似乎造物主在主宰着世间万物的命运，在通往前方的道路上，你永远不知道哪里有暗礁，哪里有激流，哪里有漩涡。一不留神，咫尺便成天涯，此恨何及！

从十六铺码头下船后，章若甫乘坐电车，急匆匆赶到潭子湾。时值薄暮时分，沈晋宇刚刚从外面回来。点燃烛火，简陋不堪的茅草屋冷冷清清，愈增凄凉。

沈晋宇说，从宁波回上海之后，他天天都要在桃源路停尸场和同仁辅元堂之间奔波。不管怎么说，一定要找到若瑾、小桐。可是，连续去了六七天，母女俩恰如泥牛入海，杳无音讯。沈晋宇仍然存着一线希望：既然找不到尸体，说不定她们母女俩还活在人世间呢！

看着沈晋宇痛苦的神情，章若甫心如刀绞，一时之间，竟不知道说些什么是好。

打捞出水的罹难者越来越多。几天后，四明公所开始寄放罹难者尸体。闻知消息，章若甫和沈晋宇一商量，大家不如分头寻找。沈晋宇继续去桃源路停尸场和同仁辅元堂，章若甫则去四明公所。

"我清楚地记得，那一天是十二月十五日。我在四明公所找到了若瑾，也就是你亲生母亲的尸骸。"时隔七十多年，章若甫依然对这个日期记得一清二楚。对他来说，这份痛彻心扉的伤痛，哪怕用一辈子的时间，也没法抹平。

"你的养母，也就是朱眉卿在小说里写得清清楚楚，十二月十五日这一天，朱剑卿的尸骸被丁叔在四明公所发现。只可惜那一天她没有亲自去四明公所，要不然，我们很可能早就在那儿碰上面了！"章若甫说着，深邃的目光投向西餐厅穹隆式的屋顶，仿佛想要穿越时光隧道，再一次回到那天的四明公所，等待一场不期而遇的重逢。

芭蕉不展丁香结，同向春风各自愁。漫漫人生，许多错过就是如此这般可惜。假如一切不仅仅只是假如，人生也许就不会充满如许的遗憾与无奈。

章若甫说，当时他一心想要找到朱眉卿，可是人海茫茫，除了姓名外，没有其他更多的信息，该上哪儿去找呢？一连两三个礼拜，章若甫一直在上海的大街小巷漫无目的地漫步，满心期盼着能和在江亚轮上的邂逅一样，和朱眉卿再来一次浪漫的偶遇。有好多次，他恍惚间觉得朱眉卿正伫立在街角处，笑靥如花地瞧着自己。可定睛细看，不过只是幻觉而已。

当然，章若甫心里还有一分牵挂，便是关于我的下落。有好一阵子，他和沈晋宇每天还是继续分头打探消息，可每一次归来都是一无所获。

"当年你还那么小，没有人相信你能顽强地活在这人世间。这么多年以来，常常闭上眼，眼前就会浮现出你睡在襁褓里的模样。真是老天保佑，没想到有生之年，还能等来和你重逢的一天！"章若甫说着，眼角再次噙满泪花。

料理完妹妹的后事，章若甫返回戍守南京的空军第八大队。得知不久前俞渤等几名战友驾驶B-24轰炸机，弃暗投明，飞抵石家庄解放区，章若甫不禁心绪难平。他想，如果不是碰上这场惨绝人寰的大海难，自己应该也会和俞渤他们一样，作出同样的抉择吧。

没过几天，空军第八大队接到秘密指令，农历新年前全体官兵撤往台湾。就这样，章若甫跟随大部队，驾机去了台湾。飞机穿越厚厚的云层、飞过上海上空时，章若甫一时百感交集，思绪万千。从此，他只能将对故土的眷念、对亲人的想念、对恋人的思念，深深地埋藏在心底。

直到三十岁退役的那一年，僻居台北乡下的章若甫才组建家庭，现在已是儿孙满堂。对于当年乘坐江亚轮的那段经历，章若甫和朱眉卿一样，从来没有向家人提起过。甚至相当长一段时间里，章若甫非常抗拒乘坐轮船。那段不堪回首的经历，是江亚轮上的每一位幸存者心底永远无法愈合的伤疤，每次只要轻轻触碰，便会痛入骨髓。

可能当时在寒凉的海水里浸泡得太久，受尽寒气，此后每逢阴雨天，章若甫便会感觉全身关节隐隐作痛。尽管看过不少医生，吃过不少药，这个病根从此落下，再也没有好过。章若甫苦笑着说，也许这是江亚轮赐予自己的特别记忆吧。

自从去了台湾，章若甫便和沈晋宇失去联系。二十多年前，章若甫回过一趟上海，专程去了潭子湾，那里早已旧貌换新颜，找不到一丝一毫当年的影踪。章若甫一度寻到当地公安派出所，请求民警查询人口信息系统，可是终究没能查找到沈晋宇的消息。沈晋宇，我的父亲，竟像是从这世界上突然消失了一般。

　　章若甫尝试着在人口信息系统里查找朱眉卿的下落，可惜同样查无此人。那时科技水平远非今日可比，全国人口信息系统还没有联网。身处上海的章若甫，怎么可能查到远在东北的朱眉卿的信息呢？

　　章若甫还有一个想要完成的心愿——去墓园为章若瑾，也就是我的亲生母亲送上一束白菊花。章若瑾入葬的墓园原本位于蕃瓜弄。章若甫手捧白菊花，在附近找了老半天，这才得知，当年的墓园早已消失于天壤之间。沧海桑田，世事巨变。行走在笔直宽阔的街头，章若甫眼含热泪，将瓣瓣洁白的花瓣抛撒向街角绿茵茵的草坪。

　　那一年，由江亚轮改名而来的"东方红八号"已经退役，停泊在武汉港月亮湾码头，成为长轮武汉公司船队的水上基地。章若甫特地赶去武汉，前往月亮湾码头。站在如摩天大厦般的"东方红八号"前，章若甫不免心潮澎湃，久久难以平息。他的耳边仿佛又回响起当年江亚轮那直刺云霄的长长的汽笛声……

　　讲述完故事，章若甫从衣兜里掏出一张泛黄的相片，递到我手里。我接过相片，仔细端详起来。相片上的五个人，我大概已能猜到几分：前排正中坐着的抱婴孩的老人肯定是外婆；被外婆抱在怀中的那个婴孩自然便是我了；站在外婆身后的英气勃发的年轻人无疑是舅舅章若甫；舅舅身边一左一右站立着的，必定是父亲沈晋宇和母亲章若瑾。

　　章若甫凑近前，用手指着相片，为我逐一讲解起来。我的猜测果然准确无误。章若甫说，在我满月的那一天，外婆卖掉家里的两只老母鸡，换了点钱，带着全家到镇上的照相馆拍了这张照片。这是一家人唯一的一张全家福，他一直宝贝似的带在身边，后来又从部队带去台湾。

　　轻轻抚摸着这张泛黄的相片，强烈的震撼如电流刺激过全身。当年嗷嗷待哺的孩童，如今已是两鬓斑斑的老人。无情的时光匆匆流逝，无力挽留。这张旧照，让我穿越时空，在咫尺之间和家族的长者们凝眸对视。一时间，勾起无尽如烟往事。

　　我从皮包中取出那枚象牙戒指，郑重地递到章若甫手里。接过戒指，章若甫一时不禁流下泪来。他说，这枚戒指是当年章家的传家宝。报名参军前夕，外婆将戒指交到他手里，慈爱地告诉他，以后遇到心爱的女孩儿，就把这枚戒指给女孩儿戴上。

　　当时章若甫将象牙戒指带到部队，默默地等待着那个愿意相伴一生的女孩儿出现在生命里。接到外婆病危的电报后，他急匆匆赶回家，依旧没忘记带上这枚戒指。章若甫想着回家以后，将戒指戴在邻居春芳的手指上，请春芳配合自己，在母亲的病榻前演一场戏，让老人家能够安心地离去。

　　可是谁也没想到，漂荡在茫茫夜海之中，章若甫竟将这枚象牙戒指毫不犹豫地送给了朱眉卿。他是多么想带着朱眉卿一起回家，送老母亲最后一程。怎奈造化弄人，月下老人刚刚牵系红绳，却又无情地将红绳剪断。大幕渐启的浪漫故事，转眼便成了断尾巴蜻蜓。

　　可这怎么能怪命运呢？如果江亚轮没有发生海难，章若甫和朱眉卿原本并无交集的人生，根本不可能擦出爱情的火花；可又怎么能不怪命运呢？既然受到命运之神的眷顾，彼此相识、相知，为何余生却要独自承受这一无穷无尽的分离的痛楚？

　　那件穿梭了七十余载春秋的军大衣，此刻正静静地躺在我随身携带的行李箱里。我示意王君拿过行李箱，取出军大衣。章若甫颤抖着双手接过去，仔仔细细地端详着，不停地轻轻来回抚摩。一滴滴泪水打落上去，松软的棉布上绽开一朵又一朵晶莹的花。

　　这件军大衣终于找回了他的主人！这一天虽说来得太迟，但总算最后等来了！

　　我们一行人随后专程前往位于宁波的浙东海事民俗博物馆。在路上，章若甫谈起我竟然在留言簿上留意到他写下的那四句话，不禁啧啧称奇，觉得委实不可思议。莫非冥冥之中真有命运之神翻手为云、覆手为雨，悄然主宰着世间众生的命运？

　　站在江亚轮唯一的遗存物——那只半人多高的木质舵盘前，大家神色凝重，谁也没有开口说话。王君和楠楠轻轻地抚摸着饱经沧桑的舵盘，眼神里满是哀怜和伤悼。

"实在太好了！你们终于见面了！"顺着这甜美的声音，章若甫和我几乎同时转头望去，只见那个带着我去留言的小姑娘，正站在身后，笑意盈盈地打量着我们。

"小囡，好久不见，你竟然还记得我？"章若甫慈爱地笑着，和小姑娘打起招呼。

"这是我舅舅。非常感谢你，小姑娘，是你让我知道舅舅正生活在海峡彼岸。"我从包里取出一本面市不久的《江亚轮》，递到小姑娘手里，"这本小说，有空时不妨读一读，里面记录了不少江亚轮上曾经发生过的鲜活的故事。"

小姑娘接过小说，扑闪着水灵灵的大眼睛，朝着我们微笑着点点头。

章若甫提出想去一趟里铜沙，祭奠我的养母朱眉卿。王君从宁波码头上租来游轮，我们一行人面带戚容，前往那片熟悉而又陌生的海域。章若甫特意穿上了当年的那件军大衣。

游轮行驶到里铜沙后，望着眼前浩荡无涯的海面，章若甫眼角噙着泪，默默地将手中捧着的玫瑰花的花瓣，一瓣一瓣地撒向大海。瓣瓣玫瑰随着水流，在海面上起起伏伏。阳光正烈，闪耀出炫目而斑驳的光影。

章若甫从军大衣口袋里掏出那枚象牙戒指，握进掌心，深情地吻了下去，随后扬手抛向大海。平静的海面激起一道微微的涟漪，象牙戒指犹如大海里的精灵，闪动着身子，一溜烟潜入海底。

蹉跎岁月，蹉跎时光的又岂止是那场大海难？被长长的海峡阻隔着，一对相恋的人儿无从知晓对方的信息。待得拨云见日之时，却已是阴阳两隔，天各一方。多年来堆积心头的那些知心话，一时间该向何人倾诉？

章若甫神色凝重地对我和楠楠说，待到他百年之后，骨灰一定要一分为二，一半葬在台湾，和发妻葬在一处；另一半撒在这片大海里，祭奠一段失落风中的感情。

我和楠楠对视了一眼，默默地点了点头。

海风拂面，几只水鸟正在欢快地翱翔。夕阳之下，游轮缓缓驶离波光粼粼的海面……

2022年6月11日初稿于京口寥风斋
2022年7月25日二稿于古润叶泥轩
2022年9月24日三稿于姑苏天赐庄

附　录

江亚轮惨案专集

整理者：习　斌

整理说明

《江亚轮惨案专集》，是一九四九年四月一日明州出版社出版发行的一本小册子，也是我们今天了解这场骇人听闻的大海难最为权威可信的第一手资料。

依据书首鄞县汪北平《江亚轮惨案专集序》，"专集"的编印工作始于一九四九年一月，距离江亚轮惨案发生，仅仅过去一个多月。这部"专集"详细记述了江亚轮惨案的失事经过、原因分析，以及打捞、认尸等善后事宜，披露了很多鲜为人知的史实，弥足珍贵。

郑太慈先生是明州出版社负责人，亦在江亚轮惨案善后委员会监察组任职，其所撰《从铜沙洋面谈到桃源路上》一文，通过亲身经历，详细记载了罹难者尸体打捞以及遗物检查、尸体认领等经过，勾勒出惨案发生后的真实情状。《海天浩劫话生死》一文，收录了二十余则江亚轮惨案发生后令人伤心惨目之事，其事皆系作者目见耳闻，具有相当可信度。《失事原因》一文，对众说纷纭的江亚轮爆炸原因一一推究，并详载当时各专家勘查过程及意见，颇具史料价值。

"明州"是宁波的古称，始设于唐。依据版权页，出版《江亚轮惨案专集》一书的明州出版社位于林森中路四五三号。林森中路是上海市的一条主干道，一九五〇年更名为淮海中路。可见明州出版社是宁波人设于上海的一家出版机构。此书的编辑者为郑太慈（版权页误为郑大慈），校对者为陈啸豹和王华德，摄影者为周贵立。

自《江亚轮惨案专集》发行，迄今已七十余年。此次整理出版，依据的便是明州出版社当年出版的这部"专集"。此书铅排，正文有一些明显误植的错字，今径予更正。原书有《江亚轮罹难旅客纪录表》，收录一三三六名江亚轮罹难旅客姓名、性别、年龄、籍贯等信息。此次整理考虑篇幅原因，未予收入。此外，原书附有大量图片，因清晰度较差，只得忍痛割舍。

《江亚轮惨案专集》封面

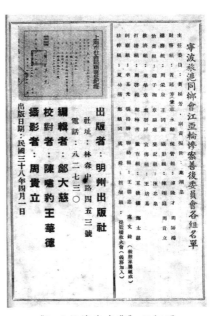

《江亚轮惨案专集》版权页

目　录

《江亚轮惨案专集》序 / 239

前言：江亚轮惨案给予之教训 / 240

宁波旅沪同乡会江亚轮惨案善后委员会各组名单 / 242

张翁翰庭造像记 / 243

失事经过及善后 / 244

从铜沙洋面谈到桃源路上 / 247

海天浩劫话生死 / 250

失事原因 / 259

地藏法会主持超荐江亚轮罹难幽魂之各团体挽联 / 267

楼茂卿 / 269

被难家属赠送匾额 / 271

诉苦 / 272

联络组的工作 / 273

江亚轮全体被难家属为全国轮船业公会联合会宣言紧要声明 / 275

编余 / 276

江亚轮失事历险记 / 278

罹难旅客籍贯统计 / 280

《江亚轮惨案专集》序

　　江亚轮惨案葬身鱼腹几千人，诚为空前未有之浩劫。父哭其子，妻哭其夫，因此而流离失所者，更难以数字计。伤心惨目，莫此为甚。迄今月余，死者无所归，生者无所告，肇祸之因何在，尸咎之人阿谁，尚杳无端倪。报纸宣传，舆论抨击，亦惟托诸空言而已。江亚乃行驶沪甬间之唯一巨舶，死者未必皆四明土著，要以甬人为多。宁波旅沪同乡会，谊切枌榆，情深桑梓，夙以服务乡人，共谋福利为职志，于此自义难坐视。爰有江亚轮惨案善后委员会之组织，以期掩埋骸骼，振恤孤寒，微尽后死之责。明州出版社主人郑太慈君，被推善后会监查组副组长，服务尸场，监捞海外，目睹耳闻，辄笔之于册，摄之于片，归示同人，佥认所记所摄，不仅源源本本，且富有真实性，因请其编印成书，昭告社会。是为序。

　　民国三十八年一月，鄞县汪北平撰于东方日报编辑室。

前言：江亚轮惨案给予之教训

大　糊

　　招商局行驶沪甬线之江亚轮，不幸于三十七年十二月三日下午六时四十五分，赴甬途中，驶抵吴淞口外横沙西南白龙港海面水道（东经31.15度，北纬121.47度）惨遭爆炸。以下沉过速，乘客二千六百〇七人（其中无票客尚未计及）仅九百余人得庆生还，诚近代海事史空前之浩劫也。夷考近百年来非系直接战争原因，航海失事之最大者计有：（一）一八六五年四月廿九日，美国轮船"苏尔泰那"号，在密西西河爆炸，罹难者一千四百五十人；（二）一九一二年四月，有"铁泰尼克"号轮船，在北大西洋触冰山沉没，罹难者一千五百十七人；（三）一九三六年十月十六日，中国兵舰一艘，在长江沉没，罹难者一千二百人。今兹江亚惨剧没顶者，较前述三次失事犹多，不仅举国惊悼，世界各地莫不骇然。查江亚轮为招商局六大新型江轮之一，与"江静"等，为姊妹号。胜利前，隶日商东亚海运株式会社，原名"兴亚丸"。船龄未及十年，总吨数为三三六五・一七吨，长度三四〇呎，吃水十四・三呎，马力二千五百匹，速度每小时十二哩。战后由招商局接收，重加装修，焕然一新。船上有特等餐厅、休息室等新式设备，为沿海航行精美船只之一。

　　失事后，宁波旅沪同乡会以被难旅客十九皆系甬籍，当于十二月六日，成立"江亚轮惨案善后委员会"，分设保管、治丧、纠察、财务、总务、打捞、法律、监查、救济各组，分别进行，应办各事。各组长及组员等协力同心，弗辞劳怨，故善后事宜，虽千头万绪，而秩序井然，处置咸宜。风闻甬籍旅沪各界多急公好义之士，举凡市政建设、公益慈善，均赖创导。且团结强固，正义所在，一呼百应。观此次江亚轮惨案善后工作之经营，可信然矣。

招商局于出事后，亦能负厥全责，派遣潜水夫九班，合计九十五人，并调用大小轮驳十余艘，逐日打捞尸体，所费不赀。倘系民营，或缘资力不及，将使千百冤魂，永沉海底，益增被难家属之哀怨，可胜言哉？

夫失事责任之谁属，乃系法律问题，尸体之打捞与被难家属之抚恤，或救济，则系社会问题。倘兴讼鞫审，必致迁延岁月；一审再审，旷日持久，吾恐法庭判词未定，而尸骨已朽也。至社会问题，大都可以情理处之。凡顺乎人情，合乎天理，虽法不禁。故宁波同乡会与招商局不待法庭鞫审，而先治善后工作，使被难家属得以节哀顺变，而无失常行动，宁非不幸之大幸乎？

虽然，吾人犹不得已于言者，此次失事之原因，虽无定论（见本集专文），然怵于航行安全之无保障，痛定思痛，宁无亡羊补牢之计。查航政局规定该轮至多仅能搭客二千二百五十人，乃竟远逾定额，致失事时，群相倾轧，秩序大乱，老弱妇孺，践踏而死者甚多。即能施救，亦感束手，是此次罹难人数之所以众多也。招商局售票固有限制，而无票混入及恃强登轮者，每使船方难于阻止，苟非治安当局，严格取缔，必将再蹈覆辙，此应注意者一。我国轮舟救生设备，或付阙如，或多窳陋，一旦失事，则乘客必无漂浮机会。救生衣等设备所费无几，今后航商极应从速加强装置，此因注意者二。国人大多无旅行常识，救生衣如何使用，罕有知者，航政当局应责令船长，依照航海惯例，切实指导各乘客使用，并作种种遇难急救之演习，以防万一，此应注意者三。船只逾龄，轮机失修，而仍航行，致贻后患，今后政府应责令航政局，严格检查，以保航行安全，此应注意者四。

航行失事船只有互救义务，闻江亚沉没时旁有多艘船只竟不援手，或乘机劫取财物，或有要挟情事。惟茂利轮，"华孚"一号、二号渔轮（该二艘渔轮系中国渔业公司所有），及"金源利"号、"金得胜"、"华孚"号，奋勇拯援，人心不变至于斯极，言之痛心。

宁波旅沪同乡会江亚轮惨案善后
委员会各组名单

主任委员：黄延芳

副主任委员：黄振世 叶翔皋

财务组：黄延芳（兼） 章永龄

总务组：周采泉 王同庆

治丧组：穆子湘 章显庭

救济组：叶荣章 叶云屏

打捞组：周启范 郑梅青

纠察组：李基光 张得胜

法律组：夏功楷 郑麟同 虞舜

保管组：傅隆才 周师鸿

摄影组：陈翊庭 周贵立

登记组：陈忠皋

宣传组：王培基

监查组：王后镳 郑太慈

联络组：王能忠 虞文铨（被难家属组成）

担架组：提篮桥救火会（义务加入）

张翁翰庭造像记

慈溪洪荆山撰

　　吾浙温岭有贤士，曰张翁翰庭，早岁绾县政，旋仕议士，顾以航海自晦，时论高之。民国三十七年十二月三日之夕，招商局江亚轮船赴宁波于吴淞口外之里铜沙，夜暗风急，莫可响尔，没海几数千人。会翁驾机舶名金源利，自海门至，闻变，督舵工，犯不测之险，潜渊探索，竟夕不息，脱四百六十余众于厄，人以是德之，皆曰善人，争相馈遗，而翁掉首去。事闻于上海市市长吴公，褒以荣誉市民之章。越旬，金源利机舶复拯六渔民之溺，可谓浊世之高风已。宁波旅沪同乡会诸公，经纪乡人罹劫诸事，备极劳瘁，仰翁仪型，为造像县之堂庑，用效畏垒之尸祝，爰作颂以申其义云。其辞曰：

　　　　猗哲贤士，肥遁自高。利涉大川，狃习波涛。
　　　　有舶远迈，覆坳而胶。天辽海阔，曾不容舠。
　　　　千命其鱼，一手之烈。非波大勇，沦胥以灭。
　　　　人溺犹已，往哲是埒。非以要誉，唯义是悦。
　　　　载沉载浮，既援且引。瞻望弗及，唯力之尽。
　　　　煦之噢之，潜焉涕霣。置诸衽席，绝无畦畛。
　　　　翁行其意，人报其功。颂声洋溢，尸祝其同。
　　　　买丝绣像，铸金范容。励世箴俗，穆如清风。

失事经过及善后

漫天烽火，遍地哀黎，乱世刍狗，触目皆是。然而繁华海上咫尺之内，死难之惨如江亚轮数千乘客所遭之厄运，殊不多觐。

招商局行驶沪甬线载重三千三百余吨之江亚轮于三十七年十二月三日下午四时许由上海十六铺三号码头起碇赴甬。据出口报告单所填，载乘客二二八五人（无票乘客及孩童甚多，确数尚得调查），船长沈达才以下船员一百七十九人，装货一百七十五吨，六时四十五分驶抵吴淞口外横沙西南白龙港洋面水道（东经三一·一五度，北纬一二一·四七度），正当船员及乘客进膳之时，船身后部突然发生轰然巨炸，全船立受剧烈震动，船上灯火顿时熄灭，乞援汽笛仅鸣一声，即告寂然。时正暮色苍茫，波涛汹涌，举船老幼，惊惶万状，不知所措。慌乱中群相挤轧，纷向船顶甲板夺路奔命，骇叫悲啼怆天呼地，如赴屠场，如临末日，凄惨景状，楮墨难罄。不数分钟即觉船尾渐次下沉，惟船头下沉较缓，自爆炸后迄海水淹及甲板为时仅十余分钟。幸出事地点附近有浅滩，船身下沉后搁于浅滩之上，故未全部沉没，而最高层之甲板仅为一二尺之海水所淹，烟囱桅杆及救生艇仍露于海面之上，但以下沉过速，下层舱房内之三四等舱旅客遂无法脱逃，致遭灭顶。据沈船长翌日（四日）向招商局航务处口头报告称，爆炸位置系在船身后部之右舷，爆炸力极为猛烈，爆炸处附近之电报房于爆炸发生时，即应声坍毁，报务员二名一伤一死，死者尸体残缺不全，伤者情势甚严重恐无生望，由于电报房之坍毁，故求救电报亦无从拍发，云云。幸失事时附近洋面适有茂利轮、华孚第一第二两号渔轮及金源利机帆船驶经是处，经茂利轮救活者五十余人，华孚渔轮救活者百余人。其他尚有若干船只数艘，或袖手旁观，或乘机劫取财物，或有勒索情事，善恶之分有如泾渭，可胜愤慨，本集特书专文以记之。

江亚轮失事之后，招商局即积极办理善后事宜，连日曾派船只多艘，前往出事地点极力开始日夜加工打捞，五日晨复派专轮载运遇难家属，前往出事地点实地视察。该局并成立善后委员会，办理善后事宜。六日下午全局高级职员开会商讨，由徐总经理亲自主持，切实叮嘱该局职员，务必竭诚办理此事。

宁波旅沪同乡会方面，以被难旅客十九皆系甬籍，乃于十二月六日召集全体理监事会议，成立"江惨善后委员会"，推黄延芳为主委，并分设治丧、登记、保管、摄影、纠察、法律、财务、救济、打捞、宣传、联络及监查各组，爰分各组负责人姓名及任务如左：

治丧组：穆子湘、黄振世、章显庭，成殓善后事宜。

登记组：陈忠皋，登记被难旅客。

保管组：傅隆才，周师鸿，赵仲甫（被难家属），保管遗物及发还。

摄影组：陈翔庭，摄取遗体。

纠察组：李基光，维治秩序查究认尸家属。

法律组：夏功楷、郑麟同、虞舜，维护法律。

财务组：黄延芳（兼），掌管经济。

救济组：叶荣章、叶云屏，救济被难家属。

打捞组：周启范、郑梅青，督捞尸体。

宣传组：王培基，宣传事宜。

总务组：周采泉、王同庆。

联络组：虞文铨、王耐寒。

监查组：王后镳、郑太慈，监查各项事宜。

各组人员均能协力同心，互衷共济，且能公而忘私，任劳任怨，故虽千头万绪困难多端，皆能迎刃而解，成绩斐然。打捞及监查组工作情形可参阅本集郑太慈先生所撰《从铜沙洋面谈到桃源路上》一文，倘非身历其境，其叙述决不能如此精到也。

至尸体捞获者迄至本集出版时已有一千三百余，被难旅客经宁波同乡会登记者数逾四千，已于本刊首页详见姓氏。

呜呼！死者已矣，生者何堪！甬籍人士遭此浩劫其哀痛为何如乎！

本集编者谈于此深致悲悼，并望有关当局怵于此次失事之惨剧，于航政迅谋改善，庶旅客安全获有保障，则千百冤魂之牺牲不无深切之意义也。

从铜沙洋面谈到桃源路上

太　慈

江亚轮惨案发生后，宁波同乡会理监事即着手筹设"江惨善后委员会"，赶办集团治丧，我的任务是"监查"。十二月七日下午三时搭"海沪"轮去到口外，黄昏六时到了铜沙洋面。因时过晚，不易靠近江亚，只得就近下碇，隐约见江亚烟囱与骑马桅浮沉海上。时海风刺骨，不敢久立，亦不忍再看，回身进舱，一宿无话。越晨（八日），黎明即起，邀大副放汽笛通知"济安"轮（该轮为招商局救济专轮）前来接渡。少顷对面拉出"回声"表示已知，不一刻钟由"国山"轮来接我到江亚旁之铁驳上，便见三四班打捞夫正在下水工作。我就走到江亚驾驶台顶上，见后舱连电报间多已粉碎，特等舱上面左右台格上两只救生艇安然无恙，后部如釜底形铁板一块突起。正看间，身边忽起骚动，掉首一看，原来从二等舱捞起一具年近五旬男尸，腰间又紧抱一十二三岁幼童，互抱不放，其情之惨，令人酸鼻。同时从驾驶台扶梯口亦捞上一年约十龄女孩，两手紧拉五六岁小孩各一，一望而知是三姊妹同罹此厄。前大舱又闻辘辘声，回视见一女尸怀抱一婴孩，似在哺乳，另一六七岁小孩紧抱妇人左足。接连捞起一六岁相近小孩，右手捏菱角一枚，左手持饭碗，想像此孩在进餐时尚以菱角为戏，活泼无知孩童霎时遭此大难，有如晴天霹雳，孽由谁作？实最难明。

刚出水之尸体大都面目正常，似入睡状，若干女尸脂粉蔻丹，宛如生前。盖其未经空气，故容光依然也。

落潮回头，停止工作，尸体搬入大舱，当众加封，是日共获尸体一百〇六具，我就带了此一百〇六具尸首从骇风惊涛中向吴淞进发。将近吴淞口，随船被难家属焚香招魂，哭声之哀，闻之酸鼻。沪甬仅一宿之程，向称安善，而今遭此奇祸，使千百无辜同乡冤沉海底，被难家属当肝肠寸断矣。下午四时半"海沪"轮抵南市三号码头，被难家属伫立轮埠不下千人，翘首相望，莫不盼其罹难之父母、妻子、兄弟、姊妹、尸体归来。招商局事前已知三号码头十分拥挤，恐人多受阻不能起尸，当电知运尸之"国山"轮到一号码头停靠。予随"海沪"轮到三号码头后，只得劝告被难家属请从九日起到同乡会领取"认尸证"，然后到桃源路尸场认领尸体。通达事理者知无可奈何，各自散去，但仍有多数不听劝告，谩骂无状。予总以被难家属内心极度悲愤，深表同情，不予计较。九日晨会同纠察、保管两组，到招商局请派人去运尸体，沈副总理即派张力山先生同我们邀集提篮桥救火会全体同志协助搬运尸体。我们到了提篮桥遇消防队长张贯时先生。贯时先生系鄞县宿儒张禹湘先生公子，既是自家人，一切自荷照顾，当即会同警员启封开舱。那时有人高喊监查组前来监视开舱，我就一马当先，走上铁驳。舱板揭完，向下一望，不由大吃一惊。列队排卧一百〇六具尸体经一夜之隔，面容迥异，口眼剧变尤甚，七孔中大都挂有血迹，见之生畏。当时予心欲倒退，但责无旁贷，只得抖擞精神，勉为其难。

当第一批尸体运到桃源路尸场时，场外被难家属麇集千余，秩序非常混乱。迨第三批运到，在保警队及纠察组维持下，乃能列队认尸。时"江惨善委会"各组人员尚未到齐，尸场应用物件如剪刀、口罩、纱布、药品等在在需款，负责无人，且有几位不愿负经济责任。正纷乱中，我只得毅然负责办理，在人事上、财政上、物质上我都挺胸担当。我想好在为的是死人，只要不欺我心，何辞劳怨。接连忙了三天，虽工作十分紧张，但尚能应付得宜，不辱所命，窃以为慰。九、十两天陈尸场中运到尸体约五百具，男女老幼分别列陈，被难家属哭声震天，凄惨景象楮墨难罄。

尸体运到陈尸场中，分男女老幼陈列芦棚之内，俟检察官检验之后，即会同警员及保管组，编排号码以志识别，然后检查尸体上所有首饰财物。检查步骤则从发髻查起至两耳、口内（有否金牙）、颈项、指臂、两脚，查毕再检视衣服，凡里外暗明各口袋，如旗袍之左右腰插袋，衬衫口袋，衬裤小袋，大小裤带以及鞋袜均一一注意。查到儿童身上方法略有不同，最注意是在口袋所藏玩物，以及学校证章，无不详细抄录，以便家属认领。惟各尸衣服必须尽用剪刀裂碎之，免有物件遗漏。在初检查时，确觉心惊胆寒，后经莅场检察官说明，谓"吾等视尸体譬如物件"，则必能坦然。心理一变，故恐怖性顿时冰释。世间万事皆有理喻，明理而行，如入坦途，何难之有？

海天浩劫话生死

不可为而为斋主

俗云：生死有命，富贵在天，若有定数，莫可逃者。江亚轮浩劫，千百人惨遭没顶，岂天意使然耶？抑偶逢其会，遂罹斯难耶？冥冥者仁慈之神乎？奈何以万物为刍狗耶？被难中有被炸而亡者，有灭顶窒息而殁者，有获救后因伤而殒命者，有举室罹难者，有侥幸免死者，有获救生还者，幸与不幸，或死或生，孰令致之，谁又能向苍穹究诘乎？爰书左列各事，以为谈助。

婴孩奇遇

有业缝纫者于江亚沉没时，仓皇奔命，忽念有包裹置舱内，急遽返舱取出。旋幸为他舟所救，深自庆幸。喘息甫定，忽觉包裹有物蠕蠕伸屈，异之解视，则襁褓内藏乳臭之婴儿，彼于错中误取者也。

董大椿

董大椿为甬江北岸新奇香居老板，亦于江亚沉没时罹难，迨十二月十九日始捞获，编号时（尸体一二二〇号）有男女两人前来认尸。既认定，一妇人曰："噫！老板何死之惨也！"语已，见大椿左眼血泫泫然，聚于眼眶，旋转不已，散而复聚者数次。岂其钢沙渺渺，迷魂失途，经此一呼，始复来归乎？

姊妹淘里

十二月十一日中午，予自四明公所步出，见门前一老妪坐人力车上，询问桃源路甚急。予乃上前问故，妪曰"吾女赴甬多日，昨梦相告，谓已来沪三日，住桃源路小姊妹淘里。晨兴由杨树浦驱车来，沿路探询，不得其地，顷一人指示谓在东新桥相近"云。予谓："桃源路已辟为江亚轮罹难旅客之陈尸场所，汝女去甬之日，是否相符？"妪闻予言，略迟疑，继乃大哭曰："吾女死矣！"予曰："且弗悲，曷去一认？"于时揩妪进尸场。甫进门，见妪直奔右棚第二栏一年约二十岁之女尸，抚尸大哭不已，果其女也，见其女口中血洎洎出。予环视左右所陈之女尸，年皆未满三十，所谓小姊妹淘是也。

墙壁角落

十五晨八时，当场务组徐诗苗值班时，来一男子，口称："墙壁角落在那里？"且说且行，徐因认尸时间尚早，阻不放行，二人争执不已。余出问故，彼男子曰"吾梦妻相告，谓来已三日，尔虽逐日来认，因在墙壁角落，故未予注意"云。言毕，复奋身欲进。余以事颇离奇，故纵之入内，并指墙角之所在。见彼迳赴墙角下之第一个女尸，视之赫然其妻。抚尸大恸，棺殓载去。

屠宗茂

江亚轮理货员（俗称汰利）屠宗茂在罹难之夕，魂归沪滨，因惊魂未定，错入邻居，见邻儿酣睡，喜之（屠生前亦颇爱此儿），戏拍儿臀。越晨邻儿病，召巫者查看"日脚本"（沪人习俗），曰："被一野鬼白相，三天后可告无恙。"人以其妄，不之理。嗣宗茂之妻获悉乃夫罹难，一哭几绝，越十四天请"肚仙关亡"，籍通阴阳。宗茂借肚仙之口曰："吾当罹难之夕，曾回家，因错入邻家戏拍某儿而去，妻故不知也。"于是方知是日邻儿突病之因，此为保管组傅隆才先生告余者。

硃笔点名

十二日午后一时，有一妇人挈一约八九岁儿童，徘徊尸场。余初以彼为"黄牛党"，叱之去。彼曰："此来非认尸，认行李也。"余益疑，详询之。妇曰："余夫已亡，仅此儿，因无以为活，乃挈儿往返沪甬，单帮糊口。是日去甬携行李，先交茶房，不意儿长号不肯去，乃携儿上岸，拟购果饵诱之下轮。穿越马路时，余衣被一三轮车擦破，纠纷立起，逾二小时不得解。闻江亚轮汽笛，仓卒奔舟，但船已离岸三尺，不得已挈儿归家，怒挞之。儿曰：'阿母弗打儿，非不去甬，但见码头上一丈余巨人，蓝脸赤须，手执硃笔向旅客点名，儿骇极，故号也。'余以其顽童谎语，置之不理。翌日闻江亚失事，死数千人，始悟儿言非为无因。"若冥冥中自有安排者，其信然乎？

秦胡蓉蓉

蓉蓉为甬秦朗清之媳，尸于十二月卅日始捞获。秦之家属因时久难辨，颇费周章。其夫曰衣服虽类似，终难遽尔肯定，惟臀后有瘤，请褪裤验。小衣既下，果见肉瘤，始认定殓去。于一月五日其夫到同乡会领取遗物，曰"吾已三娶妻室，元配某氏抗战时搭景升轮逃难，葬身甬江；续某氏于卅三年避兵祸，搭升平轮赴甬，在吴淞遭沉，今娶胡氏又逢斯厄！回忆前情，犹有余痛"云。似此遭遇，若有定数，芸芸众生，何事纷扰！

李阿徐

十二月九日有三妇人在一五四号尸体旁逡巡不去。予问其故，妇人曰"此尸颇似乡间旧邻居李阿徐，阿徐与予阔别有年，此次伊因事来沪，仅于去甬时至我家午膳，匆匆相叙，旋又匆匆别去，故犹不敢认定"云。另一妇人指尸祷曰："阿徐，汝果有灵，速示特征。"语已，白沫从尸口突起。余曰："无疑矣，速殓。"又一妇曰："闻阿徐之母与姊明日可到沪，且稍缓。"言竟而去。翌日中午，其母与姊偕三妇人复来辨认之，果阿徐也。其姊谓固疑阿徐必罹斯难，叩其故，曰"初三晚梦阿徐来家，遽奔吾床，取余手猛咬之，惊醒惶虑不已。次日报载江亚失事，即偕母来沪，竟与梦验"云。言时举左臂示余，脉寸上隐约有紫痕，状似被啮，奇哉！

十一儿童得庆更生

一边姓七龄儿童（鄞南姜山人）偕其母姊乘江亚轮卧"大副室"（大副系其亲戚）。出事时，其母与姊仓皇外逃，不及携儿去。该孩知大祸临头，两眼直注大副，意在求援。奈大副视若无睹，竟掉首去。孩不获已，舒展微力，向怒涛骇浪，挣扎逃命。正危急间，来一男子攫之出，置台格上，嘱孩弗动。复入舱，顷刻间，救起儿童达十一人。事后各家长探得该见义勇为之壮士，系十六铺某行职员，于是备礼馈赠。却之曰："同济共济"是吾人份内事，何谢之有？各家长金以此恩难忘，皆以其子认彼为义父，然犹不肯，再四相请，乃俯允之。事后询问边姓孩子被救经过，曰："事之经过颇难记忆，惟知当时我所认识的爸爸（指大副）不来救我，而一个不认识的爸爸救我出险。"足见人间古道热肠与夫残忍冷酷，每易流露于急难中。

锚上两命

张翰庭先生云：当金源利拯救罹难旅客至无可复救时，始命解缆开船。轮机动时，忽闻救命声，即令停航，命船伙以电筒探照两舷，无所获，且茫茫大海，黑暗无光，无法踪迹。复前行，又闻呼救声，异之，命下舢舨巡视四周。迨至船头，见铁锚上蹲一人，另一锚尖钩一幼童，即扶救登船。幼童已冻僵，急去其湿衣，裹以棉被，并出姜汤灌之，至第二匙始渐苏醒，第三匙进口，连呼"热热"，乃命其徐徐自饮。饮已，瞠目四周，而嗫嚅言告张先生曰："为沪渎不安，由姑母挈领归甬，在轮晚膳毕，因内急出舱小便，不意身在此地。但我有姑母等六人去甬，今仅我一人，恍恍忽忽，如在梦中。"问其姓名年龄，曰："姓俞，年九岁。"言已，状极疲惫，命其安睡。延时另舱内一老妪，哭甚哀，问其故，曰："吾有六人去甬，今仅吾一人，惟内一九岁之侄，乃吾兄独子，此次返甬系吾主见。吾虽获救，将何以见吾兄？"言毕悲伤不已。伙闻妪言，与顷获救幼童之言相吻，乃引妪认之，果然，姑侄相抱大哭。诚死生由命，劫难有数耶！

生死鸳鸯同命鸟

鄞县邱隘人邱星一君之夫人邱吴月湘，于十二月三日携其子去甬，在未就道前夕，戏谓邱君曰："妾与君结褵八载，虽情爱弥笃，惟心中终觉怨恨，此去甬江最好永远不来。"邱君曰："既恩且爱，勿妄言恨，且离家在即，何出此不吉之言？"语毕相视而笑。次日邱君送吴女士登轮，在轮埠握别时，吴又曰："十一再见。"越日（四日），江亚轮失事消息传来，吴女士及其幼子竟遭难。邱君悲痛之余，即加入宁波同乡会"江惨善委会"在口外从事工作。十一日获见一女尸出水，视之果为其妻，不觉大恸，竟卧地与尸合摄一影，可见生前伉俪情深，初不料一语成谶，千古永诀矣！

附：哭亡室吴女士

邱星一

亡室吴月湘，为余中表妹，结褵后，主持中馈，井臼自操，八年来辛苦备尝，身心交瘁，才得完巢，不幸竟罹此厄！回忆过去，形影相随，如同比翼，奈何伙伴倏变沧桑，一般辛苦顿成梦空，悲来记此，以志不忘。

幼原中表，长作妻房，可怜短命良缘，只此八年夫妻，程隔咫尺，沉沦七日，不是船主误杀，何苦一霎人天！

一一四四

十四日九时，运到尸体，内有一尸，左脚已断，陈尸三天，无人来领（三天后如无人领去，由"江惨会"代殓）。十八晨正拟代殓，来一男子，认"一一四四"号尸体。余见而问曰："汝来尸场三天，何至今日方认定？"曰："因尸体面目模糊，不敢遽认。吾有兄弟四人，此为三哥。二哥之尸已在普陀洋朱家尖认来，昨夜余大哥梦三哥相告，谓'尸已到三日，虽面目模糊，惟条花驼绒袍尚可证，且一足已断，请速棺殓。'语竟而去。钟鸣梦醒，大哥嘱我前来复认，不意果吾三哥也。"言时指尸首部曰："君不见吾兄之脸颊由白发紫乎？"视之，果紫如硃砂，岂尸遇亲属亦有灵感乎？

尸场订婚

十二日，薄暮，一老妪偕一妙龄女郎，踞右棚第四栏，守一女尸，捶胸顿足，号啕不已，情景之惨，余亦为之泪下，乃劝其弗悲速殓。妪竟牵余袂曰："先生为我安排一切，吾当以女妻之。"余知其神经已乱，故从之曰："妻我者谁？"妪指旁立女郎曰："此吾幼女，尚求学。"复指前陈女尸曰："此吾二女，当妻先生！"余闻之愕然，徐徐乃曰："老太太以死女妻我，将何以成婚，以慰尔婿？"妪知失言，状甚忐忑。女郎亦破涕为笑，并表歉意曰："先生毋怪，吾母实悲哀过甚，非出言无状也，请君谅之。"余曰："世上颇多抱牌位成婚，何怪之有。"俯视女尸，七窍虽流血于地，状若甚乐所得。予不禁为之寒气彻骨，即从妪命，代购木棺殓之。妪与女郎，频频称谢而去。

同乡难民

同乡难民李全兴，由杭州同乡会备函来沪，请求宁波旅沪同乡会救济（同乡会向来办有遣送外来被难同乡回籍工作）。由会购船票去，李得票下轮。四等舱茶房，见李为同乡会遣送者，不予接受，并驱逐出舱。李无奈彳亍于台格之甲板上，拟觅一安身之所，又被一茶房逐之去。于时徘徊后部舷边，突闻巨声，被袭落海。正危急间，见华孚一号渔轮前来营救，掷一绳索，被获救生还。十九日身穿渔服（系华孚渔民相赠）到同乡会申谢，并请求重行遣送。

张海峰

瞽叟张海峰，卖卜沪渎，颇负盛名，新闸路上妇孺皆知。近因时局动荡，心甚不安，于是焚香起课，以卜休咎。断语所得，谓"大限难逃"。海峰知居沪不安，因有戒心，命家人记之，终因非避地不能免其厄，乃挈眷属于三日搭江亚去甬，不意亦遭此劫！事乃本组长王后镳君为余言。余曰：海峰卜易名闻沪隅，其本身生死，尚不能断定，"黑虎既被屯出""白虎、五鬼"岂可不防，为安全避地，出行日期竟妄从若斯，要以紧急避难不暇择日，依照卜易理论，当有禳解避免之法，安敢忽视，反遭灭顶之祸，此话从何说起？

前大舱茶房

十二月八日铜沙洋面视察打捞，见前大舱捞获一男尸，年可五十余。尸体尚未放下驾驶台顶时，忽闻余旁一兵士指尸曰："此前大舱茶房也。"予问何以知之，兵曰："我们有同志六十余人因铺位不够，余乃向该茶房设法一铺位，彼索酬二百金圆。我以军人无钱对，终不得要领，被挤出大舱。正寻觅铺位间，突闻轰然巨响，俄而势如山崩，哭声震天。余因在船顶，故被救。至今思之，又有余悸。"余曰："尔若不遇此茶房强索多金，恐亦作枉死城游魂矣。"相视一笑，各自分手。

陈袁两家祸不单行

此次招商局和中央航空公司两惨案，有连带关系致全家遭祸者，以宁波陈姓为最惨。事先陈有老母在甬患病，陈姓在沪经商，家属亦寓沪，曾携眷赴甬侍疾。老母病痊，重返上海。未几又接家信，知老母宿疾复发。其儿媳再附轮船回籍，俟母稍痊又来沪。本月初接电知母病危，遂全家大小七人乘江亚轮船遄归，不幸同罹此难。沪上亲友即电在汉经商之侄儿陈志祥。陈遂于五日附央航机五三八号飞沪。当晚该飞机于江湾失事，陈志祥亦惨遭非命，已在中国殡仪馆收殓。至病卧宁波家中之陈母，闻得噩耗即一急而绝。

又该失事之央航机中受伤乘客袁智茂，因长兄及嫂侄三人，为返宁波奠祭逝父百日忌辰，乘江亚轮同遭惨劫。接得在沪季弟电告，赶乘飞机来沪料理，竟亦遇祸。幸经救治，生命尚无危险。

错乘他船竟免一死

闻有一宁波籍张姓老媪，本已购定江亚船票，上船时竟于忙乱中误乘与江亚并泊之茂利轮船，脚夫随后亦将行李悉数搬上茂利。起碇后始知此船并非往宁波，而系开往浙东海门者。张媪懊丧万分，经茂利船员劝慰再三，许其补购来回票，折回上海。但茂利出口较迟，经过里铜沙洋面时，发觉江亚已遭爆炸，乘客罹难情形，惨不忍睹。茂利除拯救若干遇难者迳送舟山外，此误乘幸得脱险之张媪，又惊又喜。伊本信基督教，高唱赞美诗，感谢上帝，遂于海门登陆，就近取道返甬。

因祸得福

惨案中，曾发生一塞翁失马、宁知非福之事。影星张翼之父曾自宁波原籍函促张翼将眷属护送回甬居住。张乃托人购回甬船票，曾购得江亚轮二等舱一张。在该轮开行前，张即护送眷属上船。待至码头，因中途耽搁过久，船已离岸，张乃颓然回家，夫妻二人沿途曾互相埋怨。惟闻江亚轮发生惨案后，不禁为自己庆幸，他们实无异于从死里逃生也。

鱼口余生

二月廿一日有施子敬者，挈一童，前来认领遗物。询之，名朱华光，谓彼于去冬十二月三日偕其母吴氏及佣妇等去甬。在江亚爆炸时，母嘱其先行逃生，免罹此厄。于时仓皇遁出，至轮首，从锚洞跃入海面，得一铺盖，缘之上。斯时水中浮起另一旅客，夺其铺盖去，而天暗浪急，惧甚，乃坚持铺盖索之不放。不意该男子用足猛跌，复下海，挣扎呼援。后被金源利拯救出险，得庆更生，惟其母与佣妇许李氏已遭灭顶！

领去遗物附表如后：实业部登记证件两封、租屋契二纸、太古保险单一张、何追远堂继书一张、开滦矿务局电报工程证明书一纸、震旦大学毕业证三件、鄞县政府何宝德君函一纸、救国公债四张、印度罗比连玉一块、铜元大小及银币三四五枚、乾隆铜钱一枚、金镯（玉华金店）一副、镀金耳钏一副、名字戒一只、九开洋金戒一只、金簪一只、金小花笋一只、金铃一只、镀金耶稣纪念章一只、金挖耳翠圈各一只、翠帽花三只、山玉元宝及红宝各一只、老光珠八粒、银洋十三元、廿毫银角及十毫币二五只、满洲五分及香港银角各一、大小珠三粒、铜钮扣三粒、铜鸡心一只。

惨案中的惨事

江亚轮失事，在成千的死难旅客中产生了无数的悲惨故事。昨据江亚轮上的一个水手告诉记者说，当江亚轮爆炸后，他即脱去外衣，拟向水中跳去。但是乘客之一是他的姊夫，硬把他拖牢，要他帮忙。但他的姊夫不会游水，而江亚轮离开岸边太远，他无法带他一同游到岸边。在十分紧急的时候，他在无可奈何的情形之下，为求得两个人中一个人的生命，他从裤袋中摸出了一把小刀，咬紧牙关，忍痛把姊夫的手指割断，脱身跳水，得庆更生。

失事原因

江亚轮失事后，推究原因，人言言殊，迄无定论。然不出下列数端，堪予注意：

（一）锅炉爆炸；

（二）触礁；

（三）定时炸弹；

（四）夹运爆炸物；

（五）遭受鱼雷射击；

（六）误触水雷。

上述六种说法，仅系臆测，倘非实地调查，何能昭信。爰将有关方面勘察情形，胪述如左，以供各界人士关心本案者之研究。

一、专家断定绝非锅炉爆炸云？

三十七年十二月七日，招商局为详细研究该局行驶沪甬线之江亚轮爆炸沉没之原因，特邀请中国油轮公司副经理顾久宽，上海市轮渡公司副经理周启新，轮机师总会理事长陆良炳，中国造船工程学会理事长、中华造船厂经理杨校生，中国油轮公司总工程师、中国验船协会常务理事朱天秉，交通大学造船系主任、民生公司总工程师叶在馥，交通大学机械系教授柴志明，航政局技术员林国勇、宋金麟，航政局长洪瑞寿，航政局海事科长陈戌鼎，高级船员团体联合会总干事姜克尼，暨美籍专家葛来登及波士等十四位航海轮机工程及验船专家，及监察代表曹良卿，由该局船务部经理黄慕宗、总工程师辛一心，总轮机长张令法暨海事课主任范嵩，陪同于上午十时半乘该局民字第三〇九号拖驳前往江亚轮失事地点，作实地之视察。

各专家视察全毕，于归途中即向同行之各报记者，发表书面视察结果如下："七日下午一时许，到达江亚轮失事地点查看，当时适逢涨潮，看到江亚轮驾驶台顶全部露出水面，约五英尺，烟囱及其周围各风筒、舢舨吊杆、淡水柜、太平桶等全部完整，毫无损伤现象，后桅梢向后弯，并在后桅贴近右前方有角铁数根，错综向上竖起，该处似系二副室及报务员室之房顶、横梁受爆炸所致。根据以上所见情形，断定绝非锅炉爆炸，而推测爆炸地点当在第三货舱后部右边，距离烟囱约九十尺（锅炉即在烟囱下面）。至于爆炸系在内或外来，须待潜水夫探索破坏情形后方可推断，惟当时涨潮，不能立即下水探索。"

又是日参加实地视察之中国油轮公司副经理顾久宽氏，对上海新闻报记者发表之谈话，亦颇堪注意。顾氏云，根据轮船之建筑机构，如遇锅炉爆炸，最低限度，必有三种迹象，即：（一）烟囱下坍；（二）烟囱附近之通风筒，如在锅炉爆炸时，黑烟将由通风筒口而出，故通风筒必有黑烟痕迹；（三）烟囱上所系之各种钢丝可能因震动过猛断裂。惟今日所见，均无此种现象，故锅炉爆炸，实不可能。据其私人意见，认为受水雷袭击之可能性较大，惟根据该轮沉没之速，可见破口必甚巨大者，其重量决非普通行风船所能载运。渠认为可能系一种战时遗留下之水雷，而受波涛激荡过久，成为"飘雷"。顾氏并举例称：若干月前，大西洋上即曾有类似江亚轮所遇之海难事件发生。

至江亚轮被炸裂之位置，据招商局所派之潜水夫十二月九日初步摸验后，具报如左：

裂口位置于右舷之后部，裂口之最前端起自第三十八根"龙骨"（即船之骨架）为止，长约二十英尺。上则自护舷木起，向下伸展，其直径约八英尺。顶层甲板被毁甚重，裂口附近二层舱之甲板及主甲板亦毁去相当面积。裂口处之铁板，其上部向外翻出，惟其下端则又内凹约尺许。

根据上列报告，参证江亚轮建筑图样之位置，则其破裂处在第三货舱之后部，与锅炉间相距约六十英尺，而其间且隔一引擎室。破口之下端离船底约七英尺，离船尾则约八十五英尺。沉没处水深，于涨潮时为三十四英尺，故江亚轮始终露出一部分于水面上。

二、航政局邀集专家调查审定认为航线无误，亦非锅炉爆炸

十二月十四日下午本市航政局为江亚轮船失事案，曾召集航海、轮机、造船工程各界专家，及海军第一军区司令部、引水公会、船只碰撞委员会、轮船商业联合会代表等，举行"调查审定会议"。计到航政局长洪瑞涛、科长陈戍鼎，船只碰撞委员会魏文翰、陈幹清，造船工程学会叶在馥、杨俊生，中国航海驾驶联合会冯古风，中国轮机师总会陆良炳，海军第一军区司令部方新承，中国商船驾驶员总会周启新，中国轮船商业联合会汤觉先，上海铜沙引水公会秦铮如，交通部王世铨等，由航政局长洪瑞涛主席。先由列席之江亚轮船长沈达才、轮机长胡彩杨报告失事当时情形，继由招商局船务部副经理辛一心报告江亚轮爆炸后调查所得之部位情形，再由航政局海事科长陈戍鼎宣读日籍潜水夫松谷定议所撰江亚轮被炸情形之报告（报告全文详后）。惟经各专家发表意见之结果，除确定航线并无错误及绝非锅炉爆炸外，至于爆炸原因究系由外袭击而来，抑或由内爆炸而出，迄无定论。

其间船只碰撞委员会委员陈幹清曾发表其观感谓：根据被炸裂口，其下向内凹、其上向外翻之迹象，及据江亚轮船长报告，爆炸当时，船身有向左体倾侧之势而观之，可能系受一种水雷之袭击，盖以其先袭击船体，迨其进入船体内后再行爆炸，故有此现象。附和此说者，尚有造船工程学会之叶在馥、杨俊生及引水公会之秦铮如。叶在馥表示：根据被炸裂口之宽达两丈，及船体被毁情形之猛烈，该项爆炸物，必占有相当体积。渠怀疑占有相当体积之爆炸物被搬登船舱而竟能使人不觉。

秦铮如则称，吴淞口外之战后扫雷工作，仅限于航海之内，航道外洋面，于战时所布水雷，则未闻业已扫除。该项水雷是否可能成为飘雷，致使江亚轮遭此惨祸，固待研究，惟战时所遗水雷，足以妨害船只航行安全，则为不可忽视之事实。秦氏并列举日俄战争时所遗水雷，于时隔十年后仍在山东洋面炸毁船只，及第一次世界大战结束若干年后，仍有飘雷于大西洋中炸沉轮船等事实。于检讨江亚轮失事案外，提醒航政当局注意此扫雷工作之重要性。

席间亦有人认为可能由船内向外爆炸者。日籍潜水夫代表松谷定议之"探摸报告书"上，则有如下之意见：因炸破部份全部向外弯曲，据个人推测，爆炸物想系置于第三货舱门附近。

最后由洪局长归纳各专家意见，拟定结论如下：航线并无错误，绝非锅炉爆炸，惟为确定爆炸原因，当再派潜水夫搜索爆炸物之碎片，并请海军部提供参考资料，以说明何种爆炸物有如此巨大之爆炸性能，及何种爆炸物袭击之船只，致有类似江亚轮被炸之情形。

前述日籍潜水夫代表松谷定议之探摸报告书如左：

炸裂损伤部份系右舷后部，炸裂位置在第三后甲板间舱。（甲）炸裂范围：第三舱右舷及上层外板炸破。（乙）第三后甲板间舱，货舱门附近一带向外突出。（丙）一号加油房及四号加油房，三等客室右舷围壁及右舷走廊炸裂。（丁）报务员室及无线电室炸裂，右舷围壁被炸凸出，走廊亦向上方炸开。

炸裂概况调查：第三舱：右舷上层外板在第三货舱门下约三呎地位，护缆木下面炸成椭圆形洞，前端约三呎，中央约七呎，后端约五呎，长约十八呎。炸破洞口上端约二呎向外弯曲凸出，下端一部份向外凸出，其余部份向内弯曲。其位置由船底起算，约在第三张外板。后部二层舱，第三货舱门后面一层已向外开，第三与第四货舱门之间，傍板均向外弯，但未破裂。篷帐甲板：三等客室及第四加油房间甲板炸裂，房间围壁向外弯曲突出舷外，甲板向上炸开。游步甲板：报务员室及无线电室甲板向上炸开，房间围壁向走廊弯曲，走廊亦向上方炸开，一部份突出舷外。救生艇甲板：因报务员室及无线电室顶部炸开，本甲板钢架，亦向上方弯曲凸出。机器间及锅炉间依然完整，并无炸坏征象。

航政局举行前述"调查审定会议"后一时期，交通部为彻底明瞭此次江亚轮失事真相，并听取各方面对该案之意见，特派该部参事王辅宜来沪，会同上海航政局长洪瑞涛，于十二月二十一日上午九时，邀集廿一有关团体，在招商局六楼举行调查会议。应邀出席者有绍兴七县旅沪同乡会，苏浙监委行署，上海地院检察处，上海港口司令部，中国航海驾驶员联合会，中华海员总工会上海分会，上海铜沙引水公会，中国验船协会，造船工程学会，招商局，中国海事建设学会，海军第一区司令部，中国轮机师总会，淞沪警备司令部水上统一检查所，海军第一军区司令部，中国商船驾驶总会，宁波同乡会，淞沪运输学会，全国轮船业联合会，及航政局、交通部计廿一单位。江亚轮船长沈达才及大副等亦均列席参加。会议重心在研究两点，即：（一）江亚轮之爆炸原因；（二）江亚轮出事时之航线是否错误。开始讨论后，各单位代表均热烈发言，宁波同乡会法律组与江亚轮船长间之辩论尤为剧烈。对爆炸原因一点，各方面意见互殊。海军方面代表认为根据迹象观察，江亚轮爆炸情况可能系由遭遇飘雷而起，惟表示亦无法遽作肯定论断。研究结果，因任何团体未能提出否定之反证，故对以上两点，"初步决定"为：（一）江亚轮失事并非由于锅炉爆炸；（二）江亚轮于出事之航线并无错误。

至失事原因，究系因货物中藏有烈性爆炸物而爆炸，抑或系因受水雷之袭击，则尚待调查证实。

三、法官两度履勘

法院方面之履勘江亚轮残骸与前述交通部航政局举行之专家会议，其性质虽不相侔，然于此亦应略为一叙。

法院方面所注意为本惨案之责任问题。十二月十四日上午上海地方法院检察处特派检察官曹鸿、虞炳铨侦查，曹虞二检察官乘招商局济安轮赴吴淞口出事地点履勘，因风狂浪急，无所获而返。

十二月十七日再度前往勘查，偕行者有宁波同乡会法律组夏功楷、虞舜、郑麟同、王培基四律师，打捞组周启范，招商局总轮机长张金德、海事科长范嵩，业务主任胡家鑫，绍兴同乡会法律组郦鳌奎律师，苏浙监委行署代表曹良卿，暨轮机驾驶公会代表，各报记者一行三十余人，于上午八时十分乘济安轮出发，十二时许驶抵江亚轮出事地点。由潜水夫入水在沉船四周摸索。据潜水夫报告，船底完整，爆破处在船尾，似由内向外爆炸者。检察官并登露出海面之江亚轮甲板上实地勘察。嗣又在水中捞起船上爆开之铁板两块，以作为侦查之参考。迄四时许始毕。一行于昨晚九时许返招商局码头。据检察官表示，须开庭侦讯该案之各关系人，以明该轮肇事真相，并极盼该轮生还旅客能提供目击材料，以便侦查。

四、内藏爆炸物可能性之查究

其上专家调查及审议情形，足证航线无误、锅炉完整，则触礁及锅炉爆炸云云，不能贸然肯定。故失事原因非受内藏爆炸物之爆炸，即受鱼雷或水雷之袭击。内藏爆炸物可分二类：（一）为定时炸弹；（二）为军火或其他有猛烈性之炸药。然定时炸弹多属小型而便于携带者，以可携带之炸弹，使三千吨以上之船只立时下沉，专家等之意见均认为颇不可能。有关方面乃就夹运军火或其他炸药之可能性一点着手缜密调查。据潜水夫报告，炸裂处靠近船尾右侧之第三货舱。

故该货舱内所装货物，为有关方面注意之目标。经调查后获悉该货舱所装货物如左（下）：

生漆 一六件

火油听坯子 二六件

火油空听 三〇八件

磁器 七二件

油墨 三一件

搪瓷 一三件

旧铁 一一件

白铅 一四件

笋干 二四件

洋碱 二〇件

漂粉 五八件

肥皂 二五〇件

烟叶 一〇〇件

糖包 一二五件

管理货物之责任属于理货员，而舱内装货者为看舱人。查江亚轮理货部全体员工姓名如下：理货员张性初（生还）、冯赞品（生还），助理员朱福根（失迹）、顾颂芳（失迹）、俞良荣（失迹）、陈俊堂（失迹）、林树坤（生还）、屠宗茂（失迹），看舱人董水根（生还）、胡志鳌（生还）、张连发（生还）、袁阿堂（失迹）、应品发（失迹）、赵贤举（失迹）。以上共计生还者六名，失迹者八名。

当经有关方面召集生还之理货员张性初等六人谈话，据称：（一）第三舱内货物与前述各项相同，惟件数或与第一二舱混合，稍有出入；（二）出事日理货部员工无请假者；（三）装货时无丝毫可疑之处；（四）负责管理第三舱看舱人应品发、袁阿堂二人亦被难，此二人看舱既已被难，欲知第三舱内货物堆装之位置，已无从获知。嗣又召集工头及小工张寿三等十八名询悉是日装货之位置均甚正常合理，从该项谈话中并悉货舱内除看舱人外，向不许闲人擅入，装货前后，且未发现任何可疑之处。

有关方面又依据前项谈话，查悉第三舱内货物之包扎如下：食糖烟叶用草织之包皮扎裹，火油空听、旧铁、白铅，未经打包，是以隐藏爆炸物均不可能。惟漂粉、洋碱、肥皂类则用铁桶或木箱装置，乃对该三类货物特别予以注意。经向沪方寄货人与报关行负责人及收货人详细查询，并就其货物来源多方侦察，并未发现任何疑窦。

五、失事原因，水雷乎，鱼雷乎！

缜密调查至此告一段落，所云夹运或内藏爆药或军火，坐是失事一节，似亦难确定。故失事原因仅可臆测为受鱼雷射击或误触水雷。据海军专家云，水雷如为固定性，则出事地点在白龙港附近之经常航线，为本埠通外海之咽喉，自胜利以来艨艟出入，江鲫机梭，日以百计，倘有水雷早应肇事，岂能保留四年之后，而使江亚轮遭此浩劫，殊难索解。惟漂雷则因风势潮流，飘忽靡定，触船爆炸，因而失事，亦未可知。

查施放鱼雷之工具，若说为飞机，或军舰，倘无确证，何能臆断，此种推测殊觉幼稚。

总之，失事原因，在江亚轮未经打捞出水之前，殊难查究确定，目前可供参考之资料，厥唯潜水夫探摸报告，兹又录三十七年十二月十日另一潜水负责人之报告，并附图样，殿诸本文，各界人士，以资探讨。

潜水负责人探摸报告书及图样：

（一）右舷第五货舱上之舢门向外；

（二）第三货舱处（即第五十肋骨至五十二肋骨）铁板扭摺，自枷木以下六尺，有小洞，长约三呎，阔若二寸许；

（三）自第五十二肋骨向前，铁板向内凹，约十呎；

（四）第五十二至六十八肋骨，即为下端破洞长约三十二呎，上端（以枷木为标准）约三十五呎；

（五）在第六十八肋骨处（即破洞之另一端），铁板成锯形；

（六）倒煤屑之舢门向外；

（七）在五十二肋骨至六十八肋骨处之枷木以上房间全毁。

地藏法会主持超荐江亚轮罹难幽魂之
各团体挽联

（一）徐学禹
意外痛遭逢太息慈航难化险
灵前虔祭奠怆怀浩劫恸招魂
（二）李思浩
生死本前因那知淞水无情惨绝同舟成大劫
幽冥开觉路遥指灵山在望好从苦海附慈航
（三）四明公所公济义校全体师生
闻此祸孰不伤心应为冤魂释憾
溯当时同遭灭顶决非劫数难逃
（四）刘鸿生
惨事恸肝肠岂徒桑梓关情期慰泉台图善后
生灵遭劫数愿早菩提证果全凭佛法共超升
（五）沈仲毅
虔诚祝告英灵惟愿同登彼岸
尽力筹谋善后但求无愧我心
（六）法藏寺住持释兴慈
夙业难亡会逢江轮同淹没
前因不昧仰仗慈力悉超生
（七）世界提倡素食会
浩劫落尘寰爆炸江轮祸旅客

至心讽妙曲虔修佛事济幽魂

（八）上海佛教青年会

轮海无心殃旅客

法门有道度灾魂

（九）招商局同人

闻难生悲怃目伤心罹浩劫

望洋兴叹招魂致奠吊幽灵

（十）张莲舫

江水无情忍令苍生沦苦海

佛光遍照全凭法力拯幽魂

（十一）王善祥

惨罹鲸吞同漂苦海

诚求佛摄齐到莲池

（十二）四明医院

江上幽真难入梦

亚东惨剧总堪悲

（十三）江惨善委会主任黄延芳

大劫难逃斯民何辜

人生到此天道宁论

（十四）郑太慈

大慈度一切

佛光照十方

楼茂卿

十二月十六日，一老妪怀抱婴孩，立尸场痛哭不已。询其故，谓其子茂卿罹难江亚，挈媳领孙由甬来沪，认尸未着，进退狼狈云。于是嘱其到会，陈述一切，由穆子湘先生辟新世界饭店居之。越半月，因媳分娩在即，囊空如洗，欲归不得，为其向大会诸公募集两千余元，并发船票，命其回甬。今春发给救济费，忆及此妪，即去函探询。不三日得"甬江惨善委会"来函（见后），方知其媳已死，次日又见《宁波报》刊载楼茂卿家属之凄惨消息，黄主委延方先生即将其应得救济费二万八千元汇甬专交其母收用。人世间宁有此惨酷情景，阅之不胜感慨！

附录一　宁波江亚轮惨案善后委员会来函（总字二九）

迳启者，顷据江亚轮被难家属、楼茂卿之母楼李韵姐到会声称，其子茂卿，自江亚轮被难以后，尸体迄未捞起。媳妇楼陆岳香，曾于去年赴沪，向宁波旅沪同乡会登记，执有三九〇号登记证为凭，同时亦向善后委员会登记在案，招商局去年腊月底发给被难家属安家费五千元，当时媳因分娩在家，氏以佣工度日，不克赴沪领取。今闻该局第二次发给被难家属救济费一万八千元，不幸媳妇生一子以后因产内痛哭患病，而于正月十七日亡故，氏不得已弃佣返家，以抚养三岁之孙、弥月之婴，势难赴沪往领。请烦贵会致函宁波旅沪同乡会将该局两次所发给安家救济费用，一并汇甬，转由贵会发给，以便就近具领而免跋涉等语。当由敝会查证据该地第七保长陈定甬、第八甲长兼江东镇镇民代表钟永利具函证明属实，并核与贵会出给登记证相符，为此函请贵会可否将被难之楼茂卿部份安家救济款项，一并汇由敝会转发，以免跋涉而示体恤。现因物价波动甚烈，尚希速汇是所企盼。

此致

宁波旅沪同乡会黄延芳先生台鉴

　　　　　　　　　三八年三月一日主任委员赵芝室

附录二　有人肯伸出同情的手吗？

江亚轮惨案中殉难一旅客的母亲，愿意在甬佣工来养活他的两个孙儿

　　我是一个五十岁的妇人，仅生一个儿子，名楼茂卿，不幸去年由沪返乡而葬身于江亚轮中。那时候我的媳妇楼陆岳香适在分娩期中，突然得此噩耗，悲伤过度，亦告身亡。留下一个三岁的小孩，和一个刚刚弥月的幼婴。家中平时本依赖着茂卿在外帮工所得，来养活这一群。今后叫我们去依靠谁呢？现在我愿意在甬替人为佣，换些工资来养活两个孙儿。如果有仁人君子，肯赐收容的话，存殁均感！

　　　　　　　　　　　　　　　　　楼李韵姐上

通讯处：江东舟孟桥镇民代表钟永利先生转

　　　　　　　　　　　　　（见三月五日《宁波报》）

被难家属赠送匾额

被难家属赠送甬同乡会匾额
俾也不忘

民国三十七年十二月三日之夕，招商局江亚轮赴甬覆于吴淞口外铜沙洋，罹难者达三千二百余众。蒙宁波旅沪同乡会诸公组江亚惨案委员会交涉善后，备极劳勋，存丁鞠凶，益威大德，用上颂言，藉识永佩。卅八年三月江亚轮全体被难家属敬献。

赠黄延芳先生匾额
如己溺之

江亚惨案既发，承延芳乡长主持正义，为被难家属奔走最力，刻骨铭心，永矢勿谖。卅八年三月江亚轮全体被难家属敬上。

诉 苦

阿 铨

沪甬线的江亚轮，在卅七年十二月三日不幸在铜沙洋面惨遭沉没，被难的同胞竟达二千余人之多。死亡之众，打破全世界轮船失事的纪录。我的哥哥也在这件惨案中遭了灭顶。在次日的早晨，我得到这个恐怖消息的时候，几使我不省人事，还以为在做场恶梦！

整天的奔走，遍阅生还的名单，还等着哥哥幸运地回来，可是希望终于变成绝望！想到了我哥哥与二千余人的惨死，毅然地加入了宁波旅沪同乡会江亚轮惨案善后委员会保管组的工作，为惨死的同胞服务。当第一次看到满卡车的尸体车进尸场的时候，我的神经突然紧张而麻木起来。经过几天的检尸工作，终看不到我的哥哥遗体同来！这是多么凄惨而悲愤的事情。招商局何以要派这种船只、这样人员在一宿之隔的途程中来送掉二千多人的性命？在十二月十九日的下午，我哥哥的遗体带着苦风凄雨，从招商局第一码头车到桃源路尸场，我的感觉是悲伤、绝望、庆幸，互相交织在脑海里。所谓庆幸尚能见到哥哥的最后一面！造成这样惨绝人寰的大悲剧究竟是啥人？眼前遗留下寡嫂孤儿（五个孩子），当然是我负起了抚养的责任，于是想到了"死者已矣，生者何堪"！

为了死者的伸冤，为了生者的生活，我们就组织了联络组，虽然是毫无成绩，但终因在无办法中想办法，聊慰殁存而已！现在救济费已经发到"最后"！枢待运了，寄语我的哥哥同被难旅客，你们是无辜被杀的！在九泉之灵，想得到遗族将来所遭遇的前途吗？唉！谁晓得，谁保得牢茫茫尘世中成千百的孤儿、寡妇呢！

联络组的工作

王耐寒

　　三个月来，联络组的工作虽不能做到尽善尽美，在外表上看来，似乎稍稍尽了些责任。可是我们更明白有很多的事情未曾做到，这是为了种种实际条件的限制，所以达不到原来的希望，这应该表示惭愧，可是我相信被难家属都能谅解我们的。

　　联络组动机如何，而怎样会组织成的？简单地说，在今年一月初，那时全体被难家属大会已开了数次，在这几次大会中给我们的印像，好像没有联络，没有联络就没有团结，更没有力量。为免被难家属情绪涣散，而觉得自己的事情应该自己来做，所以我们在第八次"江惨善委会"中提请组织联络组，以便集中加强被难家属的力量来争取应得的一切。蒙善委会通过，一月四日联络组便在合乎情理下产生了。

　　记得，联络组未组织以前，我们被难家属少数人，时常在晚上团聚在同乡会会议室商谈如何产生一个有力量的组织来对付外来不合情理的攻势。一起商谈的有虞文子铨、任全震、王能忠、应诗福、张福宝、阮望春诸位。那时我们每天在讨论这一个问题，感觉到这工作不容易做，怕其他被难家属不支持我们。在多次慎重考虑下，我们决定一个结论：是"事在人为不怕艰难"，于是便决心干下去。所谓工作困难，无非是在心理上对它先怀了恐惧的成见，以为这件事是非常难干，因此无形中不自主的紧张起来。后来想到应该先除去困难的成见，方为成功，即使当前横着最复杂的环境，更应该抱着大无畏的精神，凭着良心去做。因此，我们决定不顾一切的做了。

联络组工作，分三个重点：（一）集中被难家属意见交织成一个具体有效的办法向招商局交涉；（二）极力使被难家属相互的把感情来融洽，在同一阵线上一致进行；（三）本组人员完全为被难家属做传达。以上三点我们是切实做到了。

最后，我们被难家属应该感谢"江善委员会"主委黄延芳老伯伯与副主委黄振世先生，委员穆子湘老先生，李基光、王后镳、傅隆才、周师鸿诸先生，他们替我们出了很大的力，他们的热诚可以感动每一个宁波人，就是死去的人也会在冥冥中祝福他们，在每一个人心里应该永远要纪念着他们啊！

江亚轮全体被难家属为全国轮船业公会
联合会宣言紧要声明

　　查江亚失事死亡綦众，薄天同悲中外震悼。虽失事真相未明，而由船内爆炸，要无疑义。洎乎祸作，船主先溜，舢板失用，尤为生还者所目睹。则事前未尽检视之责，坐令爆炸物载入船中，事急乏人指挥，旅客逃生无方，复因搭客逾量，以致死亡增多，凡此种种，咸属应防止而未防止，谓为不可抗力，实非奇事，此其一。惨案既成，死者已矣，生者何堪，善后种种，靡不需款。时历二月，迭经磋商，始在急景凋年时，由招商局发给每户安家费五千元，戋戋之数，衣衾棺椁犹感不敷，遑论安生。因此初正再度吁请，原冀招商局当局怀悲天悯人之旨，迅予解决，稍慰生者，不意游移其辞，无惜死悯人之诚意。难属五中焦急，不愿久延，乃齐集招商局，请求面见其负责者，俾罄悲怀，而获解决。该局竟紧闭铁门，不令入内。难属徒手鹄候风雨中达一日之久，精诚虽至，铁门不开，而大批军警应邀而至，四面包围，如临大敌。溯自江亚失事以还，难属均能抑制悲怀，丝毫未有违法行动，为社会人士所共知。今竟故耸听闻，委加用内谓为"包围""威胁"，企图混淆黑白，颠倒是非，宁非怪事，此其二。轮会诸公，既知海商法已有明文，对于死者，自应即谋解决，何必托词法律，意图拖延。先哲云"人之异于禽兽者几希，有恻隐之心也"，贵会衮衮诸公，咸属公正人士，当不至为阿私而去恻隐之心，则三千人命，究非草芥，犹希力促招商局，即为解决。至于因此停航迹近威胁，难属举动，未悖法理，更何惧焉，此其三。

编 余

不可为而为斋主

三个月以来，见到尸体，凡一千三百八十三具（同仁辅元堂代殓未入），计男尸六二九具，女尸四一四具，男童二〇八具，女孩一三二具（残体不计）。以上尸体在初打捞出水时，面目如生，脂粉犹存，如入睡状态。虽有洞胸破腹，流肠碎脑，毁首断肢者，尸体终尚清白，犹可成殓。迨后所获，见之生畏，有面目被水土所蚀者，有衣服肌肤粘结一片者，有身如"开路先锋"，头如"巴斗"，腹大如疱者，自脸至身骨尽肉见，污泥垢瘢，口眼尽向外吐，如烂桃然，残腐不堪，经手皮随手脱，大且僵，臭秽难近，家属泣认，无法辨别，乃认其衣服而已！且无主认领弃孩尤多。综上所述，若以天下"五丧"之美，无如投水者，殊非确论。惟此等尸体，其身虽死，其鬼有灵，有精爽不昧，所以梦寐于床前，流血于尸场，甚至关亡通话，如电石火光，使人恍惚。如其有灵，则如许所弃儿童，年不及丁，何罹此劫，而不能显其幽灵，乞为瘗旅，我终不知所以其应死之罪，更不忍续笔。究其死者有知，其无知乎？其死后有灵魂无灵魂乎？死者之灵魂与生者之灵魂可相交接其不可交接乎？二十世纪中叶，科学昌明之时，无可解答迷信真理，质诸读者，以为如何？

回忆陈尸场中，被难家属抚尸恸哭，声震于天。各组工作人员虽间有"无切肤之关"者，亦无不目击心伤，凄惨情形，卒不忍睹。尤自远道而来者，举目无亲，死虽代殓，生无所依，麇集尸场，进退狼狈，景像之惨，无法形容。最近捞尸工作，消息沉沉，若辈家属，更多流离失所，嗣后，将何以拯救涸辙之鲋，以慰殁存？

江亚轮失事历险记

联动总部第二十七供应站经理主任　陈瑞徵

　　本站奉令由杭开驻宁波。余乃率领官兵暨眷属等四十五人随带有关本站公私财物凭证，并主食大米经断副食费等，于十一月三十日乘混合火车至沪，十二月三日奉上海港口司令部南洋字第〇〇〇六号通知单，搭乘招商局江亚轮于当日下午四时启碇。七时左右驶经吴淞口外南折里铜沙洋面时，船身突然爆炸，轰然一声，全船激烈震动，被炸碎之木板铁片，与血肉之肢体齐飞，舱内随亦为水所淹，机器亦因受震损毁，电灯顿告全熄，秩序大乱。黑暗中但闻一片大喊小哭惊呼惨号声。时船身在迅速下沉中，全船生命显已濒于绝望之境。余于昏冥中缘物上升，伸手探索，偶触及桅旁铁梯，攀桅出于水面，然四顾茫茫，渺无边际。正千钧一发危难间，忽闻机声自远而近，盖即侠义船主张翰庭之金源利机帆船也，实不啻为遇难旅客之苦海慈航。凡人遇有希望时，勇气与力量不期倍增。是时余除留内衣裤袜外，尽卸全身棉衣皮鞋，罔顾创痛（余之左腿及右足趾不知于何时受伤），奋身跃入海中，极力挣扎，泅至机帆船旁，已气尽力竭。讵料本站班长李标已先余登船，俯视见余，乃会同机船水手援余，抢救上船，得以不遭灭顶，而所有公文财物及历年历任主任股长科长学历证件等则尽沉海底矣。总计江亚轮载客约四千余人，为金源利船救起者四百余人，内本站上尉军需邵锡松、钟尉云及士兵二人（又另二船救起本站兵三人，合共为八人）。其后复有机帆船二三艘赶至，间有抢夺财物而拒救人命等情事，实堪痛心。张船载满被救旅客后，即于当夜九时许开船。翌晨四日八时抵沪,泊招商局第三码头。今余虽生还,然以同胞罹难者尸沉海底,死无代价,为可悲耳,因偕同易副官庆祥、站兵蒋金童等,在沪监同打捞认领。截至十五日止,计共捞获本站官兵暨眷属男女大小尸体共十二具,即于是晚七时会同善后会在上海桃源路四明公所逐一妥为收殓入棺,暂厝该所。又余因受伤骨节肿痛甚剧,在沪寓王冠英、朱锦林同学处延中西医治疗多日,略见痊可。十六日晚,始得搭车离沪。十七日抵杭。此次惨剧,其来之骤,有如晴空霹雳,而罹难人数竟达三千之多,实破近代海事史上之纪录,可谓惨绝人寰。余躬历其险,就耳闻目睹所及记载。又船主张翰庭先生之见义勇为、虚怀若谷之伟大精神,在滚滚浪涛起余再生,尤使余永矢勿忘,爰书此以留鸿爪,亦所以志该轮失事之实况焉。

罹难旅客籍贯统计

鄞 一一六七人

奉 二○七人

镇 四八一人

慈 二一七人

象 二五人

定 二二人

松江 四人

绍兴 七人

余绍 五六人

嵊县 二人

诸暨 一人

宁海 四七人

天台 七人

海门 三人

黄岩 七人

江苏 二二人

广东 二人

福建 一人

山东 一人

其他 四人

跋

二十多年前，观看电影《泰坦尼克号》时，就萌生了创作小说《江亚轮》的念头。发生在兵荒马乱年岁的江亚轮大海难，在中国乃至世界海难史上，都值得被永远铭记。这场骇人听闻的大海难，其死亡人数之多，爆炸原因之扑朔迷离，较之发生在大西洋上的泰坦尼克号海难，似乎更显沉重。

念头深埋心底，倏忽便过去了二十余载。这二十多年间，虽说收集了不少有关江亚轮海难的素材，但受诸事牵绊，总未能沉下心来完成小说创作。壬寅年初，由我编著的《秦淮八艳正传》一书进入审校环节，即将由沈阳出版社付梓印行。一天午后，通过微信与该书责编沈晓辉女史闲聊时，我道出了关于小说《江亚轮》的写作计划。晓辉女史颇感兴趣，鼓励我尽快完成书稿。正是在晓辉女史的鞭策与鼓励之下，我在繁忙的工作之余，勉力完成了这部小说。

近十年来，我先后出版过十多本小书，涉及的领域几乎都是历史文化、艺术赏鉴、诗文赏析之类。于我来说，投入文学创作，还是平素第一回，内心自然涌动起难以抑制的冲动与激情。无论清晨还是午夜，每有奇思，辄端坐电脑之前，飞快地敲击键盘，与书中人物同悲同喜，同感同叹。正是沉浸式的写作感受，使得小说创作能够始终保持顺利推进的状态。

特别需要一提的是，在我收集的关于江亚轮的素材里，明州出版社 1949 年出版的《江亚轮惨案专集》，以及中国文联出版社 1999 年出版的《世界最大海难——"江亚轮"沉没之谜》、宁波出版社 2006 年出版的《江亚轮惨案》，给了我很多启发和教益。《江亚轮惨案专集》出版于江亚轮海难发生三个多月后，史料性较强，是研究江亚轮海难的第一手资料，故依据1949年的版本，将全书点校一过，作为附录，收在本书的最后。后两本书都是报告文学，作者通过采访大量江亚轮的幸存者，还原了很多鲜为人知的故事。特别是蔡康先生所著的《江亚轮惨案》，给我教益尤多，在这里是需要致以特别谢意的。

　　展眼之间，江亚轮海难距离今天已过去了七十多年。当年的幸存者，如今大多早已谢世。而这场大海难的很多细节，包括死亡人数、爆炸原因等，仍是众说纷纭，莫衷一是，不能不说是件非常遗憾的事。我唯愿借这本小说，掬一瓣心香，向当年江亚轮上的罹难者及其家人致以最深切的哀悼。愿普天下的人们都能远离灾难，永葆安康！

习斌

2022年9月19日凌晨于京口寥风斋

再　跋

　　刚刚过去的甲辰农历新春长假，我一小半的时间是在核校《江亚轮》中度过的。一杯酽酽的浓茶，一摞厚厚的校稿，匆匆即逝的日子，忙碌而充实。

　　收到《江亚轮》三校稿，是在除夕那天的下午。前一天上午，沈晓辉女史从沈阳寄出校稿时，给我发来讯息。于我来说，这是一份丰厚而珍贵的新春礼物。我不禁想到三年前的那个除夕。同样是在下午，我收到晓辉女史发来的讯息，告知《秦淮八艳正传》一书选题已获通过。如今，《秦淮八艳正传》面市一年有余，《江亚轮》即将付梓。晓辉女史付出的所有辛劳，让我怎能不感铭于心？

　　还要感谢我的同事陈志奎。经他介绍，《江亚轮》有幸得到江苏科技大学海洋装备研究院许静副教授的指正。江苏科技大学前身是华东船舶学院，是全国船舶工业相关学科专业设置最全、具有船舶特色整体性和应用性优势的高校之一。虽说在动笔之前，我查阅过一些有关船舶理论的专业书籍，并收集了不少当时轮船招商局的研究资料，但毕竟对此是门外汉。许静副教授的把关审读，让我更添了几分底气，在此诚挚地致以谢意。

　　本书即将付梓之时，我的同事谢志斌根据民国年间上海老地图，精心设计了江亚轮行船线路图，一并表示感谢。

2024 年 2 月 19 日